レジェンドノベルス
LEGEND NOVELS

Abyss 1

賞金2700億円のVRMMO

JN154314

contents

1 はじまり 006
2 チュートリアル 024
3 出会い 034
4 妖精系少女 045
5 鳥居 053
6 エンチャント 063
7 初陣へ 071
8 はじめてのダンジョン攻略 081
9 プリズナー 090
10 藤枝朋との話し合い 099
11 激痛 109

12 妖精との一夜 119
13 身辺調査 129
14 コンセプト 138
15 超成長の秘薬 149
16 新生軍の躍進 163
17 親友 174
18 グリフィン 184
19 経験値 206
20 村長の家 229
21 整いゆく準備 253
22 せいぎのみかた 271
23 逆襲 282
24 にんぎょう 291
25 エピローグ 307

レジェンドノベルス
LEGEND NOVELS

Abyss 1

賞金2700億円の
VRMMO

1　はじまり

「た、小鳥遊夕人《たかなしゆうと》さんっ！　わ、わたし！　わたしは……！　ずっと！　ずっとあなたが好きでした！　付き合ってください……！」

　その週の高校の授業を終えた、金曜日の放課後。いつものようにアルバイトへ向かおうとしたところを呼び止められた。

　予感はしていた。

　学年が上がってからずっと隣の席にいて、教室で孤立する僕に積極的に話しかけてきて、なぜかいつも帰り道でばったりと出会う、そんな少女だったから。

　夢見がちな高校生なら、思わず運命を感じてしまうだろう、そんな明るくも力強い積極性を持った、そんな少女だったから。

　少女はどうやら、勝算がないとは思っていないらしい。その態度の陰には、自信と不安の織り交ざった様子がうかがえた。それもそのはず、少女はクラスでも三本の指には入るだろう美少女だ。高校生にもなれば、それなりに自分の可愛《かわい》さを自覚してもいるのだろう。恋愛という場において、それが強力な武器になることはわかっているようだ。

　だけど、この手の申し出に対する僕の答えはいつだって決まっていた。

　決まりきっていた。

「ごめん。キミの気持ちには応えられない。二度と話しかけないで」

「え……？」

少女の瞳に込められた輝かしい太陽のようなエネルギーは、一瞬でどこか暗い底へと吸い込まれた。

後にはただ、闇だけが残った。

僕は黙ってその場を去ろうとする。これ以上言葉をかける必要はなかったから。そしてこれから二度と話すことはないだろうから。

「ま、待って！　待ってよぉ！」

少女は必死に追いすがってきた。それは、絶望しか待っていないと知っていても、追いかけずにはいられない、そんな何かがその先にあるかのように。

だが残念ながら、僕はそんな立派な何かではない。

「何？」

僕はあえて冷たく答える。少女が未練を残さないように。

だがそれにも怯《ひる》まず、少女は叫んだ。

「どうして！　どうしてわたしじゃダメなの！　お願い、ちゃんと聞かせて！　わたし、小鳥遊くんのことが本気で好きなの！　せめて、せめてもうちょっと、ちゃんと答えてよ！」

少女は本当に真摯な気持ちからそう発言している。その様子は痛いほど伝わってくる。思わず心が動きそうになる。

――瞬間、心がゼロに冷却される。

思い出したからだ。自分の使命を。一番大切なものを。そのために犠牲にしていいものと、絶対に犠牲にしてはいけないものを。

だがせめて、僕は真実を伝えようと思った。

それが少女の勇気に対する礼儀だと、そう感じたから。

「妹が病気なんだ」

「え？」

「うちは両親がいない。だけど妹が病気だから、治療代を稼がないといけない。僕は今、放課後と土日で、毎月２００時間はバイトしている。学校を無事卒業してマシな場所で働くために、休み時間を有効に使って勉強もしないといけない。友達づきあいも、恋人づきあいも、する余裕はまったくないんだよ。金銭的にも、時間的にも、精神的にも」

「そ、そんな……そんなの……」

少女は、今まで見せたことのなかった僕の姿に、ずいぶんと驚いているようだ。

衝撃のあまり後ずさって、唇に当てている手を震えさせている。

「だからあえてこういおう。キミは僕の人生にとって、邪魔で、心乱す存在だった。僕が求めているのは、恋でも愛でもなく、妹を救うための金と、時間なんだ……消えてくれ」

僕の突き刺すような言葉の群れに、いちいちビクリ、ビクリと身体《からだ》を跳ねさせた少女は、ずっと我慢してきたのだろう涙を浮かべて、泣き叫んだ。

「うぐっ……えぐっ……ひどい……ひどいよぉ！　そんないい方……！　そんないい方……！　うわああああああああああああああああ！」

少女はそのまま走り去っていく。これで、二度と関わりを持つこともないだろう。

僕はそのままアルバイト先に向かった。

＊

深夜まで、工事現場でのアルバイトを行った。

全身が、死んだような疲労感と筋肉痛に包まれる。

辛《つら》い。苦しい。

だが、それも明日になれば、すべて消えてくれる。


そして迎えた土曜日。

入院する妹との面会は、毎週この日に設定されている。

僕ははやる気持ちを抑えて、住んでいる駅から地下鉄に乗って病院へと向かう。

すっかり顔を覚えてしまった受付のお姉さんに挨拶をして、病室へと歩いていく。

目を瞑《つぶ》っていても辿《たど》りつく自信がある妹の病室の前、僕はすぅっと深呼吸をする。

「こんにちは、朝火《あさひ》」

「お兄ちゃんっ！　今週も来てくれて、とっっっっても嬉《うれ》しいよ！」

極細の絹のような、長く伸びた黒髪が、彼女の喜びを表現するように宙にふわりと舞い踊った。

そんな朝火の姿を見ただけで、僕は、今週も頑張ってよかった、と心から自分の生に満足した。

そうだ、僕はこれを守るために生きている。

僕はじっと大切な存在を見つめる。生来の病弱さゆえの、痛々しいほどに白い肌は、太陽という言葉を知らないかのよう。ただ、その人形のように美しい瞳に映る、燃えるような煌《きら》めきは、いかなる状況でも失われることはなかった。

僕の自慢の妹は、どんなに病に苦しもうとも、どんなに嘆きたい状況でも、決して弱音を吐くことはなかった。

そのまなざしは常に前を向き、すべての状況が最悪だとわかっていても、きっといつか好転すると信じている。

朝火は元気に学校に通えていれば、今年で中学三年生になる。外見の病弱さとは裏腹の、そんな灼熱《しゃくねつ》のような明るさを秘めた少女だった。本来であれば、友達と毎日楽しく過ごしている、そんな少女だったはずなのだ。

「あんまりじっと見つめないでよ。照れるでしょ、もう……」

「はは、ごめんよ。会えたのが嬉しくてね。それで、今日は何を読んでいたんだい？」

妹の何よりの趣味は読書だ。だがうちに本を買うようなお金はほぼない。だから、妹はなるべく無料で読めるネット小説などを好んで読むようになっていた。

合わせて、僕が毎週どこかで図書館に寄って、本を借りては持ってくることになっている。

「昔の、ＶＲ技術がまだなかった頃の、ＶＲＭＭＯを扱ったネット小説を読んでいたんだよ。当時はずいぶん流行していたらしいだけあって、今読んでもとっても面白いんだ！」

「へぇ、僕も今度時間を見つけて読んでみようかな」

僕は妹の趣味を完全に理解しているわけではないが、妹と楽しく会話をしてあげるためなら、時間を割くのはやぶさかではない。まあ、実際に読むことはおそらくないだろうが。

「もう、お兄ちゃんは、そればっかり。といっても、お兄ちゃんは忙しいでしょうからね。わたしも理解して、お兄ちゃんに余裕ができてから、たくさんオススメを教えてあげようと思っているんだ！」

「ふふ、お気遣いありがとう」

兄バカだと思われるかもしれないが、うちの朝火は明るいだけでなく、気遣いができて、人を思いやれる子だ。きちんと将来の夢だって持っている。

「わたしね、将来、もっと体力がついたらね、お兄ちゃんとピクニックにいきたいんだ！　それがわたしの夢なんだよ！　えへへ」

そういってくれたのは、僕が高校に入ったばかりの頃だったろうか。

両親が死んで、妹の病状が悪化して入院が決まり、僕が絶望しかけていたとき、妹はそういって、僕に希望の光をくれた。

そうだ。僕が頑張らなければ、誰がこの愛《いと》しくも儚《はかな》い存在を、守ってやれるというんだ。

それからの僕はがむしゃらに働いた。

人生のすべてを、妹のために捧《ささ》げた。

妹の病気を治すための手術には、総額８００万円ほど必要らしい。

僕は懸命に割のいいバイトを探しては働いているから、月に30万程度の収入がある。

高校生としては常軌を逸している額だが本当に大丈夫かと、朝火の主治医にはいわれた。でも、これぐらい何ということはない。

すべては、目の前で咲く、この大輪の花のような笑顔を、守るためなのだから。

とはいえ、現在の貯蓄額は、まだ３００万円ほどであり、先は長い。

だが幸い、妹の病状は悪化気味とはいえ、まだ十年以上は持つようだ。

ということで、僕は絶望することなく、光を目指してもがいている。

「お兄ちゃん！　お兄ちゃん！　疲れているのかなぁ、もう」

物思いに耽《ふけ》る僕の目の前で、朝火はパタパタと手を振る。可愛らしい仕草に、思わず頬が緩む。

「ふふ、すまない、考え事をしていたよ」

「もう、せっかく会えたんだから、ちゃんとお話に集中してね？」

「わかったよ……ところで朝火、それは……」

僕は朝火のベッドの下に隠れた箱から、黒い何かの機材が見えているのを見つけた。

「え、あ、ヤバっ……」

一瞬、朝火の表情に今まで浮かべたことのなかった種類の何かが浮かんだ気がした。

だがその思いは、次の朝火の発言で、泡のように消える。

「てへへ、実は懸賞でこんなのを当てていまして……」

「これは……ＶＲＭＭＯ用の機材……か？」

妹が手に持つそれは、まさに先ほど話題に出た、ＶＲＭＭＯにログインするための機材だった。

「えへへ、わたししか使えない仕様で送られちゃったから、売ることもできないし、せっかくなら使おうと思って、結構遊んじゃっています、はい」

そんな妹の自供を聞きながら、僕はこの見慣れぬ機材について考えていた。

「これ、買うと結構高いのか？」

「これは一つ前の世代の最上位機種だから、今だと50万ぐらいかな」

「50ま……！」

思わず立ちくらみがした。ゲームのために50万。それは何かの冗談なのか？

「でもこれ、すっごく面白いんだ。わたし、病院では身体もろくに動かせないのに、ゲームの世界だと自由に冒険ができてね、本当にすごいんだ。生まれてこの方、こんな尊いもの、お兄ちゃんぐらいしか見たことないよ」

さりげなく僕をほめるのは、天然か、可愛い策略か。

思わずぐらりと来るが、今は毅然《きぜん》と対応しよう。

「だが、朝火、こんなものをつけて、病気に影響は……」

「それがね、VRMMOの世界で元気に活動するのは、脳や身体によい影響があるって説が有力なんだってさ。自分が健康だと錯覚して元気になっちゃったり、いろいろ新しい身体の動かし方を身につけられたりとか、よくわかんないけど、そんな感じ。先生にも相談して、お兄ちゃんに内緒にしてもらいつつ、病院の回線を使うオッケーは取っているんだ」

ふむ。後で主治医とは一度話し合わなければいけないようだ。

「いったいどんなゲームを遊んでいるんだ？」

僕はこの手のゲームに関心を示したことがないから、どんなゲームがあるのかをまったく知らなかった。

家にはテレビもないからCMの情報すら入ってこない。携帯も超格安の、ネットも公衆無線LAN以外ではろくに見ることができないプランだ。

「えっとねー、健全な冒険ものだよ！　健全な！　スライムとか、ゴブリンとか出てきて、倒すような感じの奴《やつ》」

「へぇ、どうやって倒すんだ」

「んー、剣とか、魔法とか？　こう、しゅばばば、ってやって、しゅばばばって感じ」

語彙力の足りない朝火の説明にすら愛しさを感じる僕は、ちょっと精神的にヤバいのかもしれないと思いつつ。

それは確かに面白そうかもな、とは思った。僕も朝火のネット小説話を聞いて、影響を受けているのかもしれない。

「他にはどういうゲームがあるんだ？」

「うーんとね、人と対戦するようなゲームも人気があるんじゃないかな。格闘とか、リアルタイムストラテジーとか、カードゲームとか。後は動物とかを育てて触れ合うような奴が、疲れたサラリーマンとかOLとかにわりと人気なのかな」

まったく知らない世界の話だった。世の中ではそんなものが遊ばれていたのか。

「まあよくわからないけど、あんまり教育に悪そうなゲームにはハマるんじゃないぞ」

「はーい」

元気よく返事をする朝火の様子に、本当にわかっているのか不安になる。

僕が過保護すぎるのかもしれないが、大切な一人妹だから、これぐらいは当然だろう。

「それでね、お兄ちゃん……」

それからも、朝火はネットで見つけた面白い話なんかを、僕に披露してくれたりして、楽しい時間を過ごした。

労働と勉強でぽっかりと空いた僕の心に、朝火の可愛らしい声で語られる楽しい話の数々は、染み入るように浸透してくる。

そうして僕は、やはりこの存在を失ってはいけない、何があっても守らなければいけない、と思いを新たにするのであった。

＊

病室を去ってから、僕は昨日とは別のバイト先に向かった。

そこでの仕事内容は、ちょっとしたソフトウェアのサーバー保守業務だ。

割がいいというだけで飛びついたその業務を、僕はスポンジのように吸収して、今では立派な戦力の一員になっている。

今のところ、夕方までサーバー保守、夜から深夜に工事現場というのが僕の中での鉄壁の布陣だ。

「先輩、ＶＲＭＭＯってやったことあります？」

「うわ、珍しいな、お前から話しかけてくるの。今年一番びっくりしたかもしれない」

「おおげさですね」

「そうでもないと思うぞ。前もいったが、『無言の貴公子』と陰で囁《ささや》かれているからな、お前」

「それ先輩からしか聞いたことないですよ」

「ははっ、俺が考えたからな」

やっぱりか。僕は心の中で嘆息する。

「まあいいや、で、ＶＲＭＭＯだったっけ。俺は当然持っているぜ」

「へぇ。やっぱり人気なんですかね」

「まあちょっと機材は高いが、それでも一昔前よりは一桁安くなっているからな。だいぶ庶民ゲーマーにも浸透しているんじゃねぇか。俺みたいな庶民ゲーマーにも」

そこまで庶民ゲーマーを強調しなくても、と思う。余談だが、この先輩はいつも昼飯をカップラーメンで済ませていることで有名な、不健康庶民の代表だ。おそらく浮いた食費をゲームに使っているのだろう。

ちなみに僕はいつも、炊いたご飯とゆで卵とゆでたもやしを持ってきて、塩をかけて食べている。よくバカにされるが、節約のためだから仕方ない。そして節約は、朝火の命に繋《つな》がるのだから。

「先輩はどんなゲームをやるんですか？」

「ずばり、賞金制ＶＲＭＭＯだな。これが一番スリリングで面白い」

「賞金制ＶＲＭＭＯ？」

はじめて聞く言葉だった。

「まあ要は、ＶＲＭＭＯを使ったギャンブルスポーツみたいなもんさ。ジャンルは多岐にわたるが、プレイヤーのプレイスキルが重要なゲームが流行《はや》りだな。もちろんカジノみたいな運主体のゲームや、昔流行ったソーシャルゲームみたいな金をかけた方が強いみたいなゲームもあるが、俺はあまり好みじゃないね」

「へぇ、そんな世界があったんですねー」

「ああ。ＶＲＭＭＯに興味があるなら、一度は体験しといて損はないぜ。もちろん、金はかかるがな」

「参考にします」

残念ながら賞金制ＶＲＭＭＯは朝火の教育には悪そうだ。他の話題を探そう。

「ところで、ＶＲＭＭＯの中で今熱い話題とかはあるんですか？」

朝火に教えてあげれば喜ぶかなと思い、そんな質問を投げてみる。

「そりゃお前、〈Abyss〉に決まっているだろう」

「アビス？」

「お前、〈Abyss〉も知らないのかぁ？　来月ついにそのヴェールを脱ぐ、賞金総額２７００億円、史上最高の賞金制ＶＲＭＭＯ、〈Abyss〉だよ。ちょっとウェブサイト見せてやる」

そういって、先輩は机においてある私用のタブレットを持ちだして、サイトにアクセスする。この先輩は仕事中とかあまり気にせずこういうことをするタイプだが、仕事はできるのでなぜか出世していっている。実力主義の功罪という奴か。

とはいえ僕も気になったので、先輩のタブレットをひとまずのぞき込む。賞金総額２７００億円というのは、さすがに高額すぎてちょっと想像がつかない。しかし、お金が足りない僕にとっては、魔に魅入られたような魅力を感じた。

タブレットに映しだされたのは、真っ暗な背景だ。そしてドクン、ドクン、と心臓が鼓動するようなＢＧＭとともに、画面が揺れる。

鼓動はだんだんと大きくなり、画面の揺れも大きくなる。

ドクン、ドクン、ドクン。

そして、鼓動がピークに達して、ひときわ大きく鳴る。

ドクン！

同時、揺れも鼓動もやんだ。

しばし静止する。

僕は、次に何が出てくるのか、強い緊張の中で画面を見つめていた。すごい演出だ。ろくに娯楽を見ていない僕は、興奮していた。

やがて、血で書かれた文字が浮かび上がる。そこにはこう書いてあった。

「お前は何を持っている？」

そして、その下に、独特の美しくもどこかおぞましい装飾をされた文字が浮かび上がっていく。

〈Abyss〉と。

「おうおう、食い入るように見てやがるな。まあ、ベタだが熱い演出だよな。これが賞金総額２７００億円だっていうんだから、確かに熱い」

「ゲーム内容の説明とかは、ないんですか？」

「それが、一切ないんだ。現時点で出ている情報は、賞金総額が２７００億円であること、参加人数が全世界で十万人であること、参加費が３００万円であること、ゲーム期間中はログアウトを許されないこと、ゲームは誰かがクリアするまで続くこと。この五つだけだ。ネット上でも様々な憶測が飛び交っている」

参加費300万円。ほとんど僕の総資産そのものじゃないか。それに十万人を掛けると、3000億円。九割還元、ってことなんだな。

それにしても、ログアウトを許されないとは。ゲームの中に住むことになるようなものだ。大丈夫なのだろうか。

「チケットの販売は再来週からだが、すでに予約分の五万は全部売り切れているそうだ。世の中、暇人かつ金持ちなのが意外と多いよなぁ。賞金がやっぱでかいが」

300万が五万人。すでに1500億円が動いているゲームということだ。途方もない、と衝撃を受けた。

「ま、俺たち労働に縛られた金のない庶民には、縁遠いゲームのようにも思えるが、参加しちゃう奴は参加しちゃうんだろうなぁ」

参加期間のしばりは大きいが、学校や職場をいったん休学や休職、あるいは退学や退職すれば、なんとか捻出できる範囲だ。後は金さえ貯蓄してあれば、参加できてしまう。

〈Abyss〉という深淵《しんえん》の名を冠するゲームは、まさに人々の人生を吸い込む何かなのかもしれない。

「ま、確かに僕には関係なさそうですね」

賞金は魅力的だが、そんなギャンブルに朝火の命を賭けるわけにはいかない。

手術費用は、このまま働いていけば、五年程度で貯《た》まる金額なのだ。

僕はそう考えて、〈Abyss〉について考えるのをやめ、仕事に戻った。

＊

その一週間後、僕は一瞬にして地獄に突き落とされることになる。

主治医から、朝火の病状の急激な悪化を告げられたのだ。

推定される余命は二年。そして新たな症状に対応するには、海外での特別な手術が必要になるという。

その費用は約3億円。

僕は、絶望の淵《ふち》に立たされた。

＊

「どうして！　どうしてそんなことが起きる！　余命は十年、必要なのは800万。そういったじゃないか！」

僕は主治医に向けて、怒りを爆発させていた。

「……とても残念に思う」

「残念？　ふざけないでくれ！　まるで朝火が、朝火が死ぬと決まったかのような……！」

「そんなことはいっていない。ただ、今からキミが取れる手段では、現実的にこの状況を解決するのは難しい」

「そんなことはわかっている！　わかっているんだよ！　チクショウ……！　ちくしょううううう……！」

激昂《げっこう》する僕を、主治医はただ、痛ましいといった表情で見つめていた。

医者からすれば、こんなことはよくあることなのかもしれない。

人の死を見つめ続ける仕事だ。熱くなった患者に激昂されることだって、経験があるのだろう。

だが、朝火は、朝火は一人しかいないんだ。一人しかいないんだよ！

＊

とても朝火に会えるような状態ではないと、その日は帰らされた。

心の中を、かつてない絶望が支配していた。

ああ、ダメだ。朝火に会わないと、とても持たない。だがどうやって。こんな僕を朝火に見せられるわけもない。ああ、どうしてこんなことに。ちくしょう……ちくしょう……。

端から見れば呆然《ぼうぜん》としているように見えるだろう様子で、そんなことを考えながら、地下鉄の広告を意識せずに眺めていた。

ふと、宝くじの広告が流れる。

そうだな、手持ちの３００万円で、宝くじを全部買ってみるのもありかもしれない。

何万回かに一回ぐらいは、朝火の命が救われる道もあるだろう。

そこまで考えて、怒りに身を震わせる。

なんて、なんてバカげた……！　バカげた世界なんだ……！

3億円なんて、あるところにはいくらでもあるものなのだ。

それが今手元にない。

それだけで、今の僕はいかなる罪でも犯せそうだ。

そうだな、銀行強盗なんて検討してみるのも面白いかもしれない。

とはいえ現実的にはやはり、手術代として払うまで捕まらないことも、そもそもの強盗自体も厳しいか。

そんな妄想を垂れ流していた、その時だった。

ドクン、ドクン。

聞き覚えのある心臓の鼓動音が、広告から聞こえてくる。

ドクン、ドクン、ドクン。

音は大きくなっていく。

ドクン、ドクン、ドクン、ドクン。

やがて音は最高潮に達する。

ドクン！

音は消え、静寂が一瞬やってくる。

そして浮かび上がる文字。

「時は来た!!!」

その下にまた次の文字が浮かび上がる。

「野望を、希望を、願望を、絶望を秘めしものどもよ」

ひときわ大きく、文字が立ち上がった。

「立ち上がれ!!!」

そこで、壮大なＢＧＭとともに、〈Abyss〉の文字が、ゆっくりと、うっすらと、毒々しく、神々しく、浮かび上がった。

僕は、陶然としてそれを眺めていた。

野望。希望。願望。絶望。

そこには確かにそのすべてが秘められていると、そう感じた。

そしてそれらは、僕が今、持たなければいけないものだ。背負わなければいけないものだ。

どうせ正当な手段では、救えない命なのだ。

〈Abyss〉

その深淵に、本気で挑んでみるのもまた、選択肢かもしれない。

いや、むしろそれしかない一手といってもいいだろう。

宝くじと違って、そこでは実力で朝火の命をつかみ取れるのだ。

僕がはたして、何を持っているのかはわからない。

だが、僕は朝火のためなら、あらゆる努力を、戦いを惜しまない自信はある。

そうして僕は、この罪深い遊戯に立ち向かうことを決めた。

「待っていてくれ、朝火。僕が必ず……必ず救ってみせる！」

2　チュートリアル

〈Abyss〉参加を決意してから約一ヵ月が経《た》った。

参加費の振り込みを済ませ、初期登録を済ませた僕は、無事〈Abyss〉の参加チケットを手に入れていた。

いよいよゲームが明日、日曜日に始まろうとしていた。

僕は今、朝火の病室にいる。

〈Abyss〉にいる間、僕はしばらく朝火に会えなくなる。どう説明したものかわからず後回しにしていたが、説明しないわけにもいかない。

最後に、会えないことだけは伝えておこうと思った。

「朝火、話しておきたいことがある」

「何、お兄ちゃん？」

今日は黒いリボンで髪をツインテールに結んでいる朝火。いつもの向日葵《ひまわり》のように明るい笑顔で僕に返事をする。

その姿に一抹の罪の意識を感じつつも、これは朝火の命を救うための戦いなんだと鼓舞する。

「今日からしばらく、会えなくなる。これから仕事が忙しくなるから、もしかしたら何ヵ月か、来られないかもしれない」

「え……？」

朝火は僕の言葉だけで、それがただ事ではないことを察したようだ。

朝火の顔に、冷や汗が滲《にじ》み、手が小刻みに震える。

まるで僕が死地にでも赴くような……いや、似たようなものか。

「……うん、わかった」

朝火は、そんな動揺をすべて飲み込んで、笑顔でそういった。

強い……なんて強いんだ……僕はその姿に同じ人間として純粋な感銘を覚える。

朝火はひょっとすると、僕ごときの考えなどすべて見通しているかもしれない。それでなお、このように笑顔でわかったなどと返事をするのだ。僕は思わずそんな妄想にとらわれた。

それぐらい、美しい笑顔だった。

「すまない。朝火、最後にちょっと、抱きしめさせてくれ」

「え、え、ちょっと、お兄ちゃん……？」

朝火は顔を真っ赤にして、パタパタと手を揺らす。

だが僕はそれに構わず、ぎゅっとハグをした。

柔らかく、小さくも、愛しい感覚。

「……ふふ。お兄ちゃんは実は甘えたがりだからね。いいんだよ、これぐらい」

朝火は僕を慈しむように、頭を撫《な》でた。

心地よい。離れたくない。

そんな思いを押し殺して、僕はそっと朝火を放した。

「すまない、しばらく会えなくなると思うと、つい」

「だからいいんだって。お兄ちゃんがわたしのために精一杯頑張ってくれているのは知っている。だから、今度のも、わたしのためなんでしょ？」

「ああ、そうだ」

「だったら、わたしに文句をいう資格はないよ。ただ、これを受け取ってほしいな」

そういって、朝火は僕に髪を結んでいたリボンをほどき、手渡した。

「このリボン、昔お兄ちゃんがプレゼントしてくれた、大事なリボンなんだよ。覚えてないかもしれないけど」

「……覚えてないな」

「まったくもう。ま、小学校に入るか入らないかぐらいの頃だから、無理もないけど」

「で、これは？」

「お守りだよ」

そういって、朝火は煌めく笑顔を向けた。

「わたしのこと、忘れないでね。元気でいてね。いってらっしゃい」

「……ああ」

僕は静かに笑い、そして病室を去った。

＊

〈Abyss〉参加は世界各地のＶＲＭＭＯ施設から行うのが基本となる。

参加中の栄養補助などを行う設備が完備されている場所なら、自前のＶＲＭＭＯ機器からでもログインはできる。

ただ、ほとんどの人は、そんな設備のある場所には暮らしていない。

僕の場合は、そもそも自前のＶＲＭＭＯ機器すら持っていないため、選択肢はなかった。

ということで、僕は都心にあるとあるＶＲＭＭＯ施設を訪れていた。

近未来的な外観のビルは、ほとんどがＶＲＭＭＯゲームに参加するためのカプセルで埋めつくされている。

その一階のロビーには、多くの〈Abyss〉参加者たちがすでにひしめいていた。大量に存在するモニターは、〈Abyss〉のロゴがそのすべてに表示されており、そのまま静かな沈黙を守っている。

僕は周囲を見渡す。そして、大学生とか若めの会社員ぐらいの年代が多そうだな、とあたりをつけた。独身でもないと、こんなゲームには参加しづらいのだろう。

高齢者などが参加していてもおかしくはないが、よくわからないゲームに３００万円出す高齢者は少ないのだろう。少なくとも近くには見当たらなかった。

性別は男性が多いのかと思えば、意外と女性も数多くいた。約四割が女性だ。

「さてさて、どんなゲームなのかしらね。純粋に楽しみよ」

「ネットじゃ、これだけの人数を収容する以上、ゲームのジャンルも必然的に限られてくるんじゃないかって話だぜ。たとえばＶＲＭＭＯＲＰＧなんて、最も有力だろうってさ」

「一理あるけど、これだけのゲームを用意する連中が、まっすぐ冒険ものなんて作るかしら」

「確かに。まあ、じきにわかる」

漏れ聞こえてくる周囲の会話を聞きながら、僕の精神は静かな興奮に満たされていた。

今からこの周囲にいる全員を、僕は打ち負かさないといけないのかもしれない。

いや、おそらくはそのとおりなのだ。

「皆の衆、本日は〈Abyss〉にお集まりいただき、誠にありがとう」

突然、ロビーに存在するモニターのすべてに、白いウサギの形をしたマスコットのような何かが映ってしゃべりだした。

皆、一気に静まりかえって、ウサギの話を聞く態勢となる。2700億円が賭けられているのだから、当然の反応といえる。

ウサギは、シルクハットに片眼鏡、タキシードに身を包んだ、老紳士のような姿をしている。

その格好に沿った、紳士的な態度で、ウサギはしゃべり続けた。

「わしは主にチュートリアルなどを担当している管理AI、ラビット族のラビ＝グランパじゃ。皆の衆にはぜひ、ラビ爺《じい》と呼んでいただきたい」

そういって、ラビ爺は一礼した。

「さてさて、皆の衆が気にしているであろうゲーム内容については、実際にゲーム内に入ってから説明する手順となっておる。今わしが皆の衆にお聞きしたいのは一つだけ」

そういって、ラビ爺は静かに右手を前に突きだした。

「このゲームは、原則誰かがクリアするまで出られない、苛酷なゲームじゃ。愉快な思いをするだけの、単純なゲームとは訳が違う。参加を決意している方がほとんどじゃとは思うが、今が参加をとりやめる最後のチャンスじゃ。皆の衆は、それでも自らの望みをつかみ取りにいきたい。間違いないな？」

皆、こくりとうなずく。あるものは軽薄に笑顔で、あるものは真剣に無表情で。

「それでは、参加を決意したものどもは、各々指定された階のカプセルに入るのじゃ。ゲーム参加は開始時間を待って行われる。準備を整えて、ゆっくりと時を待つがよいぞ」

＊

あれから僕は、指示に従いカプセルの中で機器を身につけ、ただじっとその時が来るのを待った。

左腕には、朝火がくれたリボンを巻いて身につけている。そこからは、じんと暖かいぬくもりが伝わってくる気がした。それが残された唯一の絆《きずな》であるかのように。

ただ、待つ。

朝火の笑顔を思い浮かべながら。

＊

「こんにちは、若き青年よ」

気づくとそこは真っ白な空間だった。一面真っ白で、何もない。

目の前には先ほどのラビ＝グランパと名乗ったウサギの老紳士がいる。確かラビ爺と呼んでほしいんだったか。

「ここは……ゲームの中……なのか？」

「ふむ、そうであるともいえるし、そうでないともいえる。ここはチュートリアルで使うための空間でもあり、これからお主が作るダンジョンのコアの中でもあるからの」

「ダンジョンの……コア？」

「そう、ダンジョン。この〈Abyss〉でお主がやることは大きく分けて二つある。一つは、お主の、お主だけのダンジョンを経営し、大きく立派に育てること」

ラビ爺の指がピンと一本立つ。

「ダンジョンを、経営……」

それからラビ爺は、二本めの指を立てながらこういった。

「もう一つは、他のプレイヤーのダンジョンを攻略し、そのダンジョンコアを破壊、または隷属させること」

VR世界に入ったばかりだったせいか、どこかぼうっとしていた頭が、今の言葉で一気に覚醒していく。

破壊。隷属。どちらも穏やかでない言葉だ。それをされてはいけないのだということが、一発で理解できる。

「ダンジョンコアを破壊されたプレイヤーは、どうなるんだ？」

「この世界における奴隷、プリズナーと呼ばれる立場に墜《お》ちる。それも誰にも拾われていないプリズナーじゃ」

奴隷。現代世界ではあまり聞かない響きだ。朝火の好きなネット小説には、よくある存在のようだが。

「隷属させられたダンジョンコアの持ち主は、同じくプリズナーに墜ちる。ただ、その拾い主、オーナーは、隷属させたプレイヤーじゃ。そして、このパターンではダンジョンコアが破壊されたわけではないのもポイントになる」

聞けば聞くほど気になるところが増えていく。

「プリズナーになったプレイヤーは、どうなるんだ？」

「それはオーナーになったプレイヤー次第じゃ。オーナーが勝てば賞金を分けてもらえるという契約を結ぶこともできれば、奴隷のようにタダ働きさせられることもあるじゃろう」

衝撃的な話ばかりだ。だが賞金を分けてもらえないのにタダ働きさせられる。そんなことがあるものなのだろうか。

「賞金を分けてもらえないプレイヤーが、それでもタダ働きする理由はあるのか」

「気にするのはごもっとも。じゃが、それはこの世界で実際に生きてみて、自分で理解してみてほしい」

どうやら何でも教えてくれるわけではないようだ。

「ダンジョンコアが破壊されないことに、メリットはあるのか？」

「オーナーの判断の結果などで、プレイヤーに返り咲くことができる」

など、というういい方が聞いていてひっかかる。だがあまり細かく聞いても、おそらくこれは教えてはくれないだろう。

「さて、話がそれたの。チュートリアルを続けようぞ。今、すべてのプレイヤーが、すでに使える魔法が三種ある。その三種とは、〈クリエイト〉〈サモン〉〈インベントリ〉。アイテムを創造する、モンスターを召喚する、アイテムを収納する。そんな魔法じゃ」

「ふむ。〈インベントリ〉」

僕はさっそく使おうとしてみる。すると、すっと亜空間への切れ目のようなものが現れる。

僕は本能的にそこに手を突っ込んだ。その先で、細い布のようなものが手に触れる。

つかみ取る。

そこにあったのは、僕が朝火にもらった黒いリボンだった。

「お主が大切に思っているアイテムは、この世界にも持ち込むことが許されておる。お主にとって一番大切なものは、ＡＩの脳神経分析ではこのリボンじゃった」

そうか。そうなのか。

「ふふっ」

僕は知らず、上機嫌になる。このゲームの世界に、朝火との絆を、肯定された気がして。

「本当に大切なもののようじゃな。それにはアクセサリとして、とあるメリットが設定されておる。一定以上レベルの高い鑑定スキルがあれば、それを解読することもできるじゃろう」

メリットがあるのなら、余計になくさないよう身につけておかないといけないな。

僕はそう考え、そっと左腕にリボンを結ぶ。

「また話がそれたの。さて。お主は、今説明した三種の基本魔法以外に、いくつかの初期スキルを覚えた状態で、ゲームをスタートすることになる」

「初期スキルは、人によって違うのか？」

「しかり。お主をＡＩが分析した結果を基に、お主の人間性、あるいは人生を表現するようなスキルが身についておる。楽しみにしているがよいぞ」

人生を表現しているスキル。

それは耳触りのいい言葉だな、と思った。

なぜって、人生は平等ではないということを、僕はとことん思い知っているのだから。

「ふふ、やる気は十分のようじゃな。よろしい、それではゲームを開始しよう。なに、最初はライトに、チュートリアルクエストから始まるようになっておる。気にせんでよい……」

「待て待て」

僕は慌ててそのゲーム開始宣言に待ったをかける。

まだ聞いていない、大切なことがあるからだ。

「このゲームの勝利条件は、何だ？」

「ふふ、そうじゃったな。うっかりしておったわい」

管理ＡＩがうっかりするなんてことがあり得るのか。それは今の僕にはわからなかったが、たぶんしないのではないだろうか。

「教えてやろうぞ。このゲームの勝利条件、それは……」

ラビ爺は、いったん無表情で黙る。

そして、それから不気味なくらい明るい笑みを浮かべて、こういった。

「他のすべてのプレイヤーがプリズナーになること、じゃよ」

ぞくりと、背筋に凍えるような電流が走った。

3　出会い

気づくと、洞窟のような部屋の中にいた。

爛々《らんらん》と光るランプが点々と配置され、その部屋を照らしている。

部屋の中央には、白く光るダイヤモンドのような巨大な宝石が、台座に乗って宙に浮いていた。

その宝石の下の地面に、一つのタブレット端末が光を放ちながらおかれていることに気づいた。

僕は宝石の近くへと歩き、タブレット端末を拾う。

タブレット端末には、こう表示されていた。

「ようこそ、〈Abyss〉の世界へ！」

そのまま、なんとなく端末をタップする。

すると驚くべきことに、端末はキラキラと光る粒子の集まりへと瞬く間に変化して、そのまま僕の身体に吸収されてしまった。

そしてその後、目の前に〈ステータス〉〈クエスト〉〈ダンジョン〉〈配下〉〈錬成〉〈ゲーム情報〉と書かれたボタンのような文字が見えた。

イメージ上の存在のようだが、目の前にくっきりと現実であるかのように表示されている。

僕はその中の〈ステータス〉に対して、それを押すような念を送る。

はたして、ボタン類の横に、ステータスが表示された。

小鳥遊夕人　Lv1
アビス　未習得
DP
ダンジョン階層　1層
肉体　C
魔法　C＋
創造　D－
召喚　A
情報　C

所持魔法
クリエイト　サモン　インベントリ

所持スキル
〈魅了Lv2〉〈プログラムLv1〉〈怪力Lv1〉
〈節約Lv1〉〈勤労Lv1〉〈基礎学力Lv1〉
〈愛の絆Lv3〉

「ふむ」

僕は思案する。

〈肉体〉〈魔法〉〈創造〉〈召喚〉〈情報〉という五つのパラメータが、このゲームにおける基本的な数値となることは間違いないだろう。

これを見る限り、僕は明らかに〈召喚〉が得意で、〈創造〉がやや不得手な初期パラメータを与えられているらしい。いったいどれぐらいが標準的なランクなのか、それらが今後成長していく余地があるのかは、まだわからないが。

そして所持魔法はラビ爺の説明どおりなので飛ばして、所持スキルに移ろう。

スキルは、基本的にLv1の状態でもらえるものが多いようだ。スキルの内容も、プログラムや節約など、心当たりがある技術が多い。

なぜか〈魅了〉がLv2なのは、納得いかなさを感じたが。

気になるのは、スキル〈愛の絆Lv3〉だ。

Lv3というのがどれくらい高いのかわからないが、僕が個人的に自信を持っている〈勤労〉と〈節約〉ですらLv1なことを考えると、実はとてつもなく強力なスキルな可能性もあるのではないだろうか。

スキルの効果が見たい。そう念じてみる。はたして、スキル効果が表示された。

〈Lv1〉その分野において有能であることを示す
〈Lv2〉その分野において天才的に優れていることを示す
〈Lv3〉その分野において怪物的に優れていることを示す

〈Lv4〉？？？


〈魅了Lv2〉異性を魅了する不思議な力を発する。

〈プログラムLv1〉プログラムやそれに類するものを扱える。

〈怪力Lv1〉力持ちである。初期ステータスの肉体にボーナス。

〈節約Lv1〉錬成で消費するDPを節約できる。

〈勤労Lv1〉長時間活動しても疲れにくい。

〈基礎学力Lv1〉基礎的な学力がある。初期ステータスの魔法にボーナス。

〈愛の絆Lv3〉強く愛するものとの絆。初期ステータスの召喚にボーナス。


なるほど。初期ステータスにボーナスがつくスキルが結構あるんだな。僕のステータスはそれを反映したものでもあるのだろう。

おそらく〈創造〉以外も元はD程度だったが、スキルの効果で水増しされてCだったりAだったりになっているのだと判断がつく。

そしてレベルの値は、基本的にはLv1でもそれなりに優遇されるようだ。

Lv2のところに天才的に優れているとあるから、〈魅了Lv2〉というのは結構特別なスキルのようである。ましてや、〈愛の絆Lv3〉は、朝火の好きなネット小説風にいえば、ひょっとするとチートスキル、という奴なのかもしれない。

そう考えると、スキル持ちの補正がかかってもC程度なパラメータ群の中で、Aにまで強化されているらしい〈召喚〉は、僕の強力な武器であるといえるだろう。

しかし、Lv4のところが？？？に見えるのは気になる。これは何か条件を満たさないと見られないのか？

考えられるのは、一つはLv4のスキルを持ってないから、というもの。もう一つは、情報パラメータがCだから、見られる情報に制限がかかっている、というものだ。

そこまで考えたところで、そろそろ実際にゲームをプレイしてみるべきではないかと思い立つ。おそらくほぼ同時にスタートしているだろうゲームにおいて、出遅れるわけにもいかない。

僕は〈クエスト〉を見てみる。

チュートリアルクエスト1
最初の5000DPを使い切る
報酬：2500DP

チュートリアルクエスト2
ダンジョンの外に出て、〈始まりの鳥居〉に辿りつく
報酬：2500DP

ダンジョン経営というから、てっきりしばらくは引きこもってダンジョンを作るものだと思っていたが、どうやら結構初期に外に出る手順が想定されているようだ。

ところでさっきから気になっているところがある。

DPとは何なのかということだ。

僕は〈ゲーム情報〉にアクセスしてみる。すると、辞典のようなユーザーインターフェースが開き、項目ごとに説明が存在しているようだった。その中に、DPという説明があったので、それを表示させてみる。

「DPとは、ダンジョンポイントの略であり、この世界の最も基本的な資源となります。DPを使うと、ダンジョンの改造、モンスターの召喚、アイテムの創造などが行えます。DPを得る方法には、侵入者がダンジョン内に入ること、侵入者が中に一定時間いること、侵入者が中で死ぬこと、の3パターンが基本として存在し、他にもゲームが進む中で得る方法が発生する場合があります」

ダンジョンポイントの略だったのか。なんだか滑稽な印象の名前だなと思う。

DPの正体がわかったところで、ついでに先ほど地味に気になった、アビスという項目についても調べてみる。

「アビスは、ゲーム中特定の条件を満たすと覚醒する称号のようなもので、装着すると様々なメリット、デメリットを得ることができます。二つめ以降のアビスは原則的に前のアビスを外さないと装着できませんが、アビスを外すのは比較的たいへんなので、よく考えて装着してください」

どうやらこのゲームには〈アビス〉という特殊な称号のようなものが存在していて、それは装備したり外したりできるが、外すには結構な労力が必要になるようだ。

そこまでわかったところで、実際にゲームをプレイしてみることにする。

調べてみると、〈ダンジョン〉〈配下〉〈錬成〉というボタンが、それぞれ先ほどのDPの説明にあった三種の使い道に対応しているようだ。

〈ダンジョン〉のボタン以下には、〈ダンジョン拡張〉〈オブジェクト生成〉〈ダンジョン特性変更〉といった項目が並ぶ。

〈配下〉には、スライム、ラット、バット、ウルフ、ゴブリン、ピクシー、オークといったモンスターの種類が並んでおり、それを召喚するためのDPが横に書かれている。下の方に続きがあるようだが、今はグレーに全体が滲んで表示できなかった。

〈錬成〉は、鋼の剣、鉄の槍《やり》、木刀などといった基礎的な装備アイテムが並んでいるようだ。他にも、ハンバーガーやポテトから、さんまや米、醤油《しょうゆ》にいたるまで、様々な食料品もタブを切り替えると存在している。基本食料パック一日分というのも10DPで買えるようだ。

——現実世界より贅沢《ぜいたく》に食べられそうだな。

僕はそう苦笑する。また、ハンバーガーが2DPなどといったレートから、大体だが1DPが100円前後なのではないかという推測がつく。

つまり、今の僕は50万円相当のDPを持っていて、チュートリアルクエストを達成するとそれぞれ25万円相当のDPがもらえる、というわけだ。なかなか太っ腹である。

僕はいろいろとメニューを弄《いじ》ったり〈ゲーム情報〉を読んだりした結果、方針を決めた。

まずは、モンスターの召喚を行う。弱いモンスターをたくさん召喚した場合と強いモンスターを少数召喚した場合で、どちらがいいのか判断がつかないので、リスクマネジメントとしてその両方をバランスよく行う。

「1000DPで〈サモン〉——バット50体。1500DPで〈サモン〉——オーク3体」

すると、僕の〈配下〉のメニューに、「バット：50　オーク：3」などと表示された。ここから僕が念じれば、僕のいるそばか、ダンジョンのどこかに実際に召喚できるらしい。

〈錬成〉は、鋼の剣：100DPをひとまずもらっておくことにした。鉄の槍なども気になったが、槍を扱える自信がないこと、価格が著しく高くなることから、いったんなしとした。

「100DPで〈クリエイト〉――鋼の剣一本」

すると鋼の剣が地面に落ちる。僕はそれを〈インベントリ〉で亜空間にしまった。

ダンジョンは、ある程度の広さが欲しいだろう。侵入者を防ぐためには、オークとバットで守らせるのがよさそうだ。そこまで辿りつくまでに、罠《わな》で削るのもいいだろう。

「1500DPで〈ダンジョン拡張〉――三部屋。300DPで一部屋めに落とし穴を三つ設置し、隙間に100DPで矢罠を設置。二部屋めにはオークを3体とも配置、三部屋めにはバットをすべて配置する」

すると、バットとオークがメニューから消え、実際にダンジョンに召喚された感覚があった。

そしてここからがポイントだ。

「300DPで〈ダンジョン特性：暗闇〉をバットのいる部屋に導入」

バットの真価は暗闇でも敵を見失わないところにある。地の利を得ておいて損はないだろう。

「残りは200DPか」

僕は食料品や水を補充しておくことにした。

「〈クリエイト〉――基本食料パック二十日分――インベントリへ」

僕はいちいちインベントリに入れるのが面倒だったので、アイテムの配置先をインベントリに指定して〈クリエイト〉を唱える。〈ゲーム情報〉で調べたところによると、このように魔法は結構融通が利くもののようだった。どうも、魔法が出るときの魔方陣はプログラミングのような法則性で作られたものらしく、そこに引数を追加することで、効果を足すことができるようなのだ。

さて、これで5000DPを使い切った。

〈クエスト〉を見てみると、チュートリアルクエスト1が達成済みになっており、〈ステータス〉からDPが2500増えていることが確認できた。

このDPは、今後の状況次第で柔軟に使えるよう、貯蓄しておくことにする。

そして僕は、ダンジョンの外へと移動することにした。

僕はダンジョンコアという名前らしい、クリスタルに触れる。するとダンジョンの入り口にワープした。そして地面に小さな白い宝石が落ちる。〈ゲーム情報〉によると、僕はこの小さな白い宝石を使うことで、ダンジョンの最奥にいつでもワープすることが可能だ。大切にインベントリに入れておく。

さて、〈始まりの鳥居〉を探そう。そう考えて、洞窟の周囲を見渡す。

すると、明らかに「これです、これですよ」とでもいいたげな、超巨大な鳥居が、隣山の頂上に存在していることがわかる。なんだあれは。バカなのかこのゲームは。

思わず悪態をつきそうになる。

鳥居は、少し離れた山にも点々と存在しており、僕はどこにいったものか少し迷った。とはいえ、どれがいいのか情報がない以上、一番近くにいくのが最も効率的だと判断する。

僕は地道に山道を歩いていく。道は整備された登山道のような感じになっていて、ところどころ岩場などもあったが、特に苦もなく登れた。

そうして、2時間ほどの徒歩で隣山の頂上、鳥居の足下に到着する。特に休憩もせず歩いたが、それほど疲労はない。明らかに、現実世界より肉体能力は向上していた。

さて、鳥居の下には、山頂に広がる草原の中心に、広めの洋館があった。

「和洋折衷もいいところだな」

このゲームのセンスに半ば呆《あき》れながらも、ひとまず勇気を出して洋館に入ろうとする。

すると、洋館の門の前に、一人の日本人の少女がいることに気がついた。

「か、可愛い……」

――まるで妖精のよう。

そんな感想が、思わず漏れそうになる。

少女は今までに見たことがないほど美しい容姿をしていた。薄い茶色がかった髪はサイドテールに結ばれながら、太陽の光を浴びて、透き通るように輝いている。そして猫のような大きな瞳は、どこかここではない遠くを見つめているかのように、虚空へと向けられていた。

服装は、カボチャパンツとか呼ばれそうなぶかぶかとした茶色のショートパンツに、カラフルな絵の具で色彩豊かに彩られたタンクトップを身につけている。

僕はしばし陶然としながら、その少女のことを遠くから観察する。幻想的とまでいえるレベルで美しい。異性にたいしてここまで強く心惹《ひ》かれるのは、はじめての経験だった。

僕は自分の中の制御できない感情に、戸惑いを感じる。

そんな中、少女はというと、足下に目をやり、じいっと足下を眺めて、そこから石を拾いだした。

何をするのかと思えば、またじいっとその石を眺めて、ぽいっと捨ててしまう。

どこかぼんやりした印象のある少女だ。

そんな認識をする。

その時、少女が遠くで観察する僕に気づいたようだった。

こちらを向いて、じいっと僕を観察するようにしている。

「……こんにちは」

ひとまず先手を打って挨拶することにする。

「……こんにちは」

少女もぺこりとお辞儀をして挨拶を返してきた。

だが僕は、そんな挨拶の言葉が、ほとんど頭に入ってこなかった。

僕はその声質だけで、思わず背筋をぞくぞくと震えさせていた。

まさに妖精の声というものが実在するならこんな風だとでもいわんばかりの、とんでもなく透き通った声。

そんな僕の内心を知ってか知らずか、少女はきょとんと小首をかしげる。そして、こういった。

「あなたは、王子様ですね？」

……沈黙が場を支配する。

僕は何もいうことができなかった。

一つだけいえるとするなら。

少女は不思議ちゃんのようだった。それもかなりの。

4　妖精系少女

「あなたは、王子様ですね？」

　その発言から、長い時間が経った。

「……違う」

　僕はやっとのことでそう返した。体感では、少女の声にうっとりするのに2秒、少女の話した内容に混乱するのに5秒、何を返答するのか考えるのに3秒を費やした。

「そうなんですか？　なんだかびっくりするぐらい格好よく見えるし、優しそうな雰囲気だしで、完全に王子様だと思いました。わたし、あなたみたいな王子様に迎えに来てほしいんです」

　これは遠回しな告白なんだろうか。それとも高度な喜劇だろうか。

　少女の常軌を逸した外見的魅力と、常軌を逸した内面的思考に、頭をぐらぐらと揺すられているような気分になる。

　なんなんだ。僕はいったい何と話しているんだ。

「……残念ながら僕は王子様じゃないし、迎えにいく予定は今のところない」

　僕があともう少しだけ軽薄な男だったら、ここで迎えにいきたいと宣言してしまっていた気がする。それくらい、少女の魅力は人外のそれだった。

「わたしは妖精なんです。妖精は、王子様に迎えに来てもらわないと、人間に戻れないんです。妖精が人間になるお手伝いをしていただけませんか？」

少女は、淡々とした調子のまま、魅了するような透き通る声でそんな話を続ける。

頭がおかしくなりそうになる中、ひっかかる単語が思考をよぎったことに気づく。

魅了。

その言葉に、思い当たる節があった。思えば、彼女が僕を王子様だと考えているのも……。

「聞きたいことがある。キミは、〈魅了〉というスキルを持っていないか？」

「王子様には隠し事はできません。わたしは〈魅了Lv３〉を持っています。妖精は魅了の力で王子様を惹きつけ、人間に戻りたいと考えています」

僕はすべてを理解した。これは、すでにスキルの影響が及んでいる状態なのだ。

確かに少女は可愛いが、いくら何でも僕がここまで理性を失うのはおかしい。経験にないことだった。

それも、少女が元々持っている高い魅力に、「怪物的」と表現されていたLv３の〈魅了〉が合わさった結果だと思えば、納得がいった。

同時に、この少女は、僕の〈魅了Lv２〉によって、やはり強いときめきを感じているだろうことも想像がついた。

その結果生じる反応がこの王子様トークなのは謎でしかないが。

僕は、この少女が他にも〈不思議ちゃんLv３〉とかそういう感じのスキルを持っているんじゃないかと疑いを持ったが、それはさすがに失礼だと思い、自重する。

そんな思考をしている間に、離れた位置にいた少女が、いつのまにか目の前にまで来ていた。

知らず、心臓が強く鼓動する。

宝石でできているとしか思えない煌めく瞳が、まるで虚空のように僕の視線を吸い込んで放さなかった。

――美しい。美しすぎる。

遠くで見ても夢中になりそうなくらい可愛かった少女が、今手を伸ばせば届きそうな距離にいる。それだけで、僕は理性を失い、少女を抱きしめてしまいたいという衝動で脳が支配されようとしていた。

少女の方も、ひいき目を抜きにして、僕からまったく目が離せないようだった。ぼんやりとした視線が、すうっと僕の瞳を貫いて、そこから永遠に離れたくないといった様子で、一点を捉え続ける。頬は紅潮して、ぷるぷるとした唇が、半開きになる。

「たいへんです。妖精は王子様のことが大好きになってしまいました。二人は結ばれないといけません」

はぁ、はぁ、と興奮した吐息がお互いにかかる。気づくと僕たちは、それくらい距離を縮めていた。

本能。その存在を、これほど強く感じた瞬間は今までなかった。

「……聞いてほしい。僕たちは〈魅了〉スキルの影響をお互いに与え合って、ひどいことになろうとしている。こんなのは健全じゃない。なんとかする方法を探すべきだ」

僕はなけなしの理性を振り絞って、少女をそう諭そうとする。とはいえ僕自身、すでに限界をとうに超えていた。

「妖精と王子様が惹かれ合うのは、運命の導きです。わたしはそんなことより、あなたと一つになりたい」

一つになる。

その言葉が、これほど甘美に感じられるとは。

――これほど狂おしく感じられるとは。

はぁ、はぁ。はぁ、はぁ。

吐息だけが草原の中、響き渡る。

――僕と少女の唇が、そっと合わさろうと近づいていく。

その時だった。

がさりと、遠くの茂みから音がするのが聞こえた。

僕はハッと気を取り直し、少女から一歩後ずさるように離れる。

少女は、「あ……」とこれ以上ないくらい残念そうに僕を見た。

「……誰かいますか？」

少女から頑張って視線を離し、僕は茂みの方に向かって話しかける。

「……のぞくつもりはなかったんだが、結果的に出ていくことができなかった。謝罪する」

「あはは、お兄ちゃんたち、ラブラブだったね！　わたし興奮しちゃった！」

現れたのは、高校生くらいの少年と、それに伴って現れた中学生くらいの少女だった。

そこでようやく、本能に流されて失われていた警戒心が脳裏をよぎる。

――朝火の命が懸かっているというのに、いったい僕は何をしようとしていた……？

そんな強い後悔に、同時に襲われる。僕は、この〈魅了〉というスキルが嫌いになりそうだった。だが、それに抗《あらが》いがたい魅力があるのは間違いないということもわかったのは収穫といえるだろう。

まあ、後悔してもやってしまったことは戻らない。

これからのことを考えるとしよう。

〈ゲーム情報〉によれば、プレイヤー同士が戦闘するなどして、片方が死亡した場合、死亡したプレイヤーは自分の所属するダンジョンのコアで1時間後にリスポーンする。その際には、レベルが1下がる、アイテムを奪われる場合がある、といったデスペナルティがあるらしい。

とはいえ、その程度で済むともいえるのは確かだ。ダンジョンコアさえ壊されなければ、この世界では死んでもデメリットはそれなりで済むらしい。

僕は警戒しつつも、最悪、剣を失うだけだと考え、二人とコミュニケーションを取ることにする。

「こんにちは、はじめまして。恥ずかしいところを見せてしまって聞くのも何なんだけど、二人は、敵対するつもりはとりあえずないということでいいかな?」

「ふふ、わかっているのかはわからないけど、お兄ちゃんは正しい判断ができるみたいだね。そうだよ、明らかにこのゲームは近隣との友好関係が鍵を握る。この最もデスペナルティが軽い時間帯に、結べるところと手を結ぶのは、誰が見ても有力な基本戦略になるよね」

饒舌《じょうぜつ》な言葉に、思わず少女の方を見る。

妖精の少女ほどの人外的魅力ではないものの、こちらもかなりの美少女である。黒髪を頭の左右でお団子にした、少し変わった髪型が特徴的だ。顔つきは可愛らしくもどこか猛禽《もうきん》のような鋭さを漂わせていて、それでいてその瞳には知性が宿っている。

服装は、制服のようにも見える私服を身につけているようだ。ピンク色のチェックスカートの丈は、中学生くらいの少女にしてはずいぶんと短い。

「俺はこの子にさっき山の中で出会って、その……」

続いて横にいる同い年くらいの少年が話しだす。どことなく真面目そうで精悍《せいかん》な雰囲気の少年だ。

「真面目っぽいお兄ちゃんなのに、わたしに思いっきり魅了されていたから、面白くっていろいろ遊んでいたんだよ！」

「ば、バカ、そんなことはない！　ないから！」

とたん、少年の真面目そうな雰囲気は雲散霧消した。

「そうなの？　さっきだって、先頭を登るわたしのスカートが気になってしょうがない様子だったの、バレバレだよ？」

「い、いや、それは、その……スキルが、スキルがいけないんだ……たぶん……」

「ふふ、やっぱり面白い！　この〈魅了Lv2〉はいろいろ使えそうだね！」

その高い知性を滲ませる分析を披露したかと思えば、まだ幼さの残る風貌で小悪魔のような発言をする少女。朝火と同じくらいの年なのに、こんな少女もいるんだな、と思う。

朝火の方がずっと可愛くてけなげで、愛しい存在なのは間違いないが。

決して兄バカでいっているわけではない。たぶん。

「じゃあ、洋館の中に入ろうよ。ここがどういう場所なのか、この先のクエストがどんなものかを知らないと、これからわたしたちがどういう関係性で接すればいいのかはっきりしないからね」

少女の言葉に、そういえばと〈クエスト〉を見る。

チュートリアルクエスト3
鳥居の下の洋館に入り、他のプレイヤーが集うまで待つ
報酬：2500DP

なるほど。各地に鳥居があって、その鳥居の下にはそれぞれ洋館がある。そして洋館には近くのプレイヤーたちが集まる。そんな仕組みとなっているわけだ。

「僕も賛成。早く見た方が有利になるチュートリアルな可能性の方が高いから」

そういって、他の二人の反応を待つ。

「俺はそれでいいぜ」

「いいですよ。わたしは王子様に従います」

最後にとんでもないのが飛んできたのを、スルーしようとする。

「王子様って、このお兄ちゃんのこと?」

スルーさせてくれなかった。

「そうですね」

「ふふ、お姉ちゃんもなかなか愉快な人みたいだね。お兄ちゃんは隅におけないなぁ」

そういって、少女はにこりと笑みを見せた。

「さぁさぁ、そうと決まったら屋敷《やしき》に入るよ」

僕たちは、出会ったばかりの何もわからない状態のまま、屋敷へと足を踏み入れた。

瞬間、チュートリアルクエストが切り替わる。

チュートリアルクエスト4—1
別の鳥居の洋館にあるコアを、同じ鳥居にいるメンバーの誰かが破壊する
報酬：20000DP

チュートリアルクエスト4—2
別の鳥居のメンバーに、今いる鳥居の洋館にあるコアを破壊される
報酬：0DP

それは静かに戦いの始まりを告げる合図だった。

5　鳥居

ガラス細工でできたシャンデリアから発せられる、キラキラしたオレンジ色の光が、ロビーに敷かれた赤絨毯《じゅうたん》を明るく照らしだす。赤絨毯の延びた先は、真ん中の大階段、左右の廊下にわかれていた。大階段を登った先は左右に階段が延び、その先のロビーを囲む通路の奥に二階の廊下が延びている。

しかし僕たち四人の視線が吸い寄せられている先は違った。

ロビーの中央で宙に浮いている、ダンジョンコアに似た形をした青色の宝石。皆一様に、その宝石を食い入るように見つめている。

「基本、屋敷に入られたら破壊されるものだと考えるべきなのかな」

僕は投げかけるように、そこから導きだされる推論を述べる。

「そうだね。わたしたちは屋敷を防衛する必要がある。だけど、そのためにどうすればいいのか、ピースが足りてない感じがするね！」

少女の分析は、先ほどと同様的確なものだと感じられる。頭のよい子なんだろう。

「……〈ゲーム情報〉が増えています……なるほど、ここはそういう……」

僕は耳を疑った。妖精と名乗っていたあの少女が、僕が見ている中ではじめて、あたかも普通の人間であるかのような発言をしたからだ。

「王子様、わたしに失礼なことを考えていますね。妖精は敏感なので、すぐにわかりますよ……まあ、わたしのことを考えてくれているというだけで、わたしは嬉しいですが」

「……反応に困るけど、失礼なことを考えたのは事実だ。謝罪しよう」

「言葉より行動で示してください。具体的には、後でどこかの部屋で二人きりになってください」

……妖精少女の言葉は相変わらず常軌を逸している。

だが、それでもなおドキドキとしてしまったのも事実だった。おそらく顔は赤くなっているだろう。

「わお、大胆！　素敵だね！　だけどそれより、まずこの増えている情報について話そうよ」

そんな僕の様子を知ってか知らずか、お団子ヘアの少女が話の流れを変えてくる。ゲームに集中したい僕としては、非常にありがたい。

「情報が増えているって、どんな……へぇ」

〈ゲーム情報〉を見たらしい少年の言葉に続き、僕も見てみることにする。


鳥居のコアでは、触れることでメンバー登録が行えます。毎日12時に鳥居の屋敷にいることで、メンバーは鳥居のレベルに応じたボーナスDPがもらえます。鳥居のレベルは、他の鳥居のコアをメンバーが破壊することで上がっていきます。

鳥居のメンバーは、鳥居の屋敷のロビーにいつでもワープできます。

鳥居のコアでもモンスターの召喚、顕現が行えます。モンスターは屋敷の入り口に出現します。

鳥居の屋敷は、コアに触れながら30000DPを払うことで、支払ったメンバーのダンジョンのどこかにワープさせることもできます。


「なるほど。なかなかに悩ましそうなことが書いてあるね」

「30000DPは少なくとも序盤ではかなりの高額みたいだからね。鳥居を守りやすくなるメリットは大きそうだけど、なかなか支払う勇気は出ないかもね」

「え？　30000DPって何だ？　そんなこと、俺の〈ゲーム情報〉にはどこにも書いてないぞ？」

空気がとたん、張り詰めたものになる。

「このゲームには〈情報〉というパラメータがありますが、そちらの男の子はもしや……」

意外にも妖精少女が沈黙を破った。

「……俺の〈情報〉はEだ」

少年がどこか悔しそうに答える。

「あはは、情報弱者って奴だぁ！　くすくす」

「バカにしやがって……」

少女の揶揄《やゆ》に、少年が悲しい反応を見せる。

「他のみんなは見えているってことでいいんだよね？　となるとDあたりにラインがあるのかな」

僕は構わずそう推測する。

「みたいだね。ちなみに、親切なわたしが特別に共有してあげると、『鳥居の屋敷は、コアに触れながら30000DPを払うことで、支払ったメンバーのダンジョンのどこかにワープさせることもできます』だよ」

「……めっちゃ重要なルールじゃないか」

少女の共有した情報を聞き、少年はどこかふてくされたように話す。

なかなかに厳しいゲームシステムのようだと、このゲームに対する認識を新たにする。

とはいえ、こうして人が集まる仕組みになっていて、そこで〈ゲーム情報〉から得た事柄を突き合わせる可能性がある分、むしろ親切さも感じた。

この鳥居のシステムは、明らかに緩やかな同盟を組むことを想定しているルールだ。

そして同盟内できちんと情報がもらえる立ち位置でいる分には、〈情報〉が低いことは致命的なデメリットをもたらさないはずだ。

——本当に？

ぞくりとする直感があった。もしもこのゲームの本質がそんな生やさしいものではないとしたら。今僕に見えていない部分、海面の下の氷山に、恐ろしい情報が秘められていて、それが秘匿されていたとしたら。

——〈情報〉のパラメータが高い人間を裏切らない味方につける必要がある。

僕はその結論に至った。

先ほどの情報は明らかに知らないと著しく不利になるものだ。同盟内で共有する必要がある情報である以上、ここで判明することは前提であるともいえるが。

しかし、そうでない情報、たとえば知っていることで同盟内で最終的に優位に立つ情報、あるいは同盟外で優位に立つ情報があったとして、それを知らないことがどれほどのデメリットなのかは、計り知ることができない。

そう、知ることすらできない。

それが、この情報が足りないという現象の恐ろしさなのだ。

「ちなみに、皆の〈情報〉の値を差し支えなければ教えてほしいんだが」

ふてくされていた少年も、そのことに思い至ったのかはわからないが、そんな質問を投げかける。

「わたしは、C以上ではあるね。それ以上は、いいたくないかな」

先手を打って、黒髪の少女が答える。うまいやり方だな、と思う。CともAとも取れるいい方で、自分の底を知られないようにしている。それでいて、最低限の情報は保持していることを担保し、自分が弱者ではないともアピールする。

「わたしの〈情報〉もC以上です。それ以上は秘密ですね」

続いて妖精の少女が答えた。おそらく嘘《うそ》ではないだろう。

さて、どう答えるか。

「僕はCだ」

僕はあえて、自分の〈情報〉がCであることを宣言しておくことにした。

こうするメリットは、他のもっと〈情報〉が高い可能性がある二人に、僕に情報を教えるという取引の機会を与えることだ。

僕が知っているかもしれないし、知らないかもしれない状態では、取引は成立しにくい。

正直に申告し、さらに今後正直に知っている情報を答えることで、他の二人がどの情報を僕が知らないのかわかりやすくする。

これで少なくとも、教えることで向こうにメリットがある情報ならスムーズに教えてくれるだろう。そうでない場合も、取引を持ちかける選択肢が向こうに生まれる。

「僕はこれから自分が知っている情報を積極的に話す。僕が知らない情報があるなと思ったら、教えてくれればありがたいし、場合によるけど取引にも応じる」

このことはこうして宣言しておくべきだ。これにより、僕のスタンスがわかりやすくなり、僕に情報が集まりやすくなる。

教えないことで向こうにメリットがある情報は来ないかもしれないが、それはいずれにせよ来ないものだ。諦めも肝心だろう。

――〈情報〉の高いプリズナーがいれば、あるいは親密な〈情報〉の高い協力者がいれば、この問題は解決するのでは？

そんなほの暗い思考が後からやってくる。

だが今はまだその段階には至れないだろう。

「……へぇ。お兄ちゃんはよく状況を理解しているね。こういうゲームに慣れている様子はないけど、たぶん頭がいいんだろうな」

「より素敵に見えてきました」

「おいおい、俺と扱いがえらい違うじゃないか」

少年は、冗談めかした様子で不満を伝える。

「情報弱者のお兄ちゃんは、ちゃんと情報に見合った働きをしてくれないと、誰も情報を教えてくれなくなるかもだから、頑張ってね！」

「そうなんだよなぁ、悔しいけど……」

黒髪の少女に辛辣な言葉を向けられ、怒るかと思えば意外とすんなり受け入れている。

――素直な性格をしているんだな。

僕は少し感心した。

「さて。他に人が来る気配もないし、この四人で方針を話してみるべきじゃないかな」

「賛成。わたしはこのまま四人で鳥居にメンバー登録を行うまではしていいんじゃないかと思うよ」

「わたしも賛成です。現状問題なくコミュニケーションが取れているので、仲間になれればありがたいメンバーではないかと」

僕は感動した。あの妖精発言をしていた少女が、こんなよいことをいえる子だったなんて。

不良がたまによいことをすると感動される、みたいな現象を感じつつ、僕は最後に少年の言葉を待つ。

「俺も賛成だ。〈情報〉が低い以上、仲良く話せるメンバーの確保が急務になる。このメンバーなら、今のところ文句のつけようもない」

そうして全員が、互いをメンバーとして仲間となることに同意した。

「よし、じゃあさっそく登録しようっと。なるほど、コアに触れるとこんなメニューが見えるんだね。とりあえず登録して……」

黒髪の少女が先んじて登録を開始する。それから僕、少年、妖精少女の順で続いた。

ちなみに、黒髪の少女もいっていたように、コアに触れるといくつかの選択肢が表示された。

一つめが〈メンバーリスト〉。メンバーの名前が確認できるらしい。

二つめが〈マップ〉。この付近の地図と、近くにいるプレイヤーやモンスターが表示されるそうだ。

三つめが〈召喚〉。これはダンジョンで行った召喚の鳥居版のようだ。

四つめが〈交換〉。これはコアに触れているプレイヤー同士で、手持ちのＤＰやアイテム、モンスター、情報の交換ができるらしい。

〈情報〉の高いプレイヤーと〈交換〉を行えば、自分もその〈ゲーム情報〉を〈交換〉できるようになるらしい。〈ゲーム情報〉はだんだんとこのゲーム上で増えていく一方ということになる。

「さてさてみんな、大事なことを忘れてないかな？」

「なんだ？」

黒髪の少女のそんな悪戯気《いたずらげ》な言葉に、少年が律儀に反応する。やはり素直だ。

「自己紹介だよ！」

少女の言葉に、皆、おおっと感心した様子を見せた。

そうなのだ。僕たちはまだお互いの名前も知らない。

「わたしは近藤朱音《こんどうあかね》、十五歳の中学三年生だよ。趣味は賞金制ＶＲＭＭＯ。稼いだ貯金で〈Abyss〉に参加しているよ。よろしくね！」

少女の言葉に、僕は戦慄を覚えた。十五歳の少女が、ギャンブルゲームで少なくとも３００万円を稼いでいる。そういっているのだ。

少女の端々からうかがえる高い知性と享楽主義を裏付ける発言に、少女に対して油断してはいけないなと気を引き締める。

「俺は海野陸《うみのりく》、十七歳の高校二年。海の陸地、って感じで洒落《しゃれ》みたいな名前なんだよな、まったく。特技は剣道で子供の頃からこれ一筋だ。〈Abyss〉には、とある夢を叶《かな》えるため貯金をはたいてきた。家がそこそこ裕福だから、バイト代を合わせるとなんとか届いたんだ」

少年は確かにいわれてみると、かなり筋肉質で鍛えられた身体をしている。剣道を幼い頃からやりこんできたのだろう。

「わたしは冬木菜弓《ふゆきなゆみ》、十六歳の高校一年生です。ここには王子様を探しにきました。お金は、親が死んだ遺産です。よろしく」

さらっと重い事柄が聞こえた。親の死。それは子供にとって、並大抵のことではない。僕は朝火とともに、それをこれ以上ないくらいよく知っている。

両親が亡くなったと知ったときの、悔しさ、絶望、そもそもその事実が信じられないという感覚。今でもありありと思い出せる。

僕はいつのまにか妖精の少女に同情のようなものが芽生えているのに気づいた。

いつまでも味方とは限らないのに、何を……。

「小鳥遊夕人、十七歳、高校二年生。ここには病気の妹の手術代を稼ぐために来た。参加費はバイト代を貯めたものがほとんど。よろしく」

妹のことを話すかは迷ったが、ここは周囲に合わせて話すことにした。特にデメリットがある話でもないと判断したからだ。

「みんな違ってみんなよいって感じだね！　改めて、よろしくぅ！　わたしのことは、朱音って呼んでね」

「わかりました。よろしくです、朱音ちゃん」

黒髪の少女、朱音がそういうと、妖精の少女が応えるように返事をした。

「いやー、出会いを祝してパーティーでもしたいくらいだね！」

そのまま朱音が場を明るくするようなことをいう。こういう一面もあるんだな。

「落ち着いたらさ、本当にパーティーやるのもいいかもな。親睦を深めるって奴。このゲーム、待ちの時間もあるだろうしさ」

陸はそういって、笑顔を見せた。

「わたしは、王子様と二人だけのパーティーが希望です」

妖精の少女は我が道をいっている。

不思議な気分だった。孤独に勉強していただけの学校では、あまり味わったことのない感覚。

それは吹けば飛ぶようなものかもしれない。儚く散る運命にあるのかもしれない。

だけど今ここには、確かに絆のようなものがある。

僕はそれが不思議で、同時におかしなことだなと思った。

——朝火を救うためには、いつかはこの三人もプリズナーにするのが基本になるのだから。

6　エンチャント

「で、これからのことを話し合おうと思うんだけど。わたしはぶっちゃけ今すぐ攻撃するべきだと思うんだ！」

　突然、朱音がそんな発言をする。

「その理由は？」

　僕はひとまず朱音の考えを聞いてみたいと考えた。

「まず、普通に考えてこの時点でやるべきことは何かっていったら、屋敷の防衛、ダンジョンの防衛だよね。特に屋敷は、守れば毎日鳥居からのＤＰアドバンテージが得られる上、防衛能力が素のままだと低いから、重点的に守らないといけない。つまり、この時点で普通のチームがやることは、モンスターを増産して屋敷の周囲に配置して、ＤＰアドバンテージを守ること。そして時間が経って稼いだＤＰアドバンテージで、屋敷を誰かのダンジョンの中に移すってところまでは想定できる。ここまではいい？」

「ああ」

　怒濤《どとう》の勢いで話される朱音の言葉だが、内容はすんなり理解できた。

「はい」

「う、うん？」

妖精少女、菜弓は理解している様子だったが、陸はなんとかついていこうとしている感じのようだ。

「ここで、わたしたちも同様に防衛に専念する手もあるけど、それはみすみすチャンスを逃してしまう行為なんだよ。攻めている間も、わたしたちの屋敷や自分のダンジョンにはワープで帰ってこられるから、万が一攻められてもわたしたちは何とか防衛できる。死亡してもアイテムを失うだけ。そして基本的には敵は防衛していると想像できる。つまり、攻めるのは実は基本ローリスクなんだよね。そしてこの手のゲームで序盤に攻めることには莫大《ばくだい》なメリットが……」

「ちょっと待った。どうやって攻めている最中に攻められていることを知るんだ？」

「そりゃ〈エンチャント〉したモンスターでだよ？」

「……〈エンチャント〉って何？」

「……〈エンチャント〉って何だ？」

朱音の謎の発言に、僕と陸がすかさず疑問を挟む。そこで概《おおむ》ね状況は察せられた。

「……あ、わたしの〈情報〉がCより高いのが今ばれちゃったね、あはは！」

どうやら、朱音が僕の知らない知識を持っているのは間違いないようだ。

「……〈エンチャント〉はモンスターに対して能力を付与する機能だよ。この情報を〈交換〉すれば、他の人も詳細がわかって〈エンチャント〉できるようになるはず」

「……試してみようか」

「高いよ？」

ＤＰを取るのか……まあ向こうからすれば当然かもしれないが。

「……いくらがいい？」

「序盤だし、教えるとこちらも役には立つし……３０００ＤＰでどう？」

「結構取るな……」

僕はどう交渉するべきか悩む。

「王子様、わたしは後で二人きりでキスしてくれればタダで教えますよ？」

そんな悩みをぶち壊す提案が横から飛んできた。菜弓も〈情報〉はＣより高かったらしい。

「えぇー、それはずるくないかなー。わたしが夕人お兄ちゃんと取引しているんだから」

「生きることは戦争だ、って誰かもいっていました」

「むむぅ、そういわれるとそのとおりかもしれない」

菜弓理論に反論できない様子の朱音。そこはもうちょっと頑張ってくれ、と思う。

しかし、菜弓の提案は魅力的だった。

……別にキスが魅力的という話ではなく。いや、確かに魅力的かもしれないが、それよりこの序盤で３０００ＤＰが浮くのはあまりにでかい。

判断するまでに時間はかからなかった。一番大切なのは、朝火の命のために最善を尽くすことなのだから。

「菜弓、教えてくれ。約束は守る。朱音、すまないがここはＤＰを取らせてもらう」

「……夕人お兄ちゃんのスケベ。変態。キス魔。金の亡者」

朱音は取引が失敗して不機嫌になったのか、僕のことを一通り罵倒してきた。可愛い一面もあるなと思うが。

「金の亡者以外は否定しておくよ」

ＤＰ目当てでキスを許容するというのは、普通に考えて金の亡者なので、ここはさすがに否定できないなと諦める。

「ああ、わたしも菜弓お姉ちゃんくらいたわわに成長した美少女だったらなぁ。むしろキスしてあげるから１００００ＤＰよこせとかいえたのになぁ」

十五歳の少女にしてはなかなかあれな発言だ。というかそれは世間では援助交際の一種なのではないだろうか。

――そう考えると僕のも援助交際みたいなものなので、あまり強くはいえないが。

「……だいぶ話がそれたけど、ひとまず〈エンチャント〉の情報を交換しようか。菜弓、よろしく頼む」

それから僕は菜弓とコアに触れながら、タダで情報の〈交換〉を行った。

「王子様と大切なものを〈交換〉する。素敵な響き……」

何か大切なものを失った気がするが、背に腹は代えられない。

「あの……俺も〈エンチャント〉の情報を教えてほしいんだが……」

そんなやり取りを見ていた陸が、おそるおそるといった様子でそんな発言をする。

「陸お兄ちゃんは４０００ＤＰね」

「なんで値上がりするんだよ！」

「不機嫌だから！」

陸が僕のとばっちりを受けている気がする。機会があったら優しくしようと思った。

＊

そんな一幕がありつつも、僕たちは無事〈エンチャント〉の情報を〈交換〉し終えた。陸は結局、可哀想《かわいそう》に思った僕が「時間が勿体《もったい》ないし1000DPで教える」というと、そのまま僕が教えることとなった。朱音は文句たらたらだったが。
さて、〈エンチャント〉の〈ゲーム情報〉を得た僕は、さっそくその説明を読んだ。

〈エンチャント〉は〈召喚〉できるモンスターの種類ごとに、DPを支払うことで特定のスキルを付与するコマンドです。付与できるスキルは、プレイヤーの持っているスキルのうちいくつかと、全プレイヤー共通のエンチャント用〈スキル〉で、プレイヤーのレベル、および〈召喚〉パラメータが高いほどいろいろなスキルが付与できるようになっていきます。

あなたがモンスターに付与できるスキルは以下のとおりです。

・プレイヤースキル
〈魅了Lv2〉〈魅了Lv1〉〈プログラムLv1〉
〈怪力Lv1〉〈勤労Lv1〉
■価格
Lv3：125000DP

Lv2：25000DP
Lv1：5000DP

・共通エンチャント用スキル
△カテゴリ1
〈敵感知〉〈マッピング〉〈視界共有〉
〈魔方陣：インベントリ〉〈魔方陣：クリエイト〉〈魔方陣：サモン〉
△カテゴリ2
〈火耐性Lv1〉〈水耐性Lv1〉〈雷耐性Lv1〉
〈土耐性Lv1〉〈風耐性Lv1〉〈氷耐性Lv1〉
〈光耐性Lv1〉〈闇耐性Lv1〉〈物理耐性Lv1〉
△カテゴリ3
〈火特攻Lv1〉〈水特攻Lv1〉〈雷特攻Lv1〉
〈土特攻Lv1〉〈風特攻Lv1〉〈氷特攻Lv1〉
〈光特攻Lv1〉〈闇特攻Lv1〉〈物理特攻Lv1〉

■価格
カテゴリ1：1250DP
カテゴリ2：2500DP
カテゴリ3：5000DP

〈エンチャント〉は一度付与すればその種族全員にそのスキルがつくという、破格のシステムだった。しかしそれには高額のDPという代償を伴う。

僕は手持ちのDPを確認する。チュートリアルで貯まっている7500DPに加え、陸からもらった1000DPで計8500DPだった。1250DPのスキルを六つつけて1000DP余る計算になる。2500DPのスキルなら三つだし、2500DPのスキル一つと5000DPのスキル一つをつけるという選択肢だってある。もちろん他にも組み合わせはいろいろ存在していた。

「さて、僕たちがこれから戦略を練るにあたって、ある程度お互い教えられるスキルを共有するべきだと思う。僕は共通エンチャント用スキル〈視界共有〉〈敵感知〉〈マッピング〉に、〈魔方陣〉シリーズの〈インベントリ〉と〈クリエイト〉と〈サモン〉、各属性の〈耐性〉Lv1と〈特攻〉Lv1、それと自分のプレイヤースキルをいくつか教えられる」

ひとまず僕は自分のプレイヤースキルの内容を除き、正直に告げることにした。戦略を素早く練って攻めるためにも、駆け引きをしている時間は勿体ない。

しかしそれは早計だったかもしれない。

「ちょっと待て、いくらなんでもスキルの数が多すぎるだろ。俺の〈召喚〉の値はDだけど、〈敵感知〉〈マッピング〉と自分のスキルの一部しか教えられないぞ?」

「……わたしはそれよりはだいぶスキルが多いけど、〈魔方陣〉シリーズってのと属性の〈特攻〉ってのがないいね。おかしいなぁ、〈召喚〉の値は高いはずなんだけど」

「……わたしは朱音ちゃんから属性の〈耐性〉を引いた感じですね。〈視界共有〉があるのが、海野くんとは違いますが」

僕は自分の〈召喚〉の値が、スキル〈愛の絆Lv３〉の効果で著しく高くなっているだろうことを失念していた。

仕方なく、僕はひとまず〈エンチャント〉の説明画面でスキルの効果を読みたいと念じて、その結果わかったことを読み上げた。

「〈魔方陣〉シリーズは、プレイヤーの命令に応じて、魔方陣に込められた魔法をいつでもモンスターの付近で発動できる能力、コストは１２５０ＤＰ。各属性の〈特攻〉は、その属性の敵に特大のダメージを与える能力で、コストは５０００ＤＰ。ちなみに各属性の〈耐性〉はその属性の攻撃から受けるダメージを軽減する能力で、コストは２５００ＤＰ。〈視界共有〉はモンスターの視界を共有できるようになるスキルでコストは１２５０ＤＰだね」

「なるほど、たぶん魔方陣はさっそく使えるね！　ちょっと〈魔方陣：サモン〉の効果を詳しく見せて！」

「〈魔方陣：サモン〉は、『このスキルを持つモンスターの半径３ｍ以内にモンスターを召喚できるようになる』だね」

「素晴らしい！　これを使えば、かなりいけている作戦が実行できるね！」

「ああ、それについては僕にも考えがある」

そのまま僕たちは、〈エンチャント〉システムを活《い》かした作戦案を考え始めた。

そして１時間ほどかけた準備を経て、僕たちは二つ隣の東の山にある鳥居を目指して進軍することになる。

7　初陣へ

大量のラットたちが、ひそやかに山の中を駆け巡る。

ラットたちは一定以上間隔を空けながら横一列に並んで走り、そこに何か異常──たとえばダンジョンとか──がないかどうかを調べつつ、目的地へと走っていく。

僕はそのうち25体ほどを選び、それらの視界を5×5で並んだモニターのように目の前に表示させながら、ラットたちの状況を確認していた。

「ネズミとか粘菌とか、小さな生物を使って攻略するのは、ダンジョン経営ものの基本だからね！」

実はネット小説にも造詣が深いらしい朱音のそんな太鼓判が捺《お》されたのもあり、ラットを使った索敵・マッピングを行うことがまず僕たちの第一段階の戦略として可決された。

ラットは必要DPが10と低く、大量生産に向いている。これを斥候として用いるのは、理にかなっていた。

そのために必要なのは、ラットに対してエンチャントするスキルの選定だ。

そして、僕たち全員がラットに索敵スキルを覚えさせるのはDP効率が悪い。それは誰の目にも明らかだ。

ここで僕には、他の皆が覚えさせることができないエンチャント用スキル、〈魔方陣〉シリーズがある。

その中でも〈魔方陣：サモン〉は、使い方次第では非常に柔軟性のある戦術を実現できる、極めて強力なスキルである。

半ば必然的に、僕はよくいえば「司令塔」――悪くいえば「ネズミ係」――に任命された。その中間の表現としては「召喚係」といった感じだろうか。

〈魔方陣：サモン〉では他のプレイヤーの〈サモン〉は当然使えない。つまり、〈魔方陣：サモン〉を覚えたラットから召喚を行うのは僕の役目になる。

そして召喚される魔物にも、当然スキルは〈エンチャント〉されていることが望ましい。

そこで、僕は他の三人からDPをレンタルし、そのレンタルしたDPを〈エンチャント〉〈召喚〉に充てることとなった。〈エンチャント〉は僕個人にとっての純粋な強化でもあるので、そこに使われる部分にレンタルしたDPを充てるのは適切な考え方だった。一方〈召喚〉については、チームのために使ったDPであり、減損する可能性もある。そこで、〈召喚〉したモンスターのうち今回の作戦で死んだモンスターのDPは返さなくてよいということで話がついた。

集まったDPは、他の三人の作戦行動に必要なDPを差し引いて、ちょうど１６０００DP。これに僕が元々持っていたDPを合わせて、２４５００DPが僕の手中に収まった。

僕たちが立てた作戦はこうだ。

まずラット５２０匹を召喚するのに５２００DP。５２０匹の理由としては、防衛用の20匹を用意しつつ、残りの５００匹を20m間隔で離して走らせたとして10kmほどの横幅を確保でき、これが作戦にとってちょうどよい距離感であったことだ。僕たちが歩いた山道の距離は、およそ２～４km

ほどであった。10kmという横幅で対象の鳥居を通過すれば、その鳥居の周辺のダンジョンは基本的には全部見つけることが期待できる。

間隔については、間隔を離しすぎると、ラットがダンジョンを見逃す可能性も出てくる。そこでちょうどよい間隔として選ばれたのが20mだった。

とはいえ10kmの横幅のラットの群れを作るのは一苦労だ。僕たちはこの作戦が決まった時点でラットを召喚してしまい、対象の鳥居の方を向いてから左右に最長5kmまでラットを走らせてローラー作戦の陣形を作り、〈エンチャント〉は後から行うこととした。モンスターは主の命令をきちんと聞いてくれるので、このような複雑な行動も可能だった。

ちなみに、20匹の方は僕たち四人のダンジョンに4匹ずつ送り、残りの4匹をこの屋敷に配置した。場所は他の三人に〈マップ〉を見てもらいつつ、口頭で大体の場所を示し、後はラットに探させた。

次に、ラットたちが走っている間に、ラットに〈エンチャント〉するスキルを話し合った。まず間違いなく斥候として必要なのは、〈視界共有〉〈マッピング〉〈敵感知〉〈魔方陣：サモン〉だ。これで5000DPが使われることになる。

それに加えて必要なスキルは、ないという結論に至った。インベントリは、アイテムを発見した際に回収できる可能性、モンスターに食料を供給できる可能性がある。だが序盤でダンジョンにアイテムを配置するプレイヤーは少ないし、食料は現地調達、つまり敵モンスターを食料にしてもらえばいいだろうという話になった。

ちなみにダンジョンにアイテムを配置するメリットとしては、「アイテムが配置されたダンジョンは、ＤＰを稼ぐ効率がよくなる。回復所や休憩所、入り口との転移装置などのメリットつきオブジェクトも同様」というのが朱音や菜弓の〈ゲーム情報〉に書かれているそうだ。もちろん僕と陸の〈ゲーム情報〉には書かれていない。

――なんだこの理不尽なゲームは。ふざけているのか。

思わず文句をいいたくなったが、ぐっとこらえた。

最後に、攻撃役兼防衛役となるモンスターの選定だが、ここは菜弓の意見を採用した。

「序盤向けの軽いモンスターは、スライムとピクシー以外物理属性ばかり。スライムは防衛能力も低いし、用いるプレイヤーは多くないはず。ピクシーは遠距離火力になりうるけど、弓矢に弱い。〈物理特攻Lv１〉を持たせたオークを作って、一部に弓を持たせるのがよいと思う」

聞くと、菜弓は独自でモンスターに武器が持てるのか実験を行い、オークが刀剣と槍、斧《おの》と弓を扱えることを試していたのだという。僕は気づいていなかったのだが、インベントリにある装備品を〈配下〉から召喚前のモンスターに持たせておくことができる機能もあるそうだ。さらに、実は召喚したモンスターの〈ゲーム情報〉が追加されているらしく、そこに属性も載っているらしい。

菜弓は序盤に召喚されうるモンスターの主なものを1体ずつ〈召喚〉して、その〈モンスター図鑑〉という項目に登録しているという。ずいぶんと研究肌だな、と素直に感心する。菜弓も、奇抜な言動さえ除けば、なかなかに賢い少女のようだ。

僕はオークに５０００ＤＰで〈物理特攻〉を付与した上で、７５００ＤＰで15体のオークを召喚した。そして１５００ＤＰで弓と剣、槍を五つずつ用意してオークに持たせた。３００ＤＰが余ったので、自分用のまともな装備を見繕う。

「剣は持っているなら、クロスボウと鎖帷子《くさりかたびら》がいいんじゃないかな！　素人でもそれなりに扱いやすいし、戦いやすいはずだよ！」

　という朱音からのアドバイスを受け、100DPでクロスボウ、200DPで鎖帷子を装備する。

「〈通信用耳飾り〉を装備するのを忘れないようにしてください」

「なんだ、それは？」

　菜弓の言葉に僕がそんな反応を返すと、周囲が変な空気になった。

「俺の〈創造〉はC－なんだが、〈通信用耳飾り〉は〈錬成〉欄にあるぞ。ということは……」

「お兄ちゃんは創造力に乏しいんだね！　いやぁ、お兄ちゃんにも弱点があってよかったよ」

「ちなみに、D－だよ」

「低いねぇ。それぐらい低いと、こういう必須クラスのアイテムすら作れないわけか」

　散々ないわれようの僕に、救いの手を差し伸べたのは妖精だった。

「大丈夫です、王子様」

　そういって、菜弓は僕に耳飾りを手渡した。

「こんなこともあろうかと、二つ作ってあります。まあ単に予備というだけですが、あげますよ」

「ちなみにこれは何DPなんだ？」

「キス1回追加です」

「……何DPなんだ？」

「キス3回追加でもいいですよ？」

「あはは、500DPだよ！」

らちがあかない僕たちの会話を見かねたのか、朱音が乱入してくる。

「……今は払えないな。これも借りということにしておいてくれ」

そういうことで話がついた。

そして僕たち四人がどうするかだが、僕以外の三人をダンジョン攻略の戦闘要員として用いない手はないということで、ラットたちを追いかけるように走っていくことにした。そのためにある程度のDPを確保して、準備もしている。

菜弓を戦闘要員にして大丈夫なのか。そう思ったこともあったが、菜弓は意外にも綺麗《きれい》な剣捌きと体術を見せてくれた。「体育は得意だったのです」とかふざけたことをいっているが、何らかの経験があるのかもしれない。

とはいえまずダンジョンを発見して場所を知る必要があるので、三人とも最初は屋敷にいることになった。場所は屋敷のコアのマップにラットたちが〈マッピング〉してくれる地図を見ないと正確にはわからないからだ。

ちなみに、外でもこの〈マッピング〉した地図が見られるアイテムもあるようなのだが、こちらは3000DPするらしく、今回はなしとなった。

さて、僕だけは「司令塔」兼「最低限の屋敷の防衛役」としてずっと屋敷に残ることになった。僕が万が一敵に襲われるなどして、指揮が崩壊しては本末転倒だからだ。

そして肝心のターゲットだが、僕たちは発見するダンジョンすべてにそれぞれラットを侵入させ、また鳥居の下の屋敷についてもオーク数体による攻撃を加える方針となった。

この狙いは、敵の攪乱《かくらん》だ。敵が混乱して自分のダンジョンを守りにいってくれればそれでよし。僕たちは戦力を屋敷に集中してゆうゆう制覇できる。

一方で、屋敷に居残った場合は、ラットからオークを召喚して、本格的に敵のダンジョンコアを破壊しにいける。

「ダンジョンコアの破壊または隷属は、早い者勝ちかつその人の判断に任せることにしようか」

これは朱音の提案だった。混乱する状況の中、目標を制圧するのを躊躇《ためら》っていては全体の不利益になるからだ。こちらも採用された。

そうした入念な打ち合わせを経て、今、ラットたちが山中を駆け抜けている。

「――ダンジョン発見。マップに載った」

「陸、いって」

「了解」

言葉少なに、陸がダンジョンに向かう。

陸が先遣隊として向かうのは、先遣隊が一番激しい迎撃に遭う可能性が高く、陸が一番戦闘能力が高いからだ。また、後述する理由で陸が一番移動が遅いからでもある。

「へぇ、〈肉体〉がAなんだ！　脳みそまで筋肉でできているってわけだね！　あはは！」

「ひどいなおい。温厚な俺でも怒るぞ」

戦闘能力の話になったとき、陸の鍛えられた〈肉体〉の話は真っ先に話題となった。

「冗談。素敵だと思うよ。きっと剣道とか頑張っていた証《あかし》じゃないかな？」

朱音はそういって陸に明るくウインクしてみせる。僕でも魅了されそうになるくらい、綺麗な笑みを浮かべながら。

陸は露骨にときめいているようで、顔を真っ赤にしてそっぽを向いた。

「わ、わかればいいんだ」

その陰で、陸には見えないように朱音がぺろりと舌を出しているのが、僕には見えてしまった。

陸の運命はなかなか多難そうだ。

そんな陸がラットを追いかけて山中へと駆けていく。パラメータの補正で超人的な身体能力を持っている陸は、それぐらいなんでもないだろう。

「こちら陸、異常なし。オーバー」

律儀に定期連絡までくれる。陸らしさを感じる一幕だった。

「こちら夕人。ラットがダンジョン二つめを発見。朱音が向かう」

「こちら朱音。自前のウルフに乗って向かうよ!」

VRMMO慣れしている朱音は、他のゲームで馬やオオカミなど様々な動物に騎乗した経験を持ち、〈騎乗Lv1〉スキルを持っているらしい。

二つめのダンジョンは一つめより奥にあるが、問題なく到着できそうだった。

「こちら夕人。三つめのダンジョンも発見、ほぼ同時にラットの中心が屋敷に到着する。これよりラットたちによる探索を中断。ラットを各ダンジョンの入り口に向かわせる」

僕は三つのダンジョンの座標をマップでイメージし、ラットたちの現在位置から最も近いダンジョンへと、数が大体均等になるように向かわせる。

「こちら菜弓。今からウルフで向かいます」

そして驚くべきことに、菜弓も〈騎乗Lv1〉スキルを持っているらしい。こちらはリアルで馬に乗る生活をしていた時期があったんだとか。どこのお嬢様だ、となかば呆れる。

そんな菜弓を横目で見つつ、僕はラットの視界に集中する。

屋敷の姿が見えてくる。

そこには――大量のゴブリンの群れがいた。

「こちら夕人。屋敷周辺には大量のゴブリン、およそ100体ほど。屋敷付近のラットをいったん迂回《うかい》させる」

作戦行動前にラットが殺されきってはたまらない。僕は逃げるようにラットへ命令し、屋敷を大きく迂回して通過、数匹を屋敷に残す。

おそらく屋敷の〈マップ〉にはラットたちが敵として映っただろう。はたしてどう出るか。

「こちら陸。ダンジョンの前に到着」

「こちら朱音。ダンジョンの前に到着」

ちょうど二人がダンジョンに到着したらしい。思ったよりだいぶ早い。急いでくれたのだろう。

「こちら夕人、ラットはあと5分ほどでダンジョンの前に集合する。待機してくれ」

「「了解！」」

ラットの敵影を見て、屋敷の中からプレイヤーが出てくる。

ややチャラついた感じの大学生といった風貌の男女だった。

二人は様子をうかがい、モンスターの姿が森に隠れて見えないことを知ると、何事か話している。そしていったん屋敷の中に戻っていった。

それからしばらく静寂が続く。そして動きがあった。

ある程度散らばっていたゴブリンたちが、屋敷のある中心へと移動し、それを守るように陣形を組み始めたのだ。

それを見て、僕は「……勝てるな」と思った。

同時に、ラットたちがダンジョン付近にほぼ集まった。ラットたちの視界には、陸が、朱音が、菜弓が映っている。朱音以外は、緊張した面持ちだ。

「こちら夕人。敵は愚鈍な動きで陣形を組ませてゴブリンに屋敷を守らせている。到着したラットをダンジョンへと走らせる。偵察が済み次第、突入してもらう。覚悟しておいてくれ」

「「「了解！」」」

そうしてラットたちが、はじめての戦争の始まりを告げる鳴き声をあげながら、ダンジョンへと侵入していった。

8　はじめてのダンジョン攻略

およそ500匹のラットたちが、三つのダンジョンに次々と侵入していく。

僕はその様子を集中してモニターしながら、状況を三人に報告、指示を出していた。

「こちら夕人。陸が攻めるダンジョンの第一フロアに到着。暗闇と落とし穴の組み合わせだが、ラットが数匹落ちただけで道は確保した。道を先導させるから突入してくれ」

「こちら陸。了解」

「こちら夕人。菜弓のダンジョンの第一フロアに到着。オークが3体並んでいる。罠の様子はない。こちらもオークを3体召喚する。中に入って必要なら援護してくれ」

「了解です王子様。これより突入します」

「こちら夕人、朱音のダンジョンの第一フロアに到着。弓を持ったゴブリンが10体ほど並んで攻撃してきているが、あまり当たる様子はない。罠の様子は……落とし穴があるな、気をつけてくれ。落とし穴のゾーンを越えたところで刀を持ったオークを3体召喚する。ラットがいるところは通れるところだから、突入してオークとともにゴブリンを狩ってくれ」

「了解だよ、夕人お兄ちゃん！」

菜弓のダンジョンでは、召喚されたオーク3体が、ダンジョンのオーク3体と戦闘を開始した。

だが相手のオークは初期装備の棍棒《こんぼう》で戦っているのに対し、こちらのオークは刀を装備していて、しかも〈物理特攻〉を持っている。

初撃、オークの力任せの剣戟《けんげき》は棍棒ごと相手のオークの体を大きく切り裂いた。痛烈な一撃。しかしオークは頑丈な生物のようで、それだけで死ぬことはなく、その二つに切れた棍棒の片方で殴りかかってくる。

その一撃をまともに受けたこちらのオークは、しかしそれを意に介した様子はない。そのまま返す刀で相手のオークの首を切り飛ばす。

崩れ落ちたオークの死体が光となって、こちらの倒したオークへと吸収された。

モンスターが他者を倒した場合、このようにモンスターのエネルギーが光となって倒したモンスターに吸収されるそうだ。これにより勝ったモンスターの腹は満たされ、さらに能力が少し強化されるらしい。

さて、他の2体のオークも同様の攻防で相手のオークを撃破した。ラットたちを次のフロアへと進ませる。

一方、朱音のダンジョンでは、落とし穴を越えたところにいるゴブリンの群れのただ中に、3体の槍を持ったオークを召喚した。オークは雑な動きで力強く槍を振り回し、まるで棒術のようにゴブリンを痛打していく。しかしそれだけでゴブリンは劇的なダメージを受けたようで、腕ごと身体がひしゃげたりしている。これが〈物理特攻〉の力なのだろう。

オークは次第に槍を突くことを覚えたらしく、ゴブリンたちを次々と串刺しにしていく。ちょこちょことゴブリンたちの矢がオークの腕や身体に刺さるが、特に気にしている様子もない。先ほどの戦いを見ても、オークは想像以上に頑丈な生物だったようだ。

菜弓と朱音が戦闘に遅れて第一フロアに到着する。陸も第一フロアに到着し、暗闇の中、落とし穴のないところをラットに押されながら通っていく。

その頃には、陸のダンジョンでは早くも第二フロアへとラットたちが到着していた。

「こちら夕人。菜弓と朱音のダンジョンの第一フロアはオークだけで楽勝だった。ラットを先に進めるので第二フロアの近くまで追いかけてくれ。陸のダンジョンは、第二フロアにラットたちが到着。オーク2体とピクシー5体が待ち構えている。罠の様子はなし……うわ、ピクシーの魔法で結構ラットが死んだ。範囲攻撃は厄介だな、いったんラットを戻す。こちらは刀を持ったオーク1体と、弓を持ったオーク2体を召喚する」

召喚されたオークのうち、弓を持ったオーク2体は、ずいぶんと力の籠もった一撃をピクシーめがけて射つ。しかし片方は狙いが外れ、なぜかその矢は少し離れたオークに当たった。オークは痛みに悶絶《もんぜつ》しており、肩にバカでかい穴が空いている。オークの強い力に〈物理特攻〉が加わった結果だろう。もう片方の矢は無事ピクシーに命中し、ピクシーは一撃死した。

そんな様子を見て、敵の1体のオークと4体のピクシーが一斉に弓を持ったオークを狙って攻撃をしかける。オークは棍棒を振りかざし、ピクシーは風の刃の魔法を解き放つ。

——そこに刀を持ったオークが棍棒を持ったオークに接近し、棍棒を持ったオークを一閃《いっせん》した。しかしその間にピクシーの魔法が解き放たれようとする。風の刃が二つずつオークを切り裂き、かなり痛そうなダメージが入った。

血まみれのオークは怒り狂い、弓を持ったままピクシーに向かって走っていこうとしてしまう。

（……オーク2体、弓を使え！　あの虫どもを叩《たた》き潰すには、それが一番手っ取り早い！）

僕が〈配下〉コマンドからそう念じると、オークは思い出したように弓を構え直した。そして殺意の籠もった矢が二本放たれ、それはピクシー2体に吸い込まれていく。ピクシー2体ははじけ飛び、絶命した。


そして残されたピクシー2体が再び魔法を唱えようとしている間に、刀を持っているオークが鈍重な動きながらもピクシーに迫り、そのままピクシーを切り捨てていく。

遅れて陸が辿りつくが、すでに戦闘は終了していた。

「……思ったより楽だな」

そんな陸の呟《つぶや》きが、耳飾りを通して聞こえてくる。

「まだ続きはあるかもしれない。DP計算的にはだいぶ削っているはずだが、プレイヤーの姿がない」

「おす」

その後も、進軍したオークたちの手で、朱音のダンジョンの二層めにいたゴブリンの群れをあっさり撃破。

菜弓のダンジョンは、弓を持ったゴブリンと落とし穴、矢罠が加わった第二フロアだったが、ラットで道筋を作って突入し、ラットたちが作った隙の間に、槍を持ったオークたちの手で次々とゴブリンが串刺しにされていった。

ここまで、オークは負傷しているものの動けなくなった個体は0だ。順調すぎる進軍といえるだろう。

そしてラットたちが進んだ結果、どの部屋もその先はダンジョンコアだった。

「こちら夕人、三つのダンジョンすべてでダンジョンコアを発見。一応早い者勝ちということなので、ラットでコアを破壊してみる。みんな走れ！」

「こちら朱音！　ずるい！」

「こちら菜弓。そういうところも素敵です、王子様」

「こちら陸。俺が一番不利じゃねぇか！」

いろいろいわれているが、気にせずラットの群れでコアを攻撃してみる。すると、コアは少しずつ色を曇らせていくようだった。僕はそのままラットに攻撃を続けさせた。

しばらくすると、ウルフに乗った朱音と菜弓がほぼ同時にコアのある部屋にそれぞれ到着する。

その時、ようやく敵のプレイヤーたちは何らかの方法で事態に気づいたらしく、ダンジョンコアを守るべくコアのある部屋へと転移してきた。

「う、うわ、ネズミが大量に食いついてやがる！　バ、バカ、やめろ、やめてくれぇッ！　てかプレイヤーもいやがるッ……！　ていうかめちゃくちゃ可愛いんですけど⁉」

先ほど姿を見せていたチャラそうな大学生くらいの男が、菜弓と対峙《たいじ》しているようだ。手には刀を持っている。一方の菜弓は男が何事かいっているのを気にとめることもなくクロスボウを構え、男に向けて発射した。同時、僕は菜弓を守るべく、ラットたちに男を攻撃させる。

「い、いてぇえええええ！　いてぇよ！　いてぇよちくしょう！」

気づくと男の腹には矢が突き刺さり、あちこちをラットに食い破られ、ずいぶんとえげつない絵面になっている。菜弓は構わず二射めを用意し、歩み寄りながら男の頭を狙い撃った。

矢は脳天を突き破り、男は死亡したらしくデスポーンする。

菜弓の見せた意外な容赦のなさに、僕はあまり菜弓を怒らせない方がいいのかもしれないなと思う。

菜弓はそのまま俊敏な動きでコアに走り寄り、抜いた刀でコアを一閃した。コアはラットの攻撃と合わせて、今の一撃で破壊されたようだ。

一方、朱音の下には、同じく先ほど姿を見せていた大学生くらいの女が現れていた。

「ちょ、ちょっと、なにこのネズミ……信じられ……」

コアの方を向いて現れた女の言葉は、最後まで続くことはなかった。驚くほど俊敏な動きで走っていった朱音が、女が後ろを向いている隙に一瞬でその首を断ったからだ。女は瞬く間にデスポーンする。こちらもずいぶんと容赦がない。

それから遅れることしばらくして、陸がコアのある部屋に辿りつく。しかしその頃には、僕のラットがコアを攻撃しきってしまっていた。

「敵ダンジョンコアのＨＰが０になりました。破壊しますか、隷属させますか？」

そんな選択肢が目の前に表示される。なるほど、そういうシステムなのか。

僕はどうしようか思案したが、結論がすぐに出ない。

するとそれから遅れて、一人の少女がダンジョンコアを守ろうと、陸の前に現れた。

「え……え……どうしてこんなに早く攻撃が……あなたがわたしのダンジョンを、攻略しちゃったんですか……？　わたし、ゲームオーバーですか？　こんなにすぐ……？」

どこかおどおどとした印象の少女は、陸に対して恐怖を抱いている様子で顔をひきつらせながら、呆然としていた。

「攻略したのは俺じゃないが……すまない、これはそういうゲームだ。恨みはないが、斬らせてもらう」

陸は剣道の達人のような歩法で歩み寄り、少女を油断なく断ち切った。少女は、陸の惚《ほ》れ惚《ぼ》れするような剣筋と真剣な表情に見入っている間に、デスポーンしてしまったようだ。

僕はその様子も見つつ、最終的に決断した。

「隷属」

僕は少女を奴隷とすることを決めた。

理由はいくつかある。

一つめの理由は、少女が気弱そうで、裏切ったり邪魔したりする可能性がそれほど高くないと思われること。

二つめの理由は、今後のゲーム展開のために、プリズナーというシステムを体験し、試す必要があること。

三つめの理由は、どちらかというと頭を使う方が得意そうな少女の〈情報〉の値が高い可能性があり、高い〈情報〉を持つプリズナーを確保したい現状に合っていること。

他にも細かい理由はあったが、主な理由はそんなところだ。

「こちら夕人。ダンジョン三つとも制圧が完了した。制圧したのは朱音、菜弓、僕だ。これより屋敷の攻略に移る。ラットに案内させるから、オークを引き連れて進軍してくれ」

僕はそういって、三人の了解の返事を聞き、そこで一息ついた。

はじめてのVRMMO、はじめての戦闘行為。それを問題なく切り抜けたことに、充足感を感じる。これがゲームというものの面白さなのだろう。

しかし楽しんでいる余裕は僕にはない。

なにせこれは、絶対に失敗が許されない戦いなのだから。

朝火の命が懸かった戦いなのだから。

「こちら夕人。屋敷のゴブリンは約100体。オーク9体とラット500匹なら、十分制圧できるはずだ。健闘を祈る」

それからしばらくした頃には、激しい戦闘となりつつもこちらに被害が出ることもなく屋敷は制圧され、陸が屋敷のコアを破壊した。プレイヤーが出てこなかったのを見ると、あのチームは三人パーティだったのかもしれない。

そうして僕たちは、初陣を気持ちよく勝利で飾り、戦後の処理に移っていく。

当面の課題は、まずプリズナーとした少女をどう扱うか。

そして新たに判明した仕様、プレイヤーレベルアップ時の〈レベルアップ報酬〉をどれにするかだった。


レベルアップ報酬は、プレイヤーレベルが上がるたびに、プレイヤースキル、魔法、エンチャント用スキルなどから成る候補のうち、一つを選択して獲得できるシステムです。

現在の獲得候補（Lv2に上がった報酬として、以下から一つを選択）

・プレイヤースキル：〈器用Lv1〉
高い器用さを示す。初期ステータスの創造にボーナス。

・魔法：〈リサモン〉
顕現中のモンスターをいったんメニューへと送還し、再召喚を可能にする。モンスターがどこにいても使用可能。

・エンチャント用スキル：〈物理耐性Lv2〉
物理攻撃に対する耐性を持つ。

僕の選択は——。

9　プリズナー

次第に空の一部が赤く染まり始める頃。

敵屋敷のコアを無事破壊した三人は、転移で僕たちの屋敷へと凱旋《がいせん》した。

「戻ったよ、夕人お兄ちゃん！　いやぁ、なかなかの将軍っぷりだったね！」

「戻ったぜ、夕人。ラットにコアを壊されたのは悔しいが、ま、ナイスだった。次があったら譲れよな」

「ただいまです、王子様。いっぱい働いて疲れたので、個室でマッサージでもしてください」

各々、個性豊かなコメントを残しつつ、屋敷に入ってくる。

「みんなおかえり。なんとかネズミ係は務まったみたいでよかったよ」

そんな会話をしつつ、僕はこれからのことについて考えていた。

「そうそう、〈レベルアップ報酬〉で〈リサモン〉って魔法を覚えたんだ。モンスターがどこにいても、いったんメニューに送還して、再召喚を可能にする魔法。これ、〈魔方陣：サモン〉と組み合わせると恐ろしい汎用性が生まれると思うんだ」

「あ、それわたしの報酬にもあったよ！　ずいぶん便利な魔法だよね！　わたしもそれにした！」

「ちなみに他の報酬が何だったか聞いてよいかな？　同じか確かめたい」

「プレイヤースキル〈基礎学力Lv１〉とエンチャント用スキル〈毒耐性Lv１〉だったよ」

「なるほど。僕は〈器用Lv１〉と〈物理耐性Lv２〉だった。持ってないプレイヤースキルやエンチャント用スキルが基本で、時々Lv２も出る、みたいな感じなのかな」

「その中だったら、迷うけど〈物理耐性Lv２〉より〈リサモン〉かなぁ。〈物理耐性Lv２〉が何DPで教えられるのかわからないし、〈リサモン〉は強力だし」

まさに朱音がいうとおりの理由で、僕も〈リサモン〉にしていた。朱音とは思考のタイプがそれなりに近いらしい。

「他の二人も〈リサモン〉があったのかな？」

「わたしも〈リサモン〉でした」

「俺は情報を上げる〈物知りLv１〉っていうスキルが出てかなり迷ったが、〈リサモン〉にしたぜ」

「迷う余地ないでしょ、っていいたかったけど、わたしも散々バカにしちゃったからなぁ……気持ちはわかるっていっておく！」

思わず笑ってしまいそうになるが、陸に悪いなと思い、こらえる。

「これで図らずも〈リサモン〉が揃《そろ》ったわけだ。今後は他のみんなも〈エンチャント〉でモンスターを鍛えていくだろうし、より柔軟な戦略が取れそうだね」

「今回は夕人お兄ちゃんにいいとこ取りされちゃったからね。わたしも次新しく〈召喚〉を上げるスキルが来たら、できるだけ取りたいなぁ」

そんな会話をしながら、会議のときにも使ったリビングルームのソファーなんかに皆腰を落ち着けていく。

「さてと。わたしと菜弓お姉ちゃんはコアを破壊したわけだけど、夕人お兄ちゃんは違うんだよね？」

「ああ、隷属させた。プリズナーというシステムを試す必要があると判断したからだね。気弱そうな子だったから、めんどくさいことにはなりにくそうだったし」

「そこだよねぇ。わたしもあのリア充っぽい大学生じゃなければプリズナーにしようと思ったんだけど、わたしより気強そうだったからめんどくさそうだなって思っちゃったんだ」

「わたしも。わたしが壊したコアの持ち主、平時ならナンパでもしてきそうな勢いでした」

朱音と菜弓が倒した相手に鞭打《むちう》つようなことをいっていく。

「そこは個々人の判断に任せるって話だったしいいだろ。それより、夕人のプリズナーって俺が斬ったあの女の子だろ？　今どうしてるんだ？」

陸はもう少し何かいうかと思ったが、意外とサバサバした反応だ。

「今はダンジョンコアの外にリスポーンしてきて、なんだか呆然としているみたいだ。一応ラットを何匹かつけたんだけど、ラットを怖がっている様子もあった」

「ふぅん、確かに気弱そうってのは正しいみたいだね」

「あと、プリズナーを持つことで、メニューに新しい項目が増えたんだ」

僕はそのメニューの内容を説明する。

「〈配下〉の下に〈プリズナー〉って欄が増えているんだけど、ここであの子の〈ステータス〉を見たり、あの子に〈命令〉を出したりできるみたいなんだ。選択欄によると、名前は藤枝朋《ふじえだとも》っていうらしい。中身の〈ステータス〉は、一応あの子に了承を取ってから見ようと思って、まだ見たりはしてないんだけどね」

「ふぅん、夕人お兄ちゃんは優しいんだね」

「いやいや当然だろ。いくらゲーム上奴隷だからって、相手は血の通った人間なんだぞ？　プライバシーの問題だってある」

陸が強い主張をする。うすうす感じていたが、陸は本来なかなか正義感の強い人間のようだ。

正義——朝火のために生きる修羅となった僕からは、失われた概念だ。

——まったく、眩《まぶ》しい。

「わたしは王子様が浮気しなければ何でもいいですよ」

「……菜弓と僕は付き合ってないから」

「そんなこといっていると、付き合ってない相手と二人きりでキスするんだね、って突っ込まれちゃうよ？　あはは！」

朱音が面白がって引っかき回してくる。やめてほしい。

「まあいいや。それで、〈命令〉ってのはどんなことができるの？」

「それなんだけど……」

僕はその命令項目の、シンプルさと凶悪さに思わず話すのを躊躇った。

「〈攻撃〉〈逃走〉〈魔法〉〈配下〉〈錬成〉、そして〈転移〉と……〈激痛〉」

当然、皆ぎょっとする。

「ちょっと待て。〈激痛〉ってのは……」

「プリズナーに〈激痛〉を与えて調教する機能、だそうだ。最初は〈激痛Lv1〉と〈激痛Lv2〉から選択できるらしい」

「らしいって……お前……」

「もちろん、僕は今のところ使う気はない」

陸と波風を立てるのは得策ではない。本当であれば、〈激痛〉がどれほどのものなのか、実験しておく方が今後にとって有意義だという冷徹な判断もある。だが倫理の問題がさすがに大きすぎると判断した。少なくとも、今は。

「ふーん。まあお兄ちゃんのプリズナーだから、好きにすればいいと思うけどね」

朱音の言葉は、それでいいとも、それが不満だとももとれるが、気にしすぎないことにする。

「王子様に激痛を与えてもらえるなんて、わたしはうらやましいですけどね」

聞きたくないカミングアウトは、総力をあげてスルーする。

「さて、じゃあそろそろ〈転移〉命令で僕のいるところに転移させてみるよ」

「へぇ、プリズナーは主のところに転移できるんだな」

「ああ、僕も実際にプリズナーを持ってみてはじめてわかった。プリズナーは、僕の命令次第で僕のダンジョンコア、僕のダンジョン内の好きな場所、僕のいる場所、僕が登録した鳥居の屋敷の入り口に転移させられる。〈魔方陣：テレポート〉っていうスキルを覚えているモンスターと同じ扱いになるらしい。ついでに、プリズナーを持ったことで、僕自身〈テレポート〉を覚えたようだ」

僕の淡々とした言葉に、陸はどこか不愉快そうな表情を見せる。

「人間がモンスターと同じ扱い……信じられねぇ説明だな」

「これは負けられないね！　あはは！」

一方の朱音の明るさの底には、やはり酷薄さが見え隠れするなと思う。そして自分への自負、自信も垣間《かいまみ》見えた。

「じゃあ呼ぶよ。〈テレポート〉――藤枝朋」

まあこうして命令してしまえる僕も、きっと同じ穴の狢《むじな》だろう。僕は朱音が嫌いだとはとても思えなかった。むしろ、自分といくつかの基準において同じ水準にいる、とても珍しい人間を見ているようで――。

そんな考え事をしている間に、僕の目の前にプリズナーの少女、藤枝朋が現れた。

少女はいきなり変わった景色にずいぶんと面食らっているようで、目の前にいる僕たち四人を交互に見ては「あわわわわ……」などと呟いている。

僕はそんな少女、藤枝朋を観察する。

ラット越しで見ていたときはあまり意識しなかったが、ピアノの鍵盤が描かれた特徴的なワンピースを身につけている。どこかのブランドものだろう。スレンダーな体型によく似合っている。髪型は黒髪のボブ。瞳はぱっちりした二重だが、そこに分厚いウェリントンの眼鏡をかけている。そうやって見ると、なかなかに可愛らしい少女だ。

だがその表情は驚きと怯《おび》えの入り交じったもの。仕草も、いちいち気弱さを強調するような、自分の身体を隠そうとするような手の動きが目立つ。

「藤枝朋さん。僕があなたの主になった、小鳥遊夕人です。よろしく」

僕はそういって、少女の不安を解くように接することにした。

「え、え、あ、はい。よ、よろしくです……」

少女は何が何だかわからないといった様子で、混乱しつつも挨拶を返した。

少女はどこかぼうっとした様子で、僕の顔を魅入られたように見つめている。

「プリズナーになって不安はいろいろあると思いますし、ゲームに敗北したことはショックだと思います。しかし僕は、あなたが活躍して僕を勝利に導いた暁には、一定額の金銭を支払うことを約束しようと思います。詳しい条件は後ほど話し合いたいですが、今はひとまずこの方針だけは伝えておきたいです」

「え、あ、は、はい。ご丁寧に、どうも……」

少女はぺこりとお辞儀して、それからまた僕の顔をぼうっと見つめた。

気のせいか、少女の顔はわずかに紅潮して、瞳がうるうると潤んでいる。

僕はその表情に見覚えがあった。菜弓がはじめて僕と会ったときに見せたそれと、極めて類似していたからだ。

これをもって、少女が僕に好意を抱いていると断定するほど僕は恐れ知らずではない。

だが、僕には〈魅了Lv2〉というスキルが発動しており、そのスキルを帯びた状態で少女と至近距離で見つめ合っていたことも事実。それが精神に及ぼす影響の強さは、僕自身菜弓で痛いほどわかっている。

だから僕はそれを利用することにした。今後の円滑なプリズナー管理のために。朝火が救われる可能性を、ほんの少しでも上げるために。

僕は優しく少女に微笑《ほほえ》みながら、こういった。

「金額などの条件は、知らない人ばかりのところでは話しにくいでしょう。この洋館に部屋を用意するので、後で二人で話しましょう」

「ふ、ふたりで、お部屋に!? は、は、は、はい！　わかりまひた！」

少女はわかりやすいくらい動揺している。そんな少女を見ながら、僕はこのあとどのように少女を自分の扱いたい形に持っていくか、冷徹に思考していた。

そんな僕と少女を見つめる他の三人の視線は、かつてないほど冷たい気がした。特に菜弓からは、うっかりすると少女を殺してしまいそうなほどの圧を感じる。

だが、僕は僕の目的のために、最善を尽くさなければいけない。これは必要なことだった。

「それじゃあ、とりあえず部屋でゆっくりしていてください。一階右側の突き当たりとか、いい部屋ですよ。僕は他の三人と話があります。のんびりしていてください」

僕はそういって、少女をいったん部屋へと案内した。

部屋から戻った僕を、三人はかつてないほどじっとりとした目で見つめていた。

「お兄ちゃんの女たらし。変態。大人の階段を一人だけ登っちゃってさ」

「俺は夕人がもうちょっと善良な男だと思っていた。絶望した」

「王子様の唇はわたしのものです。勝手に渡してはいけませんよ」

口々にそんな攻撃をしかけてくる三人を見て、僕はどうなだめたものか、思案するのだった。

「いいたいことはあるけど……ひとまず戦後処理をやろうよ。借りているDPを返すとか」

僕の言葉に不満そうな三人だったが、特にやることに不満はないらしく、僕たちは先ほどの戦いについて意見を交えつつ、精算を行うこととなった。

チュートリアルクエストの報酬の20000DPが大きいので、僕は問題なく三人に借りていたDPを全額返すことができた。

これで他の三人の強化も行えるし、戦略の幅が広がるだろう。

そう思いつつ、ふと僕は〈クエスト〉の現状が気になった。
チュートリアルクエストの五つめが表示されているのか、それとも……。

クエスト
NPCの村を設立する
報酬：10000DP

クエスト
ダンジョンの階層を一つ増やす
報酬：5000DP

クエスト
プリズナーに〈激痛Lv2〉を3回用いる
報酬：15000DP

プリズナーに〈激痛Lv2〉を3回用いて15000DPがもらえる。
あまりの性質《たち》の悪さに、怖気《おじけ》が走った。
僕は今まさに、このゲームに潜む底知れない悪意を垣間見ているのかもしれない。

10　藤枝朋との話し合い

結局四人で話し合った結果、今日はいったん解散して、各々自分のダンジョンの経営やモンスターの強化などを行う方針となった。

チュートリアルの20000DPに加え、僕に貸していたDPだって返ってきたわけだから、当然皆ダンジョンをいじりたくてうずうずしている頃合いだろう。

クエストにあった村の設立という項目も気になるし、ダンジョンの階層は当然増やしておきたい。三部屋程度の初期レベルダンジョンの制覇は、正直ぬるいゲームだった。これが攻められる立場だったらと思うと、ぞっとする。

30000DPを払っての屋敷のダンジョンへの移動は、まだしなくてもいいだろうという話になった。誰が30000DPを払うのかという問題は非常に繊細である。十分ダンジョンを強化してからでないとあまり意味もないというのもあった。それに現状、夜襲をしかけてくるパーティはまだいないだろうという結論に至ったのも大きい。仮に来たとしても十分撃退できる自信もあった。

実際に他のパーティと戦ってみて思ったが、おそらく僕たちのパーティは現時点で恵まれている。

僕はそんなことを考えながら、ダンジョンコアに転移して、〈リサモン〉したオークとラットのうち何体かをダンジョンに配置した。続きをじっくりと考えたいところだが、今はプリズナーを待たせている。

あまり放置しても不安がるだろうと考え、僕は屋敷のコアに転移しなおし、少女の待つ部屋を訪れる。その際、〈通信用耳飾り〉を受信待機の状態にして、通信が来れば聞こえるが、こちらの声は聞こえないようにしておいた。

コンコン、とノックをする。「ひゃ、ひゃい！　どうぞ！」と返事が聞こえてくる。少女の動揺っぷりは気になったが、僕はひとまず中に入った。

攻撃前の会議の際に屋敷を一通り探検しているので、ここも当然見覚えがある部屋だ。部屋は豪《ごう》奢《しゃ》な意匠で、天蓋付きのベッドにチェスでも遊べそうなテーブルと椅子がおかれ、勉強などができそうな広い机まである。衣装棚は大きく、学生から大人まで、男女それぞれのファッションを何着か取りそろえていた。

そんな衣装棚の前で、少女は今まさに着替えていたところです、といった様子で立っていた。

ワンピースが好きなのだろうか。紺色の生地に星屑《ほしくず》の絵柄が描かれたオフショルダーのワンピースに着替えた少女は、ドキドキと緊張している様子で僕をまっすぐに見つめていた。

「あ、汗をかいたなと思ったので、シャワーを浴びて着替えていました、です、はい……」

どうやら湯上がりらしい少女は、いわれてみるとどことなく黒髪は濡《ぬ》れて艶《あで》やかだ。頬も綺麗に赤く上気している。透き通るような白い肌とのギャップは、とても美しく感じられた。ウェリントンの眼鏡が少しずれているのもどこか可愛らしい。僕はそんな少女の姿に、しばし見入ってしまう。

少女もそんな僕の視線に絡めるように、視線を合わせて見つめ合う。少女はなぜか眩しいものでも見るように目を少し細めていた。

しばらく、その状態が続く。

「あ、あ、あの……」

どうしていいかわからない、といった様子の少女の言葉に、僕はようやく自分が少女をじっと見つめていたことに気づいた。だがその動揺を表面には出さずに答える。

「失礼、少しぼうっとしてしまっていました……そこのテーブルの椅子に座って話しましょうか」

「は、はい」

僕と少女は、椅子に腰掛け、テーブルを挟んで向かい合う形となる。僕は机の上で腕を組んで、話を始めた。

「……さて。これから、先ほどもいったとおり、プリズナーとオーナーという関係となった僕たちの間で、今後に向けて話し合いをしたいと思います」

「……プリズナー……に……なっちゃったんですよね……わたし……」

少女の様子はどこかどんよりとしている。それも当然だろう。

「そうですね。ただ、ぶっちゃけた話をするなら、僕は別に2700億円の全額が欲しくてこのゲームに参加しているわけではないです。必要なのはむしろ確実な勝利で、藤枝さんに協力していただけるなら、勝利の暁にはそちらの要望に応じて金銭を渡しても構わない、そう考えています。藤枝さん、差し出がましいことを聞きますが、あなたはどうしてこのゲームに？」

「……わたし、音楽が好きなんです。幼い頃からずっとピアノと作曲をやってきて、今は普通の大学の一年生なんですが、やっぱり音大に進みたいとそう考えています」

少女はそこでいったん話を切る。

実は年上だったことに、僕は地味に衝撃を受けていた。年上を少女と呼ぶのも変だろうか。僕はそんな悩みを抱えることになる。

そんな僕の内心を知らないだろうまま、少女は話を続ける。


「ただ、音大に進むのにはものすごい額のお金が必要です。できれば進んだ後に海外の音大の大学院にいったりもしたいし、その後も音楽で食べていきたい。そこまで見据えると、幼い頃から貯めてきた貯金を合わせた程度では、とてもじゃないけど届かないんです。なのに、父はわたしが音楽を続けることに反対なんです。普通の大学にいって、よい会社に入った方がわたしのためだと。それもあって、今は普通の大学に通っています」

「……そこで〈Abyss〉に？」

「はい。実はわたしは、懸賞枠で参加しているんです」

「懸賞枠？」

「はい。プレイヤー人口の偏りを防ぐため、公募で懸賞を行い、向こうの恣意的な抽選によって、プレイヤー人口に欠けているタイプの人間を加える。そういう趣旨のものだそうです。全部で千人くらい懸賞枠が加えられているんですよ、このゲーム」

「知らなかったです。僕が〈Abyss〉を知ったのは、参加受付期限がすぐだったから、もう終わっていたんでしょうね」

「はい、おそらく。一部のシステムに選ばれた人にしか応募の招待すら与えられないそうなので、知らないのも無理はないかもしれません。当たったのは、自分でもかなり運がよかったなと思っていました。本来300万円を支払って得るチャンスですからね。ただ、それも淡い夢に終わってしまいそうですが」

少女はそういって儚げに微笑んだ。独特の魅力を含んだ笑みで、思わず見惚《みと》れそうになる。一方で、この少女も〈魅了〉持ちだろうな、と冷静に判断する僕もいた。おそらく菜弓ほど強力な〈魅了〉ではないが、僕の理性がもう少し頼りなければ、散々見惚れた末に欲望が抑えきれなくなりそうなくらいの魅力は感じる。少女自身、かなりの美少女だ。

——気をつけないといけない。このプリズナーというシステムを介した関係においては、そうした欲望に歯止めなどかからないのだから。

僕は朝火のためになることなら手段を選ぶつもりはないが、これは純粋な僕の欲望との戦いだ。この戦いに、負けるつもりはない。

「事情はわかりました。それであれば、藤枝さんも2700億円の全額が必要というわけではない」

「そうですね。正直にいえば、1億円、いや、5000万円もあれば十分すぎるくらいです。後は自分で人生を切り開いていけると信じたいので」

「そうですか、わかりました。では次に、藤枝さんがこのゲームで僕にとって役に立つのか。シビアな話ですが、ここについて話したいです」

「……は、はい……」

「最初に、僕ができることを話しておきたいです。僕は藤枝さんの〈ステータス〉を見ることができます。また、〈転移〉させる、〈攻撃〉させる、〈配下〉のモンスターを扱わせる、といった命令を下すことができます。もちろんですが、僕はこの〈命令〉機能を濫用するつもりはありません。〈ステータス〉もプライバシーに配慮してまだ見ていません」

「は、はぁ……それは丁寧な扱いですね。そうですか、やろうと思えばそんなことまで……」

「一つ、特筆しておかないといけないことがあります。〈命令〉の中には、プリズナーに〈激痛〉を与える機能も存在しています」

「げ、激痛……！　そ、そんな、そんなの……！」

やはり動揺する話ではあるだろう。喉元に刃を突きつけられているようなものだ。

「話はこれで終わりません。今、僕の〈クエスト〉には『プリズナーに〈激痛Lv２〉を３回与えることで１５０００DPを得る』という趣旨のものが含まれています。他の三人には表示されていないようだったので、プリズナーを獲得したことで表示されるクエストのようです」

「……なんて、なんてひどいゲームですか、このゲームは……」

強い衝撃を受けている様子の少女。顔色も悪くなっている。

「はい。これは明らかに楽しいゲームの範疇《はんちゅう》を超えています。主催者には底知れない悪意がある。これは間違いないでしょう。ですが、この戦いに参加した以上、抜けることは許されません。であれば僕たちは、勝利を目指して突き進むしかない」

「は、はい」

「話を戻しましょう。ここで僕に、藤枝さんの〈ステータス〉を見る許可をいただきたいです。藤枝さんが役に立つと判断すれば、より高額の賞金を勝った場合に与えたいと考えています」

「〈ステータス〉……できれば詮索はしないでほしいですが、見るのは構いません。あなたは、信じられそうな人なので」

僕を信じる、か。それはきっとやってはいけないことだと、自嘲したくなる。

「……わかりました。拝見させてもらいます」

僕はそんな内心は隠したまま、藤枝朋のステータスを起動した。

藤枝朋　Lv1
アビス　未習得
DP　4500
ダンジョン階層　1層
肉体　E－
魔法　A－
創造　A＋
召喚　B－
情報　D
所持魔法
クリエイト　サモン　インベントリ　ヒール　ファイア　ウィンド　アース　ウォータ　テレポ

ート　リサモン
所持スキル
〈魅了Lv2〉〈基礎学力Lv1〉〈感性Lv2〉
〈器用Lv2〉〈楽器演奏Lv2〉〈控えめLv1〉
〈精神的外傷Lv2〉

いくつかの新発見と、目を惹く要素がある。中でも一番は〈精神的外傷Lv2〉だろう。トラウマの証。うっかり無断で見なくてよかった、ということになるのだろう。

少女のおどおどとした態度の背景には、思ったより暗い過去が眠っているのかもしれない。注意して接しよう。

他の注目点としては、魔法を初期で覚えていることだろう。攻撃魔法や回復魔法、移動魔法や〈リサモン〉などを最初から覚えているのは、少女の高い〈魔法〉ステータスゆえだろう。

また、〈Lv2〉スキルの数の多さも印象的だ。〈Lv3〉のスキルはない代わりに、多才な「天才的」スキルを有している。

僕はそのまま、ステータスのスキル詳細を見る。

〈Lv1〉　その分野において有能であることを示す
〈Lv2〉　その分野において天才的に優れていることを示す

〈Lv3〉　その分野において怪物的に優れていることを示す
〈Lv4〉　？？？

〈魅了Lv2〉　異性を魅了する不思議な力を発する。
〈基礎学力Lv1〉　基礎的な学力がある。初期ステータスの魔法にボーナス。
〈感性Lv2〉　優れた感性を持つ。初期ステータスの創造にボーナス。
〈器用Lv2〉　高い器用さを示す。初期ステータスの創造にボーナス。
〈楽器演奏Lv2〉　楽器演奏に優れる。初期ステータスの魔法にボーナス。
〈控えめLv1〉　控えめである。自分の常時発動型スキルのうちLv分の個数を、自分の意志で無効化／有効化できる。
〈精神的外傷Lv2〉　強いトラウマを抱えている。初期ステータスの召喚にボーナス、肉体にマイナスのボーナス。

ぱっと見た印象、ほぼ間違いなくいえることとして、藤枝朋は駒として相当優秀だ。

僕に足りないものを補完してくれているのが大きい。特に〈創造〉が高いことは偉大だった。

〈情報〉が高くないことだけは残念だったが、そこは他の方法を考えよう。

「わかりました、ありがとうございます。僕はあなたに選択肢を与えようと思います。一つは、勝っても賞金を得られない状態で、非協力的にゲームに参加すること。もちろん、僕はその場合〈命令〉を駆使していうことを聞かせようとします。僕はとある理由で、絶対に勝たないといけないからです」

少女は表情に恐怖を浮かべながらも、僕の話の続きを待った。

「もう一つは、僕が勝った暁には最低1億円をあなたに支払う、その代わりに僕の忠実な配下として積極的にゲームに参加する、という道です。この場合、僕が〈命令〉以外でいった内容にも従ってもらうこともありますし、逆に自分なりに意見などがあったら助けになるようにいってもらいたいです。いかがですか？」

僕はそういって、真剣な表情で少女を見つめる。

少女は僕の表情に魅入られたようにぼうっと眺めてから、そんな自分を恥じ入るように顔を赤らめて顔をふるふると振る。

何を考えているのかわかりやすい少女だ。

そして少女は、決心したように、こちらをまっすぐに見つめてくる。

少女の決断は――。

「わ、わたしは、わたしはあなたの配下になります！　わたしはまだ、夢を諦めたくない、から……！」

そうしてこの少女は、僕に付き従うことを決めた。少女にとっては、運命的な瞬間とさえいえるだろう。

そしてきっとこの瞬間を少女は後悔する。そんなぼんやりとした感覚が、僕の中に渦巻いていた。

なぜなら僕は、さっそく少女に〈激痛Lv2〉を与える算段を立てているのだから――。

11　激痛

才能あるものが、才能なきものを、恵まれたものが、恵まれないものを、踏み潰していくゲーム。このゲームの本質は、そこにあるのではないか。

そんなぼんやりとした考えを浮かべながら、僕は新しく手にした、おそらくは恵まれている側の駒、藤枝朋について考えていた。

僕の考えとして、序盤の15000DPはあまりに大きいため、〈激痛Lv2〉を与えないという選択肢は基本的にない。このゲームに踊らされているような感覚もあるが、それは元々そうなのだから。

とはいえこの少女の場合、特に心配なのは〈精神的外傷Lv2〉を持っている点だ。〈激痛Lv2〉を与えて、少女の心に洒落にならない傷を残したり、信頼関係を完全に崩壊させたりすれば、本末転倒だ。

やり方としては、激痛が関係あるトラウマなのかを聞きだすことと、少女の方から激痛に同意してもらうこと。この二点だろう。

「藤枝さん」

「……プリズナーをそんな丁寧に呼ぶのも違和感があります。朋、と呼んでください。敬語や丁寧語も使わなくて結構です」

「……わかった。朋、正直にいおう。僕はキミに、このゲームの指示に従い、〈激痛Lv2〉を3回与えることについて考慮している」

「……はい」

少女、朋はもっと強く拒絶するかと思ったが、意外にもうなずいた。そこにどういう心理があるのかまでは、推し量ることができなかったが。

「ただ無理強いはしたくないし、それにあたってキミの抱えているらしい〈精神的外傷〉を深く抉《えぐ》ることにならないかが心配でもある。詮索はしてほしくないとのことだったけど……」

「……ご心配ありがとうございます。でもそれはたぶん大丈夫です。わたしのトラウマと化している思い出は、痛みとは直接関係ないので」

「そうか、わかった。それで、〈激痛Lv2〉を3回与えることについてだけど、僕はさっきもいったとおり無理矢理やるのは避けたいと思っている。かといって、キミには強いデメリットしかない話だ。そこで、この取引に応じてくれた場合、僕はキミの望みを可能な範囲で叶えてあげたいと思う。いくつでも、希望をいってくれていい。その中で叶えられるものをすべて叶えよう」

「わたしの……望み……」

朋はしばらく何か考え込むように僕の顔をじいっと見つめた後、急に顔を真っ赤にして「はわわわわ……！　それはさすがに……！」などと興奮した様子になる。

いったい何を考えているのか、さっぱりわからなかったが、何かぐらつくものがあるならこちらにとっては好材料だ。

「遠慮はしなくていいですよ。望みについては他の誰にも話さない、というのも可能です」

「そ、そうですか。そうですか……でも痛いのは怖いし……」

少女はまたしても深く考え込む。それからこういった。

「あの、望みを叶える日時を、わたしが選ぶことは可能でしょうか？」

「構わないよ。可能な範囲という注釈がつくけどね」

「では……怖いですが……怖くてたまらないですが、わたしは〈激痛〉を受け入れます。1500DPというのが高額なのは、わたしにもわかるので。少しでも助けになれば、わたしの夢にも近づきますし」

「わかった。望みについては、〈激痛Lv2〉が済んでから聞こう」

「は、はい……」

僕はなんとか交渉がうまくいったことに安堵《あんど》した。望みを叶える、といってみたことは正解だったようだ。

「ではさっそくだけど、実行したいと思う。ちょっとここだといろいろまずいから、僕のダンジョンまで来てもらってもいいかな？」

「はい……」

「〈転移〉——藤枝朋、ダンジョンコア。〈テレポート〉——ダンジョンコア」

そんな呪文を唱えることで、僕と朋の身体は僕のダンジョンコアがある部屋まで移動する。

そこには誰もいない。声をあげても、誰にも聞こえない。今、ダンジョンコアのある部屋は、二人だけの密室といってもいい場所だ。

「それじゃあ、いくよ」

「は、はい……」

「〈激痛Lv２〉――藤枝朋」

僕が呪文を唱えると、そのとたん、朋に異変が起きた。

「ぎゃあああああああああああああ！　いだいいだいいだいいだいいだい、やめでやめで、やめでぐだざいぃッ！　と、止めで……止めでくださいぃぃぃ！　いだいいいいいいいいいいいいいいいだいいだいいだいッ！　いだいいいいいいいいいいいいいいいいいいいい！」

地面にうずくまり、手足をバタバタと跳ねさせながら、身体をビクビクと痙攣《けいれん》させる朋。その姿は、痛々しいの一言だった。

想像はしていた。だが朋が感じている痛みは、おそらく僕の想像を遥《はる》かに超えている。

調教。そんな単語が脳裏をよぎる。この痛みがあれば、非協力的な人間を協力的に変えることすらできてしまうのでは……。

「はぁ、はぁ、はぁ……」

おそらく朋にとっては永遠にも感じられる時間を経て、ようやく痛みが止まったようだ。

だが僕は、これから残酷な宣言をしなければいけない。

「あと２回だ」

「へ……？　嘘……ですよね？　そんなの無理に決まって……」

「やらないと今のが無駄になる。それにキミはやるといった」

「そ、そんな、そんなの……！　無理なんです！　わたしがバカでした！　お願いです、やめで、やめでぐだざい……！　やめで！　やめでぐだ……！　うぅ、うぅぅ……！　うううううう……！」

朋は泣き叫んででも、〈激痛Lv２〉をこれ以上与えられることを避けようとする。

それほどにこのシステムは、凶悪な痛みを与えているのだろう。

「……わかった。やめてもいい。だけどその場合は、キミの協力者としての立場は無に帰すと考えてほしい。キミの夢だって、叶わなくなるだろう……それでもいいか？」

「へ……わらしの……夢が……叶わない……？」

朋は呆然としながらも、現実をゆっくりと受け入れていったようだ。

決意するようにぐっと拳を握りしめて、朋はこういった。

「……すみません。取り乱しました。やります。やらせてください」

気づくと、少女の目には、強い光が戻っていた。

夢。それは少女にとって、泣き叫ぶほどの痛みを超えてでも、得なければいけないものなのだ。

「わかった。謝ることはしない……耐えてくれ。〈激痛Lv２〉――藤枝朋」

「ぎゃあああああああああああああああああああ!!　あがッ！　いだい！　いだいいだいいだいいだいいだい、いだいいいいいいいいいいいいい!!　やっぱ無理!!　やっぱ無理だがら、どめでえぇぇぇぇぇぇ！　お願いいいいいいいいいいいい！」

それから先のことは、あまりに正視しがたい話なので、飛ばさせてもらう。

ただ、少女は確かに〈激痛Lv２〉に３回耐えて、僕は１５０００ＤＰを得た。それだけは確かだ。

底知れない恐怖、新たなトラウマを、少女の精神に刻みながらも――。

「ひっく……うえぇ……うえぇえん……痛かった……痛かったよ……ううう……！」

それからしばらく、朋はダンジョンコアのある部屋で、泣いていた。泣き続けていた。

僕はただそのそばでたたずみながら、朋が落ち着くのを待った。

「ひっく……ひっく……ずびばぜん、泣いてばかりで……」

「いや。すべての罪は僕にある。思う存分泣いてくれ。それと、望みがあったら、なるべく何でも叶えてあげたいという気持ちはある。いってくれ」

「望み……わたしの望みは……」

少女は顔を上げて、僕の顔をまっすぐ見つめる。泣きはらした顔に、どこか興奮した様子が加わる。緊張しつつ、その望みを口にしていいのか迷っているような……。

「とりあえず……ぎゅっと抱きしめてください」

「へ……？」

「理由は聞かないでください。ただ、わたしはあなたに抱きしめてほしいんです」

「わ、わかった。可能ではあるので、叶えたい……」

朋はふらふらと立ち上がると、夢遊病患者のような足取りで、僕のいるところまで来る。

至近距離まで接近したことで、朋のスレンダーな体型がなんだかんだで女の子らしい膨らみを持っていることとか、ぷるぷるした唇の横にほくろが一つあることとか、頬が赤く上気していることとかが、ありありとわかる。

朋の瞳はうるうると潤んで、その視線は僕の瞳をまっすぐに捉えて離さない。魅了されきっているように陶然として、僕の顔をぼうっと見つめ続けている。

それはまるで、犯人に与えられた辛い境遇を超えて、なぜか犯人を好きになってしまう、いわゆるストックホルム症候群のような兆候を示しているかのようで……。

「……早く、抱きしめてください」

「わ、わかった」

余計なことを考えるのはやめにしよう。今は、この〈激痛〉を乗り越えた勇者を称《たた》えて、褒美を与えるときだ。はたしてこんなものが褒美になっているのかはわからないが、少女が望むのなら与えるのはやぶさかではない。

僕はそっと、目の前の少女の身体に手を回し、軽く抱きしめる。

すると少女の両腕が、がばりと強く僕の背中に回され、思いっきり抱きしめられてしまう。

「これぐらいぃ……！　これぐらい、強くぅ！」

甘えるような少女の声は、何かタガが外れてしまったかのよう。

僕は求められるがまま、少女に回した腕の力を強くして、抱きしめる。

「えへへ……えへへへへ……」

至近距離で見つめ合う。少女の表情は、これ以上ないくらい幸せそうに緩んでいた。

いいのか。僕はあんなになるまで痛みを与えた張本人なんだぞ。それをこんな、最愛の人でも見つめるような目で……。

「……お兄さん～！　お兄さぁん～！　お兄さん、かっこいいですよねぇ！　わたし、お兄さんみたいな人、超タイプなんです。こんなにひどいこととされているのに、なぜかお兄さんのことが、どんどん好きになっちゃうんです。わたしどこかおかしいんですかねぇ？　えへへぇ」

おかしいのかおかしくないかでいえば、間違いなくおかしいのではないか。というか僕は年下で、お兄さんではない。そういいたくなるが、それが今、野暮なことくらいはわかる。

「お兄さぁん、このままじっとわたしの顔を見つめてください。お兄さんに見つめられているだけで、わたし、興奮しちゃうんです。たまらないんですよ、その物憂げな視線。いったいどんな人生を送ったらそんな目ができるのか、想像しちゃうんです」

朋はその言葉の熱を伝えるように、全身を僕の身体にすりすりとくっつけてくる。スレンダーながらも実はサイズが大きいらしい胸が、僕のお腹《なか》のあたりで形を変えていき、興奮を誘う。

僕はいわれたとおり、朋の顔を見つめる。朋のくりくりとした愛らしい瞳は、宗教画を見つめる教徒のような熱情で、僕の顔に意識を集中させている。ウェリントンの奥で輝く漆黒の瞳は、とても可憐《かれん》で美しかった。思わず見とれてしまう。

「お兄さん、一つ秘密を告白してもいいですか。お兄さんと二人きりになるまで、わたし、〈控えめLv1〉で〈魅了Lv2〉を無効化していたんです。でも、お兄さんと二人きりになるってわかっていたから、わたし、あの部屋で衝動的に〈魅了Lv2〉を有効にしちゃったんです。自分でもなんて浅ましいことをしているんだ、って思いながらも。止められなかったんです。お兄さんとこうすることを、期待しちゃっていたんですよ？」

ぐらぐらと興奮を煽《あお》るような言葉は、僕の貧しい人生経験ではとても受け止めきれないほどの魅力を孕《はら》んでいた。

「お兄さん、好き、好きです。わたし、お兄さんのためにいっぱい頑張るから、ご褒美をきちんと毎回くださいね？　こうやって、ぎゅっと抱きしめるだけでいいですから。それがわたしの望みなんです。幻滅しちゃいましたか？」

僕はそんな少女に、ふるふると首を振って、こう答える。

「キミにそういってもらえるのは嬉しいよ。なんだか恥ずかしいけどね」

嘘だ。僕は今、少女が喜ぶ言葉を計算していった。

そんな自分の醜さに吐き気がするが、朝火のため、この少女は忠実な手駒として維持する必要がある。

「えへへ、お兄さんも可愛いところがあるんですね。というか、本当はおいくつなんですか？」

「……十七歳だ」

「え、ええ！　年下!?　まったく見えなかった……」

「よくいわれます。背が結構高いですしね」

「うーん、そうですかー、わたしお姉さんだったんですねー」

少女は僕に抱きついたまま、しばし考える。

「じゃあ、お名前で呼んでもいいですか？　わたし、まだ名前も聞いてないですよ？」

「ああ、そうだった」

僕はそういって、名を告げる。

「小鳥遊夕人。小鳥遊夕人だ。よろしく」

「夕人くんだね、よろしく」

そういって少女は可憐に笑ってから、またぎゅっと僕を抱きしめた。

「そろそろいったん離れませんか……？」

「いや！」

にこりと笑ってそういい放つ少女は、思ったより厄介な存在なのかもしれない。

そのまま僕は、散々少女に抱き枕にされるのだった。

少女の柔らかさを、匂いを、輝く瞳を、当分忘れられなくなるまで。

12　妖精との一夜

「いい加減離れるんだ、朋。これからの作戦を立てようと思う」

「ええー、離れなくても作戦くらい立てられますよぉ」

ダンジョンコアのある部屋でベタベタとくっつき合っていた僕たちだったが、いつまでもこうしているわけにもいかない。

僕にとっては、朋を喜ばせる以上の意味はない行為なのだから。むしろ続ければ続けるほど、あらぬ欲望が抑えきれなくなりそうで、デメリットが大きい。

「……仕方ないですね。ちょっとソファーを作ってもよいですか。ゆったり座って作戦会議がしたいので」

「ソファー？　そんなものも作れるのか？」

「はい。いろいろ特殊効果がついているソファーもありますよ。いつでも熟睡可能な『うたた寝のソファー』とか、１０００ＤＰで作れます」

「なんて無駄な出費なんだ……信じられない」

「効果なしのミニソファーは１００ＤＰなので、これぐらいならいいですよね。作っちゃいます」

「わかった、許可する。今後もここで作戦会議をする時間はありそうだしね」

朋は僕がそういったとたん、「〈クリエイト〉――ミニソファー」と呟き、そこには一人サイズのミニソファーが現れた。

「……もう一つ作らないのか？」

「え、DPが勿体ないじゃないですか？　とりあえず夕人くんが座ってください。さあさあ」

なんだかやけに押しが強いなと思いつつ、僕はいわれるがままソファーに座る。ゆったりとした座り心地で、リラックスできそうだった。なんだか嫌な予感もするが。

「よいしょっと」

そんな僕の膝と膝の間に挟まるように、朋が座ってくる。

「おい」

「いいじゃないですか。DPの節約ですよ。これもわたしの望みの一つということで」

ふわりとした黒髪が僕の鼻にかかり、なんだか桃とココナッツを混ぜたようないい匂いがする。先ほどまでに引き続き、朋の身体の柔らかさが、ダイレクトに僕に伝わってくる。できるなら離れたい。しかしこれが朋の望みなのだという。僕は望みの個数を1個に制限しなかったことを後悔しながら、朋の感触にただ耐えた。

「さて、作戦会議をしましょう」

それからのことを、僕はあまりよく覚えていない。朋にいろいろと〈錬成〉で作れるアイテムの種類などを教わって、今後どれを作るか考えていたのは間違いない。だが、常時密着している〈魅了Lv2〉発動中の朋の存在は、理性を乱すなんてレベルではなく、僕の思考回路をめちゃくちゃにしてしまっていた。

「えっとー、それと便利そうなのがこの〈回復虫の籠〉で、これをモンスターのインベントリに持たせれば……」

そんな話をしながら、朋は容赦なく僕に甘えるように寄りかかってくる。僕は気づいたのだが、この体勢だと僕の〈魅了〉はあまり朋に効かず、朋の〈魅了〉ばかり僕に作用するようだった。視界が判定条件に入っているのかもしれない。

「そ、そうだな、いい、気がする……」

僕の思考はほぼ完全に停止していた。

僕の理性は、菜弓と見つめ合っていたとき以上の、未曾有の危機に陥っていた。

こんな無様をさらすのは人生ではじめてだ。そう思いつつも、息が荒くなるのを止めることができない。

「ふふっ、可愛いです……」

そんな呟きが漏れ聞こえた気がしたが、意識が危ないがゆえの幻聴かもしれない。僕は深く考えるのをやめて、この地獄が終わるのをただ待ち続けた。

＊

可能なら望みを叶えるなんて約束、しなければよかった。

骨の髄までそう思う程度には、僕は朋の誘惑に弱り切っていた。

しかし何事も終わりは来るもので、一通り朋から〈錬成〉の説明が終わり、それについて意見を交換し終えたところで、お開きとなった。

「えへへ、わたし、こんなに幸せな気分はじめてかも。夕人くんのおかげだね」

立ち上がった朋はそういって、にこっと笑いかけてきた。

「そ、それは、よかった、よ」

一方の僕は、こんなに特定の欲求を抑えるのに苦労しているのは人生ではじめてだった。朋の可憐な笑顔にときめいてしまっている自分の心を、どうすることもできない。

それから僕は朋を連れて屋敷に戻り、朋がいた部屋を朋の寝室として、そこを離れた。去り際にキスを求めるような仕草をされたが、それが望みだといわれる前に扉を閉めた。

それから、僕は自室として割り当てられている部屋に戻り、ベッドに座って、正常な思考を失っていた間に聞いた情報を復元させようと努力する試みを行う。

朋から聞いた話は、極めて有益な情報に満ちていた。それは間違いない。

何しろ朋の〈創造〉はA+。A+というパラメータは、やはりこのゲームにおいて相当な上位に位置するようだ。そんな朋が作れるアイテムの品揃えは、敵となるプレイヤーの動きを読む上でも、自分の策を練る上でも、非常に役立つ情報だ。

問題なのは僕の記憶がどこまで信頼できるかだが、今からまた朋に会って話を聞く気力はもう僕にはなかった。今は自分の理性を信じて、手持ちの情報で考えるとしよう。

僕は印象に残っているものから思い出していく。

まずあげられるのが、他者のステータスを見ることができるコンタクトレンズ〈ステータスサイト〉が存在していることだ。その必要DPは5000DP。極めて高額ではあるが、おそらくゲームが進んでいけば、支払うことが不可能な水準ではない。どこかのタイミングで入手しておきたいアイテムではあった。同じく、他人からステータスを見えなくする指輪〈アンチステータスサイト〉も存在しており、こちらは３０００ＤＰだそうだ。

次に、装備しているものが自分のモンスターのいる位置に転移できるようになる〈魔物追いのブレスレット〉。こちらも１５０００ＤＰとそれなりに高額だが、今後の展開を考えると、他人のダンジョンの中であろうとモンスターさえいれば転移できるのは魅力的だった。

また、基本的なスキルを覚えられる〈スキル・スクロール〉シリーズが２０００ＤＰより始まる価格で購入可能とのことだ。たとえば僕や朋が持っている〈魅了Lv２〉は約１００００ＤＰの価値があるらしい。スキルには不当とさえいえる水準で高い価格がつけられており、最初からスキルを持っていることはかなりのアドバンテージに繋がっているゲームであるといえるようだ。とはいえＤＰさえあれば購入可能ということも間違いはなく、このゲームにおけるＤＰの万能性には驚かされる。

このあたりまでが高額商品の中でめぼしいアイテムだ。

次に中くらいの価格帯の中で感触のよいアイテムに移ろう。

〈回復虫の籠〉は、周囲にいる味方の傷や毒を回復する虫たちが入った籠だ。これをモンスターやプリズナーなどに持たせれば、その個体にヒーラーとしての役割を持たせられるらしい。価格は３０００ＤＰ。それなりに高いが、継続的に回復効果が得られるアイテムなので、１パーティに一つは持たせたいアイテムといえるだろう。

〈罠除《よ》けの護符〉は、装備した個体が基本的な罠にひっかからなくなる護符だ。これはうっかりデスポーンするわけにはいかないプレイヤーがまず装備するのがよいだろう。価格は１５００ＤＰ。強力なモンスターであれば、プレイヤー以外に装備させても悪くないといえる価格だ。運用次第ではプリズナーにつけるのもよいだろう。

〈探検の地図〉は以前朱音たちと話した際にも話題に出た３０００ＤＰの有用なアイテムで、モンスターなどがマッピングしたエリアの地図と、自分のダンジョン内の地図、自分の所属する鳥居周辺の地図を切り替えて見られるようになるアイテムだ。そこにいる外敵なども映る。使うと消滅し、使用者のメニューに〈マップ〉という項目が追加されるらしい。

〈警告の鐘〉はこのアイテムを設置した場所から半径50ｍ以内に侵入した存在がいた際に、僕のメニューに通知を送るアイテムだ。もちろんこまめにマップを見ていれば侵入者に気づくことは可能なのだが、僕たちが攻め込んだときのあのパーティの様子を見ても、地図を見ていない瞬間というのは結構ありそうだ。それを考えると、これは極めて有用な、安全を金で買うアイテムだといえる。価格は１０００ＤＰ。ダンジョンの入り口をはじめとした場所に段階的に置きつつ、鳥居の周辺にも朱音たちと話し合って協力して置くべきといえる。

〈村長の家〉は設置した場所に村を作る５０００ＤＰのアイテムだ。魅力的なダンジョンが半径５km以内にあれば、だんだんと冒険者のＮＰＣが集まって集落を作るらしい。ＮＰＣたちがダンジョンを攻略してしまうリスクもあるが、侵入したＮＰＣがＤＰを安定供給してくれるようになるのは大きい。また合わせて〈ＮＰＣバリアオーブ〉というアイテムが存在し、これをダンジョンコアに使うと、ＮＰＣに攻略されてもダンジョンコアは破壊されなくなるらしい。価格は２０００ＤＰと高額商品の部類に入るが、命を守りながらＤＰを稼げるのなら安いという考え方もあるだろう。

　ここまでのアイテムが一切僕のメニューに存在していないことからわかることとして、〈創造〉が高い朋がプリズナーとしてそばにいてくれていることは僕にとって僥倖《ぎょうこう》とすらいえる幸運だ。

散々抱き枕にされたり欲望を煽られたりすることの弊害を考えても、余裕でおつりが来るくらい重要な存在だといえるだろう。僕はどんな望みをいわれても、理性の力で誘惑に耐えなければいけないと決意を新たにする。

なんともコメントしがたいことに、どうやら朋は僕に好意を持ってしまっているらしい。あれだけの痛みを与えたこの僕をだ。

この感情をこちらとしてもうまくコントロールしつつ、僕は朋を守り抜いて、育てていかないといけない。

なぜなら、〈錬成〉で作れるアイテムにはプレイヤーレベルの上昇でさらなる拡張が望めるという仕様があるからだ。

幸いといえるのは、朋の〈魔法〉がA－とかなりの高数値であることだ。〈肉体〉はE－なので殴られれば一瞬で死ぬような耐久力であるようだが、〈魔法〉による殺傷力はかなりのものなようだ。

「試しに自分のゴブリンに〈ウィンド〉を撃ったら、バラバラ死体ができあがっちゃったんですよぉ。あれは見たくなかったですねぇ」

なんていっていたのを覚えている。朋を育てるためにも、村でNPC冒険者が安定してやってくるようにしつつ、安全なところから朋がNPCを殺傷できるような態勢を築くべきかもしれない。

もちろんプレイヤーを殺せれば、経験値的にはそれが一番おいしいようだが、それは確実性がなさすぎるプランだろう。

僕は思考を深めていく。今、どこにDPを使って、どのような状態を作り上げるのがベストなのか。朋の育成計画と運用の仕方、今後強化するモンスターの種別の選定、防衛の際の自分用マニュアルの作成。

ひたすら熟慮していたせいで、僕は突然響くノックの音にたいへん驚かされることになる。

「はい？」

「わたしです、王子様」

幻惑的とすらいえる透き通る声は、すぐに菜弓のそれとわかる。

「ちょっと用事があるので、入ってもいいでしょうか？」

「……大丈夫だ」

僕は先ほどの朋との一件で女性に対する警戒心が高まっているなと思いつつも、菜弓を無下に扱うことも得策ではないと考え、入室を許可する。

入ってきた菜弓は、きょろきょろと軽く部屋の様子を観察する仕草を見せてから、僕の座っているベッドの横に座ってくる。甘い花のような匂いがあたりに漂うのを感じた。それから菜弓は、僕の瞳を見つめるように流し目を送ってくる。僕は図らずもそんな仕草に見惚れてしまい、まじまじと菜弓を観察することになる。

菜弓はどうやら風呂上がりのようで、サイドテールに結ばれていた髪は下ろされて、全体的に色っぽく濡れていた。

至近距離にいると、その芸術的なまでに小さな顔の輪郭は、吸い込まれそうなきめの細かさの白い肌で形づくられていることがありありとわかる。

頬はチークでも塗られているかのように赤く上気していて、美しいコントラストに魅了されそうになる。

そして幻想的に透き通る薄い茶色の眠たげな瞳は、近くで見ると虹彩《こうさい》に入った模様まで観察できてしまい、僕は永遠にそれを見つめていたいという気持ちでいっぱいになった。

——可愛い。いくらなんでも可愛すぎる。

ドクン。ドクン。菜弓の美しさを観察するたび、可憐さを感じるたび、心臓の鼓動がどんどん大きくなるのを感じる。

菜弓はどこかぼんやりとした表情のままこちらに顔を向け、その宝石のような瞳が放つ光はまっすぐ僕の瞳を貫いた。ドクン。心臓がひときわ強く跳ねる。

視野が急速に狭くなっていくのを感じる。菜弓の存在だけがどんどん強調されて、その背景にある部屋のことがまったく意識されなくなる。

気づくと僕の視界には、菜弓しかいなかった。

そうなってみてはじめてわかった。僕は昼間の時点で、菜弓の持つ魅了の力の恐ろしさを、1割すら理解できていなかったと。

吸い込まれる。ただ意識が吸い込まれる。美しい。美しい。美しい美しい美しい。それだけで意識が塗りつぶされていく。菜弓だけで脳がいっぱいになっていく。毎秒、毎瞬、毎刹那、菜弓の可憐さにただ感動の念を覚える。そして脳を占める、もう一つの情動が次第に大きくなっていく。

菜弓。菜弓。菜弓が欲しい。ただこの少女が欲しい。この天が使わした妖精を、僕だけのものにしてしまいたい。そんな本能で思考が満たされていく。

菜弓はそんな僕の様子を、超然と、ぼんやりと、ただ見つめ続けた。それが僕にとって、なによりの喜びであると、わかっているかのように。煌めく透明な瞳で、僕を魅了し続けてくれた。

ああ。ああ。なんという可憐さ。なんという美しさ。

それがどうしてこんなに、僕の醜い感情を強く刺激してくるんだろう。

「……王子様、しましょう？」

菜弓はこくりと首をかしげて、コケティッシュにそう呟いた。

「はじめてのキスは、王子様からしてくれないといけません」

ぼんやりとした、それでいて魅了するような美しい声。

それが今、僕の世界のすべてになった。

であれば、それに逆らう理由は、逆らえる理由は、もう残っていなかった。

そっと、唇と唇が近づいていく。

いや、正確には僕だ。

僕こそが、唇を動かしていた。

菜弓はそのぼんやりとした瞳で、そんな僕を観察し続けているだけ。

僕は自分の一番大切なものが、すでに菜弓に奪われていることを理解した。

そして唇と唇が触れ合い――。

天国にいるような心地、永遠にこうしていたいという心地ですべてが満たされ――。

その続きがしたい、そのすべてを貪りたいという衝動がふつふつと湧き上がり――。

幸か不幸か、その後に待っているものを、止める存在が現れることは、今度はなかったのだった。

13　身辺調査

翌朝。僕は激しい後悔と自己嫌悪の中にいた。

その原因は、今まさに横で眠っている、一糸まとわぬ美少女、菜弓だ。

……やってしまった。

朝火の命を救いに来たはずのゲームで、こんなことをしてしまうなんて。

僕は自分の理性というものを信頼することをやめようと思った。

人間には逆らうことのできないうねりがあり、僕たちはそれにただ翻弄されているだけなのかもしれない。そんな夢想にとらわれることで、僕は現実から逃避しようとする。

それにしても、と僕は昨夜のことを思い出してしまう。

それは働き蜂が女王に尽くすような交わりだった。僕はこれ以上ないくらい女王のフェロモンに幻惑されていて、ただただ女王を喜ばせるような振る舞いを続けた。そして行為が進むにつれて、菜弓は僕を惑わすように焦《じ》らし、僕は限界を超えて、ただ女王の許しを待った。そんな交わりだった。

思い返せば思い返すほど、自分が自分でなくなってしまったかのような感覚になる。

僕はすべてをなかったことにしようと思った。

きっと何かの間違いだった。僕があのような姿を他人にさらすことなど、あっていいはずがない。

僕は服を着込むと、逃げだすように部屋を出る。

混乱する思考の中、気づくとロビーまで足を運んでいた。青い宝石は昨日と変わらず淡い光を発しながら宙に浮かんでいる。一方でその宝石を見る僕は、昨日とは何もかも変わってしまっていると感じる。

自分のペースを取り戻さないといけない。

正常な精神状態を維持しないで勝てるような、そんな甘いゲームではないのだから。

僕は朝日の差し込む早朝のロビーで、ソファーの一つに座り、ゆっくりと深呼吸する。朝火の顔を思い浮かべる。僕が守りたいもの。守らなければいけないもの。何よりも大切な存在。

僕のイメージの中の朝火は、太陽のような笑顔で、一緒にピクニックに出かけていた。朝火の夢であり、僕の夢でもある、そんな情景。

だんだんと思考が凪《な》いでくるのを感じる。

そうだ。

僕はこういう存在だったはずだ。

ただ朝火を想《おも》い、朝火に尽くす。それが僕の人生だったはずだ。

僕の理性は、ただゲームシステムに惑わされただけだ。あれは間違いであり、繰り返してはいけない。

そう結論づけようとしたところで、なぜか僕の思考に妖精の影が落ちてくる。

菜弓のぼんやりとした瞳が脳裏に浮かんでしまう。宝石のように透明な、色素の薄い茶色の瞳。ぱっちりとした二重の、少し垂れた瞳。見つめられているだけで狂いそうになってしまう、魔性の瞳。

その瞳が、イメージの中で僕を見つめた。ドクン。心臓が強く鼓動する。経験したことのない強い感情が、僕の中に押し寄せる。

それはときめき。それは恋。僕には最も縁遠いと思っていた、そんな感情たちが、僕の中で濁流のように荒れ狂う。

菜弓の惑わすような可憐さが、至高の芸術品のような美しさが、僕は憎いとすら感じた。神が僕に与えた試練であるように感じた。しかし同時に、愛しい、欲しい、といった感情もぐるぐると渦巻き、思考は再び混沌《こんとん》に包まれていく。

「……ちゃん……お兄ちゃん？」

ハッと気づく。話しかけられている。

一瞬朝火の声であるかのように聞こえたが、そこにいたのは朱音だった。

——僕は間違いなく疲れている。朝火の声を間違えるなんて、信じられない。

「どうしたの、この世の終わりみたいな顔して」

「……いや。ちょっと人生について考えていた」

「ふぅん。なんだかよくわからないけど、しゃっきりしてくれないと困るよ。わたしたちの司令塔は、今んとこ夕人お兄ちゃんなんだから」

朱音のいうことは、そのとおりだった。

そうだ。しっかりしないといけない。僕は朝火を救うためにここに来たのだ。立ち止まっている時間はない。僕はそう決意を新たにする。

「ふふ、ちょっとはいい顔つきになったかな……それじゃ、陸お兄ちゃんを起こしてこようっと」

そういって朱音は、スキップするような足取りで、二階に用意された陸の部屋へと向かっていった。

それからしばらくして、ドタバタとした音が二階から響いた後、朱音に連れられて陸がロビーにやってくる。

「おはよう。まったくひどい起こされ方をしたぜ」

「陸お兄ちゃんがなかなか起きないのが悪いんだよ」

そしてそれに続き、菜弓も姿を現した。

「おはようございます」

とたん、菜弓の透き通る声を聞いただけで、僕の先ほどの決意はぐらついてしまう。

思わず動揺が表面に出そうになる。

それを、朝火の顔を思い浮かべて懸命に耐える。

それから僕はやっとのことで挨拶を返した。

「おはよう」

だがそんな僕を不審がるように、朱音が反応する。

「んー？　夕人お兄ちゃんと菜弓お姉ちゃん、何かあった？」

「い、いや、特にはない」

「そうは見えないけどなぁ。まるで何か間違いを犯しちゃったみたいな……」

「……気のせいだ。何もない」

「そうなの？　菜弓お姉ちゃん？」

「妖精は無事王子様と結ばれましたよ」

「え、マジ？」

朱音もその答えは予想していなかったのか、驚きを露《あら》わにする。

「へぇー、あの堅物そうな夕人お兄ちゃんが、あっさり陥落しちゃったんだ！　菜弓お姉ちゃんもやるねぇ」

「運命の導きに従っただけです」

僕はもう流れを止められないと悟り、すべてを諦めた。

「え、結ばれたって、お前ら、付き合いだしたのか？　こんなに早く？」

「もー、陸お兄ちゃんはデリカシーがないなぁ。恋に時間は関係ないんだよ？」

朱音の明らかに面白がっている様子の言葉が、ぐさりと胸に突き刺さる。

それからしばらく、これ以上ないくらい厳しい逆境の中にいるような会話が続いたのだった。僕はほぼ無言を貫き、ただただ恥辱に耐えた。

＊

「さて、恋バナもいいけど、これからのことをそろそろ話し合わないとね」

やっとのことで朱音が発したその言葉をきっかけに、話題はゲームのことに移っていく。

「とりあえず、この周辺の鳥居の状況を調査、監視するべきだと思うんだ」

朱音がいつものように話題を先導していく。

「調査と監視ねぇ。手当たり次第に攻めるわけではないってことか？」

陸の疑問がそこに挟まれる。

「昨日は初日ってことで、速攻がうまくいきやすい時間帯だったから無理をしたわけだけど、二日めに入って、ちょっとは敵の態勢も整ってくる時期だと思うんだ。12時には鳥居からのDPも入るしね。それで、ひょっとするとこっちを攻めてくる素振りを見せる可能性だってあるし、逆に亀みたいに守りを固めるかもしれない。もちろん、私たち以外を攻めようとすることだって考えられる。そういうゲームの状況を、わたしたちはできるだけきちんと把握して、戦略に活かさないといけないんだよ」

朱音の話はもっともだと感じる。いつまでも闇雲に速攻をしかけていては、足を掬《すく》われかねない。昨日の速攻だって、リスクは低いと考え実行に移ったが、決してノーリスクというわけではないのだ。

「方向性としては正しいと思いますが、監視するにあたって必要なのは人手です。ラットの視界を使うとして、わたしたち四人が全員で状況監視にあたるのでしょうか？」

「まあ現実的には、各鳥居を当番制で監視するのに加えて、〈敵感知〉が反応したところを各自見るようにする感じじゃないかな。それと、四人じゃなくて五人だよ」

「……ちょっと待て。僕のプリズナーを頭数に入れるのか？」

「そりゃ、使えるものは使わないとね。〈エンチャント〉の情報を持ってないなら渡しちゃって、〈視界共有〉と〈敵感知〉をラットにつけてもらってほしいかな。後は五人のラットを適当に織り交ぜたパーティをたくさん作って、それを要所においておけばいいはず」

「……まあ今回は構わないが、僕のプリズナーの扱いは僕が決める。あまり勝手に計画に組み込まないようにしてほしい」

「はいはーい。それじゃ、午前中はラットの増産と移動によるマッピング、その後の配置に時間を使おうか。というかみんな〈探検の地図〉は作れたのかな？　まだなら優先度かなり高めで作るべきだと思うよ。夕人お兄ちゃんとかの分は、わたしが作ってもいいし。手数料取るけど」

確かに、周辺の監視をするにあたって、ラットを地図上で管理するのは必須に近いといえるだろう。いつまでも屋敷のコアに張り付いているわけにもいかない。

「……プリズナー、朋の〈創造〉がわりと高めだったから大丈夫だ。朋に作ってもらうよ」

「……へぇ、夕人お兄ちゃんはもうプリズナーを名前で呼ぶんだねー。菜弓お姉ちゃんと結ばれつつ、プリズナーとも仲良くなるなんて、お兄ちゃんはやり手なんだねぇ、あはは！」

「……王子様。後で話があります」

――肩身が狭い。

「夕人、今度秘訣《ひけつ》を教えてくれよな」

「陸まで僕をからかうのか……」

「あはは！　夕人お兄ちゃんはもっと女性に気をつけた方がいいよ！」

もういろいろと手遅れな気がするが、せいぜい肝に銘じよう。

「……話を戻そう。それで、監視の当番についてだけど……」

僕は無理矢理ゲームの話題に戻して、なんとか矛先をそらすことに成功する。

そのまま僕たちは話し合いを続けた。結果、監視は二人態勢で2時間ごとに交代して行うことがまず可決される、そして、残りの三人の行動は自由とするが、他のダンジョンを攻める際、逆にダンジョンを攻められた際など、重要なアクションを行う際は報告を行うことも可決された。陸だけは〈視界共有〉が〈エンチャント〉できないため、〈マッピング〉と〈敵感知〉による探検、索敵業務が主となる。

その後は各自、どのようにDPを使ったのかを簡易的に報告していく。

朱音はすでに〈村長の家〉を自分のダンジョンから少し離れた位置に置いてみたらしい。位置的には陸や菜弓、僕のダンジョンも5km以内には入る場所のようだ。村はラットで観察しているらしく、現在は冒険者NPCが三人ほど村に発生して、朱音のダンジョンへ攻め入る準備をしているらしい。

ちなみに、NPCはほぼ人間と変わらない姿をしているが、ビジュアルが完全にファンタジー世界の住人であり、NPCであることを示す宝石が額にくっついているそうだ。やや殺すのは躊躇われそうだなと思ったが、そういうゲームだと割り切るしかないだろう。

菜弓は前衛として2500DPで召喚できるモンスター、オーガを強化しているところらしい。後衛には2000DPのモンスター、サキュバスを用いる計画だそうで、サキュバスで攪乱、魔法攻撃を行いつつ、オーガで敵を粉砕する布陣で、幅広い敵に勝利できるようにしているようだ。ちなみにどちらも、プレイヤーレベルが2に上がったことで召喚可能となったモンスターらしい。

陸は、〈創造〉が高い朱音に手数料を支払い、〈炎と光の剣〉という魔剣を10000DPで作っているそうだ。〈肉体〉が極めて高い陸の場合、ダンジョンの防衛は自身を主体に行うのが効率的だと朱音と話した結果判断したらしく、そんな自分の速度と攻撃力を上げられる魔剣を作ることは優先度が高いと判断したようだ。また15000DPの〈魔物追いのブレスレット〉ももう作ってしまったらしい。ラットを使って自在に移動し、各地で敵を斬り殺す。攻める際は、そんな作戦を実行していくつもりらしい。

僕はといえば、昨日はいろいろあってすっかりダンジョン経営が行えていないままとなっていた。それを正直に報告すると「さっさとDPを使ってこい」との趣旨のお叱りを皆からもらってしまったため、いったん僕だけはダンジョンに戻り経営タイムとすることとなった。

それもあって、僕と朋のペアが後の方の監視当番に回される。

菜弓は僕とペアを組みたそうだったが、五人いるのだから次は違うペアでいけるだろうと話すと納得し、朱音とペアを組んで最初に監視を行うこととなった。

陸は浮いているため、とりあえず周辺のマッピング作業を行うこととなった。

そんなこんなで、ラットたちの移動、配置が行われ始めた中、僕は朋の部屋に向かう。

朋は驚くべきことにいまだ熟睡しており、しかも大層寝起きが悪かった。

「夕人くぅん、おはよう～。おやすみ～」

そんな迷言を吐く朋をなんとか起こして着替えさせ、やっとのことでダンジョンに向かう。

それから、僕は皆に遅れてダンジョン経営を本格的に行いだすのだった。

さて。まずはどうしたものか――。

14　コンセプト

ダンジョン経営を行うにあたって、まずは自分の状況を改めて確認していくことから始めようと思った。

このゲームは情報量が多い割に、新たな情報が出てきてもそのことを通知してくれない、非常に不親切な設計になっているからだ。

そのことを朋に話すと、〈新着情報の水晶玉〉が１０００ＤＰで買えて、これを使用すると新しく入った情報の一覧が見られるようになるのだといわれた。

「おかしいですね、昨日話したはずなんですが」

僕がそれどころではなかっただけだが、そのことをいうことはしなかった。それと、水晶玉はいくらなんでも高すぎるので、こまめに情報を見る他ないだろう。

「朋、もう一つミニソファーを出してくれ。今日はしばらく時間がかかりそうだし、その間、朋にはそっちに座ってもらう」

「え〜昨日みたいな感じでいいじゃないですかぁ」

「ダメだ。真面目な話、ゲームに少しでも集中したいんだ。朋は〈魅了Lv２〉を持っているくらい可愛い女の子なんだから、もう少し自重を覚えてくれ」

「え？　わたし可愛いですか？　そうですか。それなら仕方ないかもですね。えへへ……」

菜弓の魅了する力は人外のそれだと今ならはっきりいえる。だが、朋の魅了だって十分強力なのだ。どちらにせよ、理性的な判断を求められる局面では、極めて危険である。僕は自分の理性を信じすぎずに、あらかじめ危険を排除しておくことにした。

——多少のリップサービスは必要経費だろう。

それから朋がミニソファーを作り、僕のソファーの斜め前に置く。朋はそこにちょこんと座った。

それでようやく僕はゲームの攻略に本腰を入れられることとなった。

最初に自分の〈ステータス〉を確認する。

小鳥遊夕人　Lv2
アビス　未習得
DP　19000（＋6000／日）
ダンジョン階層　1層
肉体　C
魔法　C＋
創造　D－
召喚　A
情報　C
所持魔法

クリエイト　サモン　インベントリ　リサモン　テレポート

所持スキル

〈魅了Lv2〉〈プログラムLv1〉〈怪力Lv1〉

〈節約Lv1〉〈勤労Lv1〉〈基礎学力Lv1〉

〈愛の絆Lv3〉

このDPの横にある（＋6000／日）というのは、鳥居からの収入を表しているそうだ。

僕たちの鳥居は朋のいたパーティの鳥居のコアを壊したことで、Lv2に上昇している。その結果、鳥居の収入は初期状態の3000から6000へ上昇しているのだと、〈ステータス〉をこまめに見ていたらしい朱音がいっていた。

今はメニューに表示されている時計によると朝9時頃なので、12時になって鳥居からの収入が入るまでは時間がある。

監視当番は11時から2時間なので、それが終わったら、またダンジョン経営の続きを行うこととしよう。

ひとまず今は12時にもらえる6000DPを計算に入れて、25000DPの使い道を考えればいいというわけだ。もちろん実際は朋のDPもあるわけだが。

「——さて」

僕はなにか〈ゲーム情報〉が増えていないかを改めて確認することにする。

結論からいうと、〈プリズナー〉〈モンスター図鑑〉〈レベルアップ報酬〉以外にめぼしい新たな項目は増えていなかった。

「ん？」

なんとなく鳥居の項目を復習しようとしたときだった。

鳥居のコアでは、触れることでメンバー登録が行えます。毎日12時に鳥居の屋敷にいることで、メンバーは鳥居のレベルに応じたボーナスDPがもらえます。鳥居のレベルは、他の鳥居のコアをメンバーが破壊することで上がっていきます。

鳥居のメンバーは、鳥居の屋敷のロビーにいつでもワープできます。

鳥居のコアでもモンスターの召喚、顕現が行えます。モンスターは屋敷入り口に出現します。

Lv2以上の鳥居のコアでは、こちらの地図でマッピングされている他の鳥居のメンバーと〈通話〉による交流を行うことができます。〈通話〉を行うと、向こうの鳥居からもこちらの鳥居が単体でマッピングされます。〈通話〉には5分ごとに500DPを支払う必要があります。

鳥居の屋敷は、コアに触れながら30000DPを払うことで、支払ったメンバーのダンジョンのどこかにワープさせることもできます。

——なんてゲームだ。こんな重要事項をさらっと無言で追加していくなんて。

「水晶玉、本気で買うことを検討するべきかもしれないな」

「いきなりどうしたんですか？」

「鳥居の説明が増えているんだ。〈Lv2〉以上の鳥居のコアでは、マッピングしている他の鳥居と〈通話〉ができるらしい。それがしれっと追加されていたから、ついカッとなりそうになった」

先ほどの会議では話題に出なかったから、四人とも気づいていなかったことになる。確かに、一度見た項目をもう一度見るというのは盲点になりがちだろう。

僕は〈ゲーム情報〉オタクになって、目を皿にしてこれを眺めるべきなようだ。それか水晶玉を諦めて買うしかない。

「こちら夕人。鳥居の〈ゲーム情報〉を昨日から見てない人は、見ておくように。〈通話〉についての情報が追加されていると思う」

ひとまず〈通信用耳飾り〉で四人が登録されているチャンネルにアクセスし、情報共有を行う。

「こちら朱音。本当だ、一回見た情報に追加されるのは盲点だったね！　ありがとう！　これは計画を立て直さないと……」

「こちら陸。了解。マッピングは鳥居を優先的に行った方がよさそうだな」

「こちら菜弓。わかりました。わたしは王子様と〈通話〉ができるだけで満足ですけどね」

「ひゅぅ！　熱いね！　それじゃ、作業に戻るよ！」

最後の声は朱音だ。まったく……。

そこで放置されていた朋が、何か考え込むようにしていることに気づく。

「ところで気になっていることがあるんですが、プリズナーって鳥居に登録できるんですかね？」

「……確かに。それも盲点かもしれない」

鳥居の説明には、よく見ると触れることでメンバー登録ができるとしか書かれていない。プレイャーである必要性はない可能性が高い。

「ちょっとタッチしてきてほしい。〈転移〉――藤枝朋、屋敷のコア」

「え、え、いきな……」

朋はいい切る前に消えた。遅れて僕も〈テレポート〉で追いかける。

そして僕たちは、無事朋の登録を終えて、ダンジョンに戻る。

「……登録、できちゃいましたね」

「ああ。嬉しい誤算だ」

その過程で、ロビーにいる朱音と菜弓、陸にもプリズナーの登録が行えることは伝えた。朱音はプリズナーを確保しなかったことを少し後悔している様子だった。

「朋、もう一度ステータスを見せてもらう」

僕は朋の〈ステータス〉を見る。

藤枝朋　Lv1
アビス　未習得
DP　3800（＋6000／日）
ダンジョン階層　1層
肉体　E－
魔法　A－
創造　A＋

召喚　B－
情報　D

所持魔法
クリエイト　サモン　インベントリ　ヒール　ファイア　ウィンド　アース　ウォータ　テレポート　リサモン

所持スキル
〈魅了Lv2〉〈基礎学力Lv1〉〈感性Lv2〉
〈器用Lv2〉〈楽器演奏Lv2〉〈控えめLv1〉
〈精神的外傷Lv2〉

「ちゃんと6000増えるみたいだ」

「おお、本当ですね～。ふふっ、わたしナイスなのではないですか？」

「まあいずれ気づいていたことだとは思うけど、今日の12時までに気づけていたかは怪しいな。ナイスだ、朋」

「やった。後でぎゅっとしてくださいね」

ちなみに朋のDPが少し減っているのは、ミニソファーに加え、朋のための〈通信用耳飾り〉を作ったからだ。朋は驚くべきことに、これを作っていなかったらしい。まあ、あのパーティ的には、屋敷に引きこもっている分には使わないアイテムだったのかもしれないが。

「さて、これで僕の２５０００ＤＰに、朋の９８００ＤＰが僕たちの本日正午時点での財産だ」

「夢が広がりますね」

「これをどうするか決める上で、どういう風にこのゲームをプレイするかというコンセプトを策定しようと思う」

「コンセプト……なんだか知性派な響きですね」

ソフトウェアのサーバー保守のアルバイトなんかでも、ちょっと偉い人の出る会議なんかに出させてもらったときに、似たようなことをいっていた。

この手の大規模かつ長期間の仕事においては、統一した方針をまず用意し、そこからぶれていないかを確認していくのが重要らしい。よって僕もそれに倣わせてもらう。

「まずこのゲームにおいて重要となる分野を四つ定義する。攻撃、防御、索敵、交流だ。僕たちはこの四つを十全に行わないといけない」

「攻撃は敵のダンジョンや屋敷を攻めることで……防御は自分のダンジョンや屋敷が攻められたときに守ること……索敵は、マッピングしたり、敵の動きを感知したりすることで……交流というのは、何を想定しているんですか？」

「同盟関係、一時的な共闘関係などを必要に応じて築くことだ。これは人間が動かすゲームだから、当然人間同士の関係性は最重要項目の一つになるはずなんだ。ましてや僕は〈通話〉の存在を知ってしまった。他の鳥居も〈Lv２〉に上がってくるのにそう時間はかからないだろうし、もう上がっているところもあるだろう。秘密裏に僕たちを狙い撃つような同盟を結ばれたら、現状の僕たちはどうしようもなく食いつくされるだけだ」

「……なんかすごく嫌な感じがしますね。確かにそれは重要そうです」

「ほぼ間違いなく、朱音も同じようなコンセプトを握っている。僕たちが今取ろうとしている作戦は、四つのうち索敵と交流に主眼を置いたものだ。攻撃と防御は、この索敵と交流の後に来る段階だから、それも当然なんだ」

「あの……その作戦というのをわたしは詳しく聞いてないんですけど……」

朋が熟睡していたことを僕は半ば忘れていた。

「ごほん……まあ説明すると……」

僕は四人で話し合った監視計画について、朋に話す。

「ふえぇ……なんだかとんでもなくよく考えていますねぇ。わたしがいたパーティの5000倍は頭よさそうです」

それはさすがにいいすぎだろうと思うが、確かにあのパーティは相当お粗末な防衛をしていた。

「……まあそれはともかくとして。僕たち全体のコンセプトは今のところ索敵と交流に主眼を置くものだということはわかってもらえたと思う。ちなみに今話したとおり、朋には後で、〈エンチャント〉でラットに〈敵感知〉〈視界共有〉〈マッピング〉をつけてもらうから、よろしく頼む。さて、では僕個人としてはどうすべきかが、次の議題となる」

「……索敵と交流はある程度進めているから、攻撃と防御ができるようにしておく？」

「そうだ。索敵と交流の結果、攻撃や防御の必要性が生じたときに、それができないのでは話にならない。そしてこの二つは、どちらを欠いても適切な行動を阻害するものだ。しかしＤＰは現状まだ限られている。よって、攻防一体となった戦術を編みだして、それをもって全体戦略に合わせられるようにする必要があるんだ」

「なるほど、納得です。攻防一体というのをコンセプトの一つとしておくわけですね」

「そのとおり。そして攻防一体となった戦術に求められる要素は、攻撃力、耐久性、機動力、汎用性の四点として考える」

「それを満たすようなモンスターのパーティを作ってあげると」

「そう。その上で行うべきは、モンスターの性能を知ることだ。そして僕たちには、モンスター博士とでも呼ぶべき、心強い味方がいる」

「モンスター博士？」

「菜弓だ。菜弓はモンスターを1体ずつ召喚しては、研究を重ねている。僕は菜弓に頼み込んでモンスターの情報を〈交換〉してもらう。代わりに何か要求されるかもしれないが、大体予想はつく」

「菜弓って、あの信じられないくらい可愛い茶髪の子ですよね？　そんな簡単にくれるんですか？」

「まあ、ちょっと人にはいえない手を使う必要があるかもしれないから、朋にはここで待っていてもらうことになるが、僕はいけると確信を持っている」

「なんだかとたんにうさんくさくなってきましたが……まあいいです、待ちますよ」

まあ菜弓のことだ。僕が頼めばなんだかんだで快くうなずいてくれるだろう。

僕のそんな甘えた考えは、一瞬で打ち砕かれることになる。ロビーでラット操作中の菜弓にモンスターの情報について交渉したいことを告げると、僕はさっと手をひかれて個室に連れ込まれてしまう。

「……今夜も一緒に寝てくれるなら、いいですよ？」

甘い花の香りを漂わせながら僕の手を握って、ぼんやりとした上目遣いでそう告げる菜弓。頬ははっきりと紅潮していて、息づかいは荒い。まるで菜弓が一瞬にして発情しているかのように感じられる。いや、きっと実際にそうなのだろう。

その破壊的な魅了に、僕の意識は一瞬で菜弓だけに集中してしまう。

──なんなんだ。いったいどうして……。

そう思いつつも、菜弓に魅入られるのをやめることができない。

「……一緒に寝てくれますよね？」

視界には菜弓しか映っていなかった。耳には菜弓の声と、息づかいしか聞こえていなかった。菜弓に吸い込まれる。僕の心、僕の思い、僕の願い。そんな大切なものたちが、ブラックホールに相対しているかのように、菜弓の宝石のような瞳に吸い込まれていく。

そして僕に残されたのは──。

「あ、ああ。わかった」

──菜弓の誘いにうなずくという選択肢だけだった。

僕は、菜弓に敗北を喫しつつある。そのことを認めるべきだろう。

二度と菜弓と二人きりで交渉しようなんて、甘えた考えを起こさないよう、僕は自分を戒めた。

それぐらいしか、自分の心を守る術がなかった。

放心状態のまま菜弓に情報を渡されつつ、魂を抜かれたようになってダンジョンに戻る。

そんな僕を見て朋がたいへんに驚いたのは、いうまでもない。

15　超成長の秘薬

「いったい何があったら、単に女の子とモンスター情報について交渉してきただけで、そんな魂の抜けた姿になれるんですか？　バカなんですか？」

朋は何が起きたのか正確には理解していないだろうが、僕が失態を犯したことは伝わっているのだろう。いつになく辛辣な言葉が飛んでくる。

「……いや……その……ちょっと僕の今後が心配になる交渉結果だったんだ。気にしないでくれ」

「プリズナーとして非常に気になりますが」

「……すまないけど、朋にはいえない内容なんだ」

様々な意味で、朋にいうことはできない。それは間違いのないことだった。

「はぁ……まったく……夕人くんは頼りになるかと思えば、不安になるような素振りを見せたりする……」

朋は不満たらたらの様子だ。

「わたしの夢がかかっているんだから、しっかりしてくださいね。わたしはずっと夕人くんについていきますが、菜弓ちゃんはいつまでも味方というわけじゃないんですよ？」

その言葉に、僕はハッとする。

そうなのだ。

僕は朝火のため、最終的には陸を、朱音を、そして菜弓を、打ち破る必要がある。そのことをいつのまにか、忘れかけていた。

いったいいつまで味方でいられるのかだってわからない。特に、現状僕がまだ知らない〈ゲーム情報〉次第では、裏切りを示唆するようなシステムが組み込まれている可能性だって、十分に考えうるのだ。このゲームの悪質さを見るにつけ、むしろその方が自然だとすらいえる。

――いっそ菜弓をプリズナーにしてしまうという未来はどうだろう。

僕の中に、そんなどす黒い考えが生まれる。

菜弓は高い〈情報〉のパラメータに加え、優れた知性と身体能力、そして冷酷さを併せ持つ、僕にとって極めて重要なピースとなりうる存在だ。

――実際のところ、おそらく菜弓は現時点で僕よりも恵まれたプレイヤーだ。

将来的に彼女が敵に回ったときのことは、僕が彼女にメロメロにされようとしていることを抜きにしても、あまり考えたくはない。

ならばいっそ、裏切りようがない奴隷、プリズナーにしてしまうというのは、意外と優れたアイデアなのではないだろうか。

プリズナーなら、もうあんな翻弄のされ方をする必要だって、きっとないはずだ。〈控えめ〉スキルを無理矢理与えて、それで〈魅了Lv３〉を無効化させて――。

――やめよう。非生産的な妄想だ。

僕はあくまで現実的に、このゲームにおける状況と向き合わなければいけない。

「……すまない、朋。ありがとう。ゲームに戻ろう。とりあえずモンスター情報を見ていく」

「ふふ、そうこなくっちゃ」

僕はひとまず、菜弓から甚大な犠牲を払って得たモンスター情報を眺めていく。

スライム。ラット。バット。ウルフ。ゴブリン。ピクシー。オーク。グール。ウェアウルフ。リトルヴァンパイア。サキュバス。オーガ。ウィッチ。

菜弓のデータベースは、想像以上に豊かなものだった。これだけの魔物を、ゲーム開始一日ですでに召喚し終えて、いろいろと実験を行っている。その事実に改めて戦慄を覚える。

だが今は、ひとまず調べるべきところを調べないといけない。

僕は自分の〈配下〉を改めて見てみる。

スライム　10DP
ラット　10DP
バット　20DP
ウルフ　50DP
ゴブリン　100DP
ピクシー　200DP
オーク　500DP
グール　1000DP
ウェアウルフ　1500DP
ミニエンジェル　1500DP

リトルヴァンパイア　2000DP
サキュバス　2000DP
ベビードラゴン　2500DP
オーガ　2500DP
ナイトメア　3000DP
ウィッチ　3000DP
デュラハン　5000DP

……

……

……


プレイヤーレベルが2に上がったおかげか、だいぶモンスターの種類が増えているのがわかる。デュラハンから先は、ぼんやりとグレーアウトして表示できていない。

さて、デュラハンは、菜弓が必要DPの高額さゆえにまだ召喚していない可能性がある。一方で、ミニエンジェルとベビードラゴン、ナイトメアについては、おそらくだが召喚できないからしていない可能性の方が高いのではないだろうか。

そう考えると、この3体が、〈召喚〉がA近くにならないと召喚不可能な、特別なモンスターである可能性は高い。

そこまで思考が進んだところで、僕の脳裏にある情報がふっと浮かんだ。

それは僕が朋と一緒にミニソファーに座っていた苦い思い出の中にある、とある発言。

「……なんか〈超成長の秘薬〉っていうモンスターを成長させられる薬もあるんですよ、なぜか10000DPもするんですけどね。モンスターによっては違う姿に進化したりするらしいです」

高すぎて有用性を感じなかったのもあり記憶から消去しかかっていたが、この処理しきれていなかったモンスター情報と合わせると話が違ってくる。

ベビードラゴン。ミニエンジェル。リトルヴァンパイア。露骨に成長前であることをアピールする名前のこれらのモンスターは、ひょっとすると……。

「朋。ちょっとギャンブルをしてみたい気分なんだが、構わないか？」

「なんですか？　花札でもします？　出せますよ？」

「……そういうボケは求めてないから」

「そうですか……しゅん」

何か悪いことをした気分になったが、どちらかというと朋が悪いだろう。

「ベビードラゴンという2500DPのモンスターがいるんだが、それに〈超成長の秘薬〉を使ってみたいんだ」

「……それは確かに面白いかもしれないですね」

朋もやはり興味を示したようだ。

「12500DPかかるギャンブルだけど、ゲームのシステムとしてこういうものがある以上は、おそらく有効に使えば強力な駒が得られるんじゃないかと思うんだ」

「わたしは賛成ですよ。ベビードラゴンが成長した姿っていったら、やっぱり期待しちゃいますよねぇ」

朋は止めてくるかと思ったが、意外にも賛成派だった。

賛成2。反対0。賛成多数である。

「〈サモン〉――ベビードラゴン」

「〈クリエイト〉――〈超成長の秘薬〉」

僕は朋から〈超成長の秘薬〉を受け取り、インベントリに入れる。

剣や弓をインベントリに入れておけば、〈配下〉から顕現前のモンスターに持たせられるのと同じ原理で、〈配下〉からインベントリにある〈超成長の秘薬〉を使うこともできるようだった。

「よし、朋。使うぞ……」

「ドキドキしますね……」

僕はベビードラゴンに〈超成長の秘薬〉を意を決して使う。

レベルアップした、と一発で伝わってくるようなおめでたいBGMが、僕にだけ聞こえたようだった。

「ベビードラゴン」と表示されていたそこには「ドラゴニュート」の文字があった。

僕は急いで〈モンスター図鑑〉へとメニューを推移させる。

そこに追加されたドラゴニュートの説明は、以下のようなものだった。

ドラゴニュート　25000DP
肉体　A+

魔法　Ａ
知性　Ｂ＋

所持魔法
ファイアブレス

所持スキル
〈超再生Lv２〉〈龍化Lv２〉〈怪力Lv３〉
〈飛行Lv２〉〈博学Lv２〉〈黄金狂いLv２〉
〈火耐性Lv３〉〈水耐性Lv１〉〈土耐性Lv１〉
〈風耐性Lv１〉〈氷耐性Lv１〉〈雷耐性Lv１〉
〈物理耐性Lv１〉

解説
人に化けた龍、いわゆる龍人である。その力は強大で、肉体、魔法、知性ともに申し分ないステータスを誇る。特にその肉体の強さは驚異的で、不死身に近い再生力と、怪物的としか表現しようがない怪力、超人的な飛行速度をもって、敵対するものを圧倒する。

「……このゲーム、勝てるかもしれない」

そんな呟きが思わず漏れる。

それくらい、このギャンブルの成功――成功と呼んで間違いはないだろう――は大きいインパクトを持つものだ。

１２５００ＤＰで２５０００ＤＰのモンスターが召喚できる。これ自体、驚くべきことだ。そのＤＰ効率はちょうど二倍。恐るべき効率のよさといえるだろう。

そしてそのモンスターが前衛型の戦闘種であり、攻撃力、耐久性、機動力、汎用性のすべてに優れる存在であったことも、また偉大である。僕はこのベビードラゴンの進化形を生産するのに集中するだけで、当分他のプレイヤーを圧倒できるからだ。

僕が今迷っているのは、このことを他の三人に公開するべきかどうかだ。

――公開するべきではないだろう。少しでも秘匿性を高めるべきだ。

そんな冷徹な判断を下す。


「……朋。実験の結果、ドラゴニュートという２５０００ＤＰの極めて強力なモンスターができた。これを僕たち二人だけの秘密とする。他言は許さない」

「え、２５０００ＤＰ……嘘でしょ……」

「まったくこのゲーム、想像以上にくせ者だよ。そして僕たちは今、間違いなくその恩恵を受ける側にいる」

「……秘密にするのはわかりました。でもどうやって隠すんでしょうか？」

「カモフラージュ用のモンスターを用意する。安くて、それでいて選択に違和感のないモンスターがいい。つまり、僕がすでに大枚はたいて強化しているモンスター、オークを使う」

僕はいつでもオークを増産できるよう、ＤＰを一定額残しておくことにする。そうすることで、不要なオークの生産を抑えつつ、他の三人の前で戦闘する際にオークを実際に召喚してみせることができるからだ。それにオーク自身それなりに有用なモンスターだ。実際に運用することになってもなんとかしてみせよう。

「これなら……本当にいけるかもしれない……いや、やりきってみせる……朝火……」

僕は拳を握りしめて、そう呟くのだった。

それから僕は、ダンジョンに新たな一階層を増やし、ダンジョンを二階建てにした。階層を増やすのに必要な金額は、最初は５０００ＤＰだそうだ。クエストでもらえるのも５０００ＤＰなので、実質タダということになる。

ついでにクエストでもらった５０００ＤＰのうち３０００ＤＰを使い、〈探検の地図〉を朋に作ってもらった。これはこの後の監視当番でマストに近いからだ。

そして二階層めに唯一存在する部屋をボス部屋ということにして、そこにドラゴニュートを配置した。

これでダンジョンの防備は当面問題ないだろう。肉体A＋でこれだけのスキルを持ったモンスターがそうやすやすと倒される訳はない。ひとまずはここに置いておき、後で必要に応じてリサモンする予定としよう。

本来であれば村の配置等も行いたかったが、ドラゴニュートの作成で大幅にＤＰを消費している。オーク用のＤＰを残すことを考えると、せめて12時の収入が入ってからの方がいいだろう。

余談だが、召喚したドラゴニュートは、身長2m強の鱗鎧《りんがい》を着た男の姿をしていた。主に菜弓のおかげで女性恐怖症になりかけている僕は、男性型でよかったと胸を撫《な》で下《お》ろしてしまっていた。

ここだけの話だが。

*

朋と二人で今後について会話を交わしたり、ラットをダンジョン内の要所要所に配置したりしていると、やがて監視当番が回ってくる時間となった。

「こちら夕人。ロビーに戻る。ダンジョンはとりあえずオークたちで形にした。〈探検の地図〉も使用済みだ」

「こちら朱音。りょーかい！　ロビーでいったん状況を報告しよっか」

「オッケー。朋、いったん留守番していてくれ、後で呼ぶ。〈テレポート〉——屋敷のコア」

僕はロビーに移動し、同時に朱音と菜弓のラットたちについていくよう命令していたラットたちの視界を、次々と目の前に表示させていく。

「やっほー夕人お兄ちゃん。無事ダンジョンの方針は固まったのかな？」

ラットたちの視界を眺めながら、森の中を走る様子ばかりな視界群の中に、いくつかの静止した洋館の映る視界があることを見て取る。

無事監視が成功していることに安心しつつ、到着した宝石の正面のソファーにいる朱音と、挨拶を交わした。

「2時間ぶりだね、朱音。当面はオークでしのぐことにした。せっかく強化したのに、使わないのも勿体ない」

「そっかー。わたしは夕人お兄ちゃんなら、もうちょっと面白いことをやるかと思ったけどねぇ」

ドキリとさせることをいう。僕は平静を保とうと努力する。幸い、菜弓とのやり取りでメンタルが鍛えられたのか、少しの苦労で済んだ。

「つまらない手だって、悪くはないときもあるものさ。まあ、僕ももっといい手が浮かんだらそっちに乗り換えるつもりだけどね」

「んー、〈物理特攻Lv1〉は結構高かったし、破壊力もすごかったみたいだしね。しばらくはオーク軍で戦っても、負けはしなそうって判断するのもわからなくはないかな」

「節約したDPで、他のこともできますしね」

透き通るような妖精の声が背後のソファーから響く。今度ははっきりとドキドキしてしまった。

僕は菜弓の方をおそるおそる振り返る。いつもどおりのぼんやりとした表情を浮かべた妖精が、そこに座っていた。すべてを吸い込む透明感のある瞳は、きょとんとした表情で僕を見つめる。それだけで僕の心は大いに乱れた。

「……やあ、菜弓」

やっとのことで話しかけると、菜弓は何か不思議なことでもあったかのように小首をかしげる。

両膝をくっつけるようにしてそこに手をおき、ちょこんと座るその仕草すら、たまらなく愛らしいと感じてしまう僕は、もうダメかもしれない。

「二人だけのラブラブ空間を作るのもいいけど、わたしのことも忘れないでほしいな！」

ご立腹の様子の朱音を振り返って、僕はなんとか我に返る。なんだかどんどん菜弓に対する抵抗力を失っている気がする。

「……忘れないついでていうと、陸は？」

「なんか剣の訓練をするっていってどっかいっちゃった。ネズミを見続けるのは飽きたみたいだね。ま、当番でもないし、マッピングは続けてくれるみたいだから、いいということにしといたよ」

「陸も意外と自由だね……」

なかなかに監視業務は退屈なようだ。

「それで、現状は？　もうラットの視界はちょっと見させてもらっているけど」

「南の鳥居と南西の鳥居、北西の鳥居と北東の鳥居にラット8匹のパーティを四つずつ配置している。今は残りのラットで、それぞれの周辺を、ぐるりと回るようにマッピングしているところ。ダンジョンもいくつか見つかったよ。どこもこっちのラットに気づいてはいるみたいだけど、警戒するようにこっちをうかがっているだけで、反応はなし。わたしたちが攻撃する様子がないのを見て、作戦会議中ってとこじゃないかな」

「なるほど。想像のつく話だね」

僕はメニューから〈マップ〉を呼びだす。地図は、昨日屋敷のコアで見たそれより一気に拡大していた。方角としては朱音のいうとおりの方向に鳥居とその屋敷が〈マップ〉にアイコンとして載っている。一番近いのは南の鳥居で約12kmほどの距離感。次が北西の鳥居で13kmほど離れている。その次が北東の鳥居で、約15kmほど隔てている。南西の鳥居が一番遠くて、20kmは離れているだろう。おそらく南西の鳥居は、ラットの速度から概算して、まだ到着してそれほど経っていないだろうとあたりをつける。

ダンジョンの入り口もいくつか〈マップ〉にアイコンが映っており、南の鳥居と僕たちの鳥居の間に二つ、北東の鳥居との間に一つ、北西の鳥居との間に一つ、南西の鳥居の近くに一つがそれぞれ見つかっている。

「ということでわたしたちもこの交代時間を利用して作戦会議をしようと思うんだけどさ。ぶっちゃけ夕人お兄ちゃんはどうするのがいいと思う？」

朱音の試すような質問に、僕はこう答えた。

「まずダンジョンの数を引き続き洗いだす。その後、ダンジョンの数が少ないところを攻撃すべきだ。理由は、それぞれのチームにまだ外部を索敵している様子が見当たらないことから、攻撃しても他のチームにそのことがばれるとは思えないこと。そしてばれないうちに一つでも多くの鳥居を潰して、鳥居と僕たちのレベルを上げるべきなこと。さらに、攻めるなら人の数が少ないところの方が容易なこと。また、この時点で〈通話〉を使うと、僕たちがすでに鳥居のレベルを上げていることがばれて悪目立ちして、将来的に集中攻撃を食らう恐れがあること。このあたりだ」

「なるほど、さすがは夕人お兄ちゃん。わたしと菜弓お姉ちゃんも攻撃すべきって意味では同感だったよ。ただ攻撃対象は、北東がいいと思っていた。理由は、すでにわたしたちが東にあった鳥居を潰していること。つまり、北東を攻めた場合は、隣の鳥居にばれてカウンターを食らう可能性が小さめなんだよね。北西の鳥居とも、結構離れているし」

「それは一理あるね。まあ〈マッピング〉はどちらにしろ行うから、ダンジョンの数を調べつつ、北東をやや優先度高めということで攻略しようか」

「うん、そうだね。ただ〈魔方陣：サモン〉がないわたしたち三人は、モンスターを直接軍隊みたいに進軍させる必要がある。もちろんその時間を取る必要もあるよね」

「とりあえず北東方向にモンスターを進めておこう。ダメだったら、僕たちには〈リサモン〉で戻して、屋敷や自分のダンジョンなんかで再召喚する手がある」

「オッケー」

そうして僕たちは、北東を攻めることを第一の選択肢として、保険をかけつつ動くこととなった。

僕は朋を呼び、ラットを召喚させ、遅ればせながら北東を中心に向かわせることにする。〈エンチャント〉の情報はタダで与え、〈視界共有〉と〈マッピング〉〈敵感知〉をつけるためのＤＰを貸し与えた。朋の召喚したラットは３００匹。そのうち30匹を南に、30匹を南西に、30匹を北西に向け走らせ、10匹を僕のダンジョンに配置、残りの２００匹を一斉に北東へ向かわせていく。

だがおよそ1時間後。僕たちにも敵にも、ＤＰの収入が入る時間帯に、状況が変わる。

南のコアの屋敷から、大量のオークとピクシーの群れが現れ、突如僕たちの鳥居めがけて進軍を開始したのだ。

16　新生軍の躍進

「こちら夕人。南の鳥居に動きあり。大量生産されたピクシーとオークの群れが、こちらに向けて前進を開始した。ひとまずいったんラットを進軍ルートの横へと移動させる」

　僕の報告に、すぐさま菜弓、朱音、陸が集まってくる。僕たちは前回の会議でも使ったリビングテーブルを囲むように椅子に座って、速やかに会議に移る。

「オーク主体なのもあって、敵軍の動きは遅い。時速３kmか４kmといったところだ。ここに来るまでには３～４時間の猶予がある。また、ラットを放ってこないことから、敵に〈エンチャント〉の情報を持つものがいる可能性は低めだと思われる。もしくはラットの有用性に気づいていないかだが。いずれにしても、こちらの作戦として考えられるのは主に二つあるだろう」

　僕は〈クリエイト〉で紙とペンを出し――10DPで一通り揃ったセットが買える――紙に文字を書いていく。

「一つめは、正面衝突だ。武力に優れるこちらの部隊で敵を殲滅《せんめつ》。DPを消費しつくした相手の鳥居やダンジョンを、ゆっくりと攻略していく」

「もう一つは何なんだ？」

「二つめは、カウンターだ。敵をある程度のところまで引きつけたところで、僕が〈魔方陣：サモン〉で敵を奇襲する。陸の〈魔物追いのブレスレット〉も使えるだろうな」

僕は正面衝突、カウンターと紙に書いていく。

「見た感じ、敵はおよそオーク60体とピクシー50体から成る部隊だよね。つまり所要DPは約40000。ここで敵鳥居Lv1、敵は四人と仮定する。敵一人あたりが持っているDP総量は、初期の5000にチュートリアルの7500、収入の3000で15500だから、計62000となる。合っているよね、お兄ちゃん？」

「ああ。敵の人数は念のためもう少し見積もっておいても困らないかもしれないが、昨日のパーティが三人、俺たちが四人なことから考えても、五人程度まで想定しておけば十分そうだ」

「つまり、あの軍隊を操っている人が〈リサモン〉を持ってないとすると、敵が防衛に使えるDPはせいぜい37500だよね。実際はダンジョンの防衛にもDPを使っているから……」

「一人あたり5000DPは最初のダンジョンで使っているはずだ。つまり敵が防衛に使えるのは12500程度。ただ、最初の5000DPのオークやピクシーをこっちに回している可能性もある。その場合、こちらの索敵にモンスターの移動がひっかかってないことから考えて、敵は〈リサモン〉を持っている可能性が高めということになる」

「〈リサモン〉を持っているってことは、何らかの原因でレベルアップしているってことか？」

陸の疑問は、僕が持っている朋の情報がないとするなら、もっともだった。

「〈リサモン〉は、最初から持っているプレイヤーもいるんだ。朋がそうだった。〈魔法〉のパラメータが一定以上あると、最初からいくつか魔法を覚えているみたいなんだ」

「私たちのパーティは〈魔法〉がすごく高い人はいなそうな雰囲気でしたからね」

菜弓はそうした情報を敏感に皆の言動から拾っていたらしい。確かにいわれてみると、そうかもしれない。

「つまり、〈魔法〉の高いプレイヤーが敵にいて、そのプレイヤーにDPを集めてオークやピクシーを運用している場合は、〈リサモン〉を使われる可能性があるということだね！　それなら話は簡単だよ！」

朱音の中では早くも結論が出たようだ。僕はその結論に耳を傾ける。

「わたしと菜弓お姉ちゃんで総力戦を仕掛けながら、その隙に陸お兄ちゃんの〈魔物追いのブレスレット〉と、夕人お兄ちゃんの〈魔方陣：サモン〉で奇襲をしかければいいんだよ。戦闘状態になったモンスターは、戦闘が終わってから一定時間〈リサモン〉できないからね！」

地味に初耳な情報が含まれていたが、これも情報格差ということで納得してしまう程度には、僕はこのゲームの理不尽さに慣れつつあった。とはいえ聞いておかねばなるまい。

「……一応聞くが、戦闘状態になったモンスターは一定時間〈リサモン〉できないというのは確かなんだな？」

「あれ、これも見えてないのか。んー、どの情報が何ランクで見えるのかちゃんと見たいなぁ」

「そういうスキルやアイテムがあってもおかしくはないですが、間違いなくかなりの高級品ですね」

「話がそれているぜ。夕人の質問は、そのとおりってことでいいのか？」

僕と同じく情報が見えていないはずの陸が、僕に助け船を出す。

「そうだね！　試しにわたしと夕人くんのモンスターを戦わせて、〈リサモン〉しようとしてみるといいんじゃないかな。ちょっと屋敷の前にラットを出すよ」

そういって朱音がラットを1匹屋敷の前に顕現させる。僕は同じくラットを出し、2匹に戦闘行為を一瞬行わせる。

「〈〈リサモン〉〉──ラット」

確かに〈リサモン〉は行われず、〈配下〉メニューの数字は増えなかった。

「朱音の〈〈リサモン〉〉の説明には、一定時間というのがどれくらいかは書いてないのか？」

「そうだねぇ、まだ正確には試せてなかった。10秒おきぐらいに唱えてみてよ」

それから僕は〈リサモン〉を連発した。

その結果、戦闘終了から約120秒、つまり2分間が、送還できるようになるまでかかる時間だということがわかった。

「一つ勉強になったね！　それじゃあわたしと菜弓お姉ちゃんで大規模戦闘を行い耐えている間に、夕人お兄ちゃんと陸お兄ちゃんで頑張ってもらおうか」

「ちなみに……朱音の主力モンスターをそういえば聞いてなかったが、何が主力なんだ？」

「そういえばいってないね。わたしはウェアウルフとミニエンジェルだよ」

「……へぇ」

僕はウェアウルフとミニエンジェルのモンスター情報を改めて見てみる。

ウェアウルフ　1500DP
肉体　B+
魔法　D

知性　C

所持魔法
バーサク（丸い物を見ているとき限定で発動する）

所持スキル
〈怪力Lv2〉〈迅速Lv2〉〈闇属性付加Lv2〉
〈闇耐性Lv1〉〈物理耐性Lv1〉

解説
人狼《じんろう》族の戦士である。その身体は闇属性を帯びた硬い毛で覆われ、物理と闇に耐性を持つ。武器がなくともその強靭《きょうじん》な肉体が持つ強力な牙や爪で戦うが、武器を持つことも可能であり、それらの攻撃手段について、物理属性と闇属性をスイッチさせながら戦う。

ミニエンジェル　1500DP
肉体　C
魔法　B＋
知性　B－

所持魔法
ヒール　ライト　ウィンド　エンジェルアローレイン
所持スキル
〈飛行Lv1〉〈光耐性Lv2〉〈風耐性Lv1〉
〈闇特攻Lv2〉〈弓適性Lv1〉
固有装備
〈天使の弓〉
解説
　まだ子供だが、すでにその絶大な力の一端を秘めた天使族である。その魔法は強力で、回復と攻撃を自在に使い分けながら戦闘を行う。一方で弓の扱いもうまく、〈天使の弓〉という他種族には扱えない特殊な弓をもって敵を射殺す。必殺魔法のエンジェルアローレインは、範囲内にいるすべての敵を魔法で作った光の矢で継続的に攻撃する、広範囲攻撃魔法である。
　強靱な肉体と機動力を併せ持つ、物理属性と闇属性の攻撃をする前衛ウェアウルフに、〈飛行〉を持ち回復魔法、光属性と風属性の攻撃魔法を操る後衛のミニエンジェル。なかなかに相性もよさそうで、厄介な組み合わせだ。

「オーガとサキュバスの菜弓の軍と併せれば、数だけ多いオークとピクシー程度には負けなさそうだね。いいんじゃないかな」

「ふふ、まともな実戦はこのゲームだとはじめてだからなぁ。腕が鳴るよ」

「わたしはいつでもいけますよ。正午の６０００ＤＰが入ったので、それによる強化を皆さん忘れないようにしてくださいね」

「うお、忘れかけていた、ありがとう」

陸は肉体的には頼れるのだが、やはり頭脳的には頼りないところがあるなと思いつつ。

僕は、オークを何体出せば皆をごまかせるか、冷静に思案するのだった。

＊

あれから2時間ほどが経ち、朱音と菜弓の率いる混合軍が、敵オークとピクシーの軍と衝突を開始した。

森の中、およそ60体のオーク、50体のピクシーの前に、10体のウェアウルフと、7体のオーガが姿を現す。僕はその様子を付近のラットたちの視界から眺めていた。

やはり印象に残るのは、オーガの巨大さだ。身長３ｍから４ｍはありそうな巨軀《きょく》が、ドシンドシンと地面を踏みしめながら、静かにオークたちへと向かっていく。

オークたちは、突然森の中から現れた凶悪そうなモンスターに怯む様子を見せる。しかし主の命令は絶対なのか、結局果敢にも立ち向かっていく。

その先頭に立つオークに向かって、こちらのオーガが装備する巨大な棍棒が、その巨軀から生まれる長いリーチで頭上から振り下ろされる。

その瞬間、そこにいたオークは一瞬で潰され消滅した。

オーク自体、かなりの物理耐久力を誇る生物である。それが一撃。僕は戦慄を覚える。

オークたちは単体では勝てないと理解したのか、複数で囲むようにしてオーガへと近づこうとする。ピクシーたちも援護するように風の刃の呪文を唱え始めた。

だがその鈍重な動きは、背後に控えるウェアウルフのよい的だった。凄《すさ》まじい速さで駆け寄ったウェアウルフは、装備した刀で次々とオークを切り裂いていき、そのまま背後のピクシー軍へと迫っていく。

棍棒を必死に振り回すオークたちだが、その攻撃がウェアウルフに当たることはない。持ち前の頑強さをもってしても、オークたちは1体、また1体と倒れていき、通過したウェアウルフはピクシーに到達する。

紙切れのように切り裂かれていくピクシーたち。自分たちのただ中で魔法を放つわけにもいかず、無情にも消滅していく。

そして追い打ちをかけるように、後衛のサキュバスとミニエンジェルが姿を現す。

瞬間、オークたちの目の色が変わる。

オークたちは、そこに絶対に逃せない宝物があるかのように、一目散にサキュバスに向けて行進を開始する。

——たとえその道中に、オーガが待ち構えていたとしても。

こちらのオーガの1体が、斜め下に薙《な》ぐように棍棒を振り回す。次々と吹き飛ばされ、はじけ飛んでいく敵オークたち。

それでもオークたちは、正気を失っている様子でサキュバスを目指してひとかたまりになって前進する。棍棒がオーガに命中し、オーガが怒りの咆哮《ほうこう》をあげる。

――そこで、ミニエンジェルの必殺魔法、〈エンジェルアローレイン〉がオークたちに突き刺さる。

天空から降り注ぐ光の矢の嵐。魔法に弱いオークたちは、なすすべもなく次々と消滅していく。ミニエンジェルは合わせて〈ヒール〉を唱えだし、オークの群れの猛攻でわずかに傷ついていたオーガの傷が全回復する。さらにサキュバスの闇魔法までオークを襲い始めた。

後は一方的な虐殺だ。それを悟ったところで、僕と陸は静かにうなずき合う。

「こちら夕人、敵屋敷のラットからオークを30体召喚する」

「こちら陸、敵屋敷のラットに対して〈魔物追いのブレスレット〉を使用する」

現れたオークが敵屋敷に向けて行進しだし、その先頭で陸が駆ける。

敵はピクシーやオークを召喚して抵抗しようとするが、その数は大して多くはない。

目を見張るべきは、超人的とすらいえる陸の動きだった。

先ほどのウェアウルフよりさらに速くオークたちに切り込んでいった陸は、触れる物すべてを〈炎と光の剣〉で一撃で斬り殺していく。その動きは炎と光の残像を帯びていて、動きを魔剣の力で補助されていることがうかがえる。

そしてそのまままっすぐオークの群れを突っ切ると、陸は魔法を放とうとしていたピクシーたちの中で乱舞して回る。ピクシーたちは1秒に数体のペースで死んでいき、気づくとそこには陸だけが立っていた。

僕も負けてはいられない。刀と弓を装備した〈物理特攻Lv1〉持ちのオークで残りのオークたちを始末していく。数的にもこちらが有利な中、武器と〈物理特攻〉の補正もあり、僕のオークに犠牲が出ることはない。

そのまま陸が敵屋敷に突っ込む。そして、視界の片隅上に移していたマップ上で、敵屋敷のコアが破壊されたことを示す鳥居アイコンの消滅が発生する。合わせて、外にそびえ立つ巨大な鳥居も消滅するのだった。

「こちら陸、敵屋敷のコアを破壊。敵プレイヤーはこっちの様子を見てダンジョンに逃げちまったみたいで、人数はわからなかった」

「こちら朱音。菜弓お姉ちゃんと一緒に、敵軍は全撃破。犠牲もなく済んだよ」

歯ごたえがない。そんな感想すら抱く。

いや、それぐらいこのチームに優れたメンバーが集っていて、恵まれた星の下にあったということだろう。

「よし、この勢いのままダンジョンを殲滅に入る」

僕たちは、ほぼもぬけの空のダンジョンを四つほど発見し、今回はそれぞれ一人一つということで攻略を行った。

待ち構えているプレイヤーたちをあっさりキルした末に行った選択は、僕がコアの「破壊」、朱音がコアの「隷属」。

そしてこの時点で、「破壊」した僕はプレイヤーレベルが3に上がったのに対して、朱音はプレイヤーレベルが2のままであることが判明する。

「こちら朱音。コアの破壊を行わないとレベル3に足りないなんて聞いてないよ～！」

僕は必要経験値が表示されていないこと、コアを破壊するメリットがシステム上小さく見えることから、うっすら嫌な予感を覚えていた。その予感が確定したのは、収穫といえる。

たぶんだが、レベル1からレベル2に上がった際に、余った経験値が持ち越されていないのではないだろうか……。

その後、陸は「破壊」、菜弓も「破壊」を選んだ。

余談だが、菜弓はコアを破壊することを決める際、痛烈な一言を残していた。

「雑魚プリズナーより経験値です」

17　親友

ダンジョンを攻略して、最初に行ったのは、〈レベルアップ報酬〉の選択だ。

レベルアップ報酬は、プレイヤーレベルが上がるたびに、プレイヤースキル、魔法、エンチャント用スキルなどから成る候補のうち、一つを選択して獲得できるシステムです。

現在の獲得候補（Lv3に上がった報酬として、以下から一つを選択）

・プレイヤースキル：〈騎乗Lv1〉
モンスターなどに騎乗することができる。騎乗中は、肉体にボーナス。

・魔法：〈ヒール〉
ダメージを回復することができる。回復量は〈魔法〉の値によって変化する。

・エンチャント用スキル：〈魅了耐性Lv1〉
魅了攻撃に対する耐性を持つ。

〈魅了耐性〉がもしプレイヤースキルだったら、僕は迷わずそれを選んでいたかもしれない。

という、冗談なのか本気なのか自分でもわからない話は置いておいて、悩ましい選択肢だ。

どれもそれなり以上に有用である。

今後、サキュバスを使う敵などが出てきた場合に、〈魅了耐性〉は重要なスキルとなるだろう。

〈ヒール〉は万能に様々な場面で活用できる。〈騎乗Lv1〉についても、移動速度を上げられること、モンスターの上という場所で優位に戦闘を行えることは、今後の展開を想像すると有意義であるといえるだろう。

悩んだ末に、僕は〈騎乗Lv1〉を選択する。

〈ヒール〉はミニエンジェルなどのモンスターを活用すれば、代用できると考えた。〈魅了耐性Lv1〉は惜しいが、サキュバスを使う相手と戦うとも限らない。

一方で〈騎乗Lv1〉は最も汎用的である。騎乗中は〈肉体〉にボーナスが入るのも大きい。そして僕にはある考えがあった。それは——。

——ドラゴニュートを〈龍化〉させて〈騎乗〉すれば、僕は空を自由に飛べるかもしれない。

それは何もロマンでいっているわけではない。空軍勢力が破壊的に戦場を変えるのは、歴史が証明している事実だ。

次にクエストを確認する。前回はレベルアップとチュートリアルのクリアの後というタイミングでクエストが切り替わっていたため、念のための確認だ。

クエスト
NPCの村を設立する
報酬：10000DP

クエスト
ダンジョンの階層を5階層まで増やす
報酬：15000DP

クエスト
〈アビス〉を獲得し、装着する
報酬：20000DP

クエスト
プリズナーを三人以上獲得し、全員に〈激痛Lv2〉を3回以上使用したことがある状態になる
報酬：25000DP

やはり新鮮なものが増えていた。おぼろげな手がかりとしてこの情報を捉えると、プレイヤーレベルが3であるということは、ゲームタイトルを冠する重要システム〈アビス〉がぼちぼち圏内に入ってくる頃合いなのだろう。いまだ〈アビス〉の獲得条件ははっきりしないが。

そしてプリズナーを確保するのは、やはりやった方がよい行動として捉えられているようだ。プレイヤーレベルが上昇するのが遅くなるのは痛いが、どこかで確保しておく必要があるだろう。
最後にステータスを見る。

小鳥遊夕人　Lv3
アビス　未習得
DP　5000（＋9000／日）
ダンジョン階層　2層
肉体　C
魔法　C＋
創造　D−
召喚　A
情報　C

所持魔法
クリエイト　サモン　インベントリ　リサモン　テレポート

所持スキル
〈魅了Lv2〉〈プログラムLv1〉〈怪力Lv1〉

〈節約Lv1〉〈勤労Lv1〉〈基礎学力Lv1〉

〈愛の絆Lv3〉〈騎乗Lv1〉


一日あたりのDP増加量は、鳥居のLvが上昇したおかげだろう、900に上昇していた。

だがドラゴニュートを何体も生産していくプランを考えると、今後これだけのDP収入では心《こころ》許《もと》ない部分がある。これまではクエストの達成が収入源として大きかったが、だんだん達成が難しいクエストが増えてきているのもある。

僕はいまだ未利用のアイテム〈村長の家〉を活用した稼ぎを行う必要を感じていた。

NPCが魅力を感じるようなダンジョンをきちんと構成して、DPをもっと稼げるようにする。

そんな思案をしていると、オークの操作に集中していた僕をじっと見つめていたらしい朋が、僕の様子から勝利を察したようだ。

「勝った、んですよね？」

朋はそういって、ねぎらうように可憐な笑顔を見せてくれる。

「ああ、勝ったよ」

「お疲れ様です。ふふ、さすがは夕人くんのチームです」

「僕は今回ほとんど何もしてないよ。すごかったのは他の三人さ」

それは事実だ。まあ、ドラゴニュートという手段を隠し持っている時点で必然ではあるのだが……。

「ふぅ……戦いも終わりましたし、わたし、ちょっと部屋に戻ってきます。ネズミ当番疲れが出ました」

「わかった、それじゃあまた後で」

「また後でです」

そんな挨拶を交わして部屋に戻った朋と入れ替わるように、朱音が戻ってきた。

「たっだいまー！　戻ったよ！　いやー楽勝だったね！　この調子でいきたいもんだよまったく！」

勝利の余韻か、朱音はテンションが高い。

「そう甘くはないだろうね。もう何戦かはこの調子で食い潰して育っておきたいけど、そろそろ他の有望なチームも動きだしているだろうし。そういうチームに弱小チームが食い潰された後は、今みたいな楽な戦いはできなくなるだろうね」

「だよねぇ」

それから菜弓と陸も帰還する。

「王子様、ただいまです」

「おっす、戻ったぜ」

それから僕たちは〈レベルアップ報酬〉について情報交換をする。

驚くべきことに、菜弓は〈魔方陣：サモン〉を覚えられたらしい。チームとしては喜ぶべき事態だろう。

一方の陸は〈チャイルド〉という魔法を覚えたらしい。これは自分の分身を創りだす魔法だそうで、創った主とその装備が強力であれば、それだけ優秀な分身が召喚されるらしい。肉体特化、魔剣まで持った陸によく合っている魔法といえるだろう。

そんな話を、レベルを上げられなかった朱音はつまらなそうに見ていた。だが次は朱音の番だ。

「朱音、プリズナーについてだけど」

「そうそう、わたしのプリズナーだけど、わたしは夕人お兄ちゃんみたいにみんなの前に出す気は基本ないから。ダンジョンに部屋を作って、そこで暮らしてもらう。これから数も増えてくだろうし、いちいち紹介とかして仲間意識作っていてもきりがないから。わたしはプリズナーは、はっきり奴隷として扱うよ。それは最初にいっておく」

そんな、ある意味では朱音らしい宣言に、皆いったん黙る。

「……それはちょっとひどいんじゃないか？　前にもいったが、プリズナーっていっても、同じ人間だぞ」

反論を述べたのは、陸だったが、それに朱音がさらに反論を重ねる。

「だからだよ。同じ人間だからこそ、立場の違いを明確にしないと、つけあがることがわかる」

「つけあがるって、お前……」

「プリズナーに変に感情移入して、うまく扱えずに結局敗北する方が、プリズナーにとってもわたしにとっても損なんだよ。だからわたしは、ここについては冷酷にいかせてもらう。面倒のない、完全な上下関係の下、奴隷として扱う。これは譲れない」

「……どんなプリズナーを持っているのか、紹介する気もないってことか？」

「うん。パラメータの情報とかスキル情報とかも秘匿したいかな。今後の作戦行動の中で、必要に応じて明かすことはあるかもしれないけど」

はっきりと距離を置く言葉。朱音がこのゲームの本質を忘れていないことがよくわかる。

「僕は構わないよ」

「ちょ……夕人……！」

「わたしも構いません」

「マジかよ……俺が変なのか……？」

「陸お兄ちゃんは変ではないよ。一般的な人間の感性としてはね。でもこのゲームがそういうゲームなんだったら、わたしはそれに合わせて勝利を目指す。だって勝ちたいから。それだけの話なんだよ」

朱音の醸しだす独特の迫力に、陸はすっかり気圧《けお》されていた。

「……よくわからねぇ。何が正しいのか、どうするべきなのか。さっぱりだ！」

苛立《いらだ》ちをぶつけるようにそう叫ぶことくらいしか、できない様子だった。

「陸お兄ちゃんだって、夢があるんでしょ？　それを叶えることが正しいことだと思うなら、わたしのやっていることに文句をいう資格はないよ。自分だって他人を蹴落として夢を叶えようとしているんだから」

「そうなんだけどよぉ……理屈では正しい、ってわかるんだけどよぉ……それでも納得できないんだよ！　……悪いが部屋で頭を冷やさせてもらう」

そういって陸は、足音も荒く二階へと歩いていった。

「……あんまり陸を責めすぎない方がいいと思うけどね。どちらかといえば僕たちの方がおかしいんだから」

「……勝つために全力を尽くす。それはわたしの哲学だから、譲れなかったんだ」

「……朱音はどうしてこのゲームに勝ちたいんだ？　最初の自己紹介のとき、いってなかったように思うが」

「……そうだなぁ。あえていうなら、親友に自慢するため、かな」

そういう朱音は、珍しくどこか気恥ずかしげで、同時に誇らしげでもあった。

「親友……ですか。きっといい友達なんでしょうね」

菜弓がそこで、何か眩しいものでも見るかのように、朱音を見つめる。

「いやぁ、そいつはいい友達なんてもんじゃないんだけどね。とてもじゃないけど人様に見せられるような本性してないのに、猫被《ねこかぶ》って演技して、現実から逃避するように賞金制ＶＲＭＭＯにハマりきっていて、だけど本心から大切なものは確かにあって、可哀想な境遇の中でも頑張っていて……」

朱音は、話し始めると止まらないといった様子で、その親友について話し続ける。

「ふふっ」

僕は思わず笑ってしまう。

「朱音のそんなに人間らしいところ、はじめて見た気がするよ」

そういって優しく微笑みかけると、朱音は顔を真っ赤にして照れてしまった。

「ば、バカにしないでよぉ！　た、ただ、ついいろいろ悪口とかよいところとか、思いついちゃっただけなんだから！」

「ふふふっ。わたしは朱音ちゃんは結構同類かなと思ってましたが、朱音ちゃんの方がずっと健全でしたね」

「まだ十五歳なんだから、これで普通だよ」

「うるさいなぁ！　二歳しか違わないくせに！」

気づくと僕たちはすっかりリラックスしていた。陸には悪いが、お互いのことを知るいいきっかけとなったように思う。

それから僕たちは、朱音からその賞金制ＶＲＭＭＯ廃人仲間の話を聞いたりして、しばしの時を過ごした。

――北西の鳥居のラットの〈敵感知〉に反応があったのは、その少し後の話になる。

18　グリフィン

「こちら夕人。陸、わかっていると思うが、北西の鳥居付近のラットに〈敵感知〉反応があった」

「……こちら陸。下に戻ろうとしていたところだ」

それから陸が戻り、僕たちはひとまず会議を開始する。どことなくぎこちなさはあったが、会議自体は問題なく進行した。

「……北西の鳥居にいるラットの〈敵感知〉が新たな反応を生むということは、いくつかのパターンが考えられる。一つめのパターンは、ラットからかなり近い位置まで、北西の鳥居のプレイヤー、またはモンスターが出てきていること。その目的は、僕たちへの進軍かもしれないし、他鳥居への進軍かもしれないし、単にモンスターを移動させているだけかもしれない。たとえば僕たちみたいに、斥候を放つことにした場合などだ」

「二つめのパターンは、北西の鳥居以外の鳥居が、北西の鳥居に向かって攻め入った場合だよね！その目的は、おそらくは北西の鳥居の撃破、または交渉」

僕たちは急いで、北西の鳥居周辺のラットの様子を確認していた。

「森の中は、特に異常は見当たらないね。おかしいな、このあたりでも反応があったけど……」

「屋敷周辺は……何もないような……いやなんか飛んでいませんか、空」

菜弓の言葉にぎょっとして、屋敷周辺のラットに命令して視界を空に向ける。

屋敷の上空付近では、1体のモンスターが飛び回っていた。

猛々《たけだけ》しい鷲《わし》の顔と上半身に、ライオンのような下半身。

それは神話にも謳《うた》われる有名なモンスター。

グリフィンだった。

「どう見ても、グリフィンだよね、あれ。プレイヤーレベルが3になると召喚できるものなの？」

「わたしは……召喚できますね。12000DPのモンスター、グリフィンに間違いはないでしょう」

その言葉に、僕も自分の召喚欄を見てみる。そういえば完全にチェックを忘れていた。

スライム	10DP
ラット	10DP
バット	20DP
ウルフ	50DP
ゴブリン	100DP
ピクシー	200DP
オーク	500DP
マイコニド	500DP
グール	1000DP
マーマン	1500DP

ウェアウルフ	1500DP
ミニエンジェル	1500DP
リトルヴァンパイア	2000DP
サキュバス	2000DP
リビングソード	2000DP
ベビードラゴン	2500DP
オーガ	2500DP
ナイトメア	3000DP
ウィッチ	3000DP
デュラハン	5000DP
ゴーレム	10000DP
グリフィン	12000DP
サラマンダー	15000DP
ノーム	15000DP
ウンディーネ	15000DP
シルフ	15000DP
ヴォルト	15000DP
フラウ	15000DP
ウィスプ	15000DP

シェイド　……　15000DP
……
……

すっかり長いリストになってきたが、注目すべきは一番下以外にもモンスターが追加されていることだろう。マイコニド、マーマン、リビングソードというのが低DP帯での新顔だ。それに加えて高DP帯では、ゴーレム、グリフィンと各属性の精霊系のモンスターが加わっているようだ。

「僕も召喚できるね。DPは足りないけど」

「俺はできねぇな。〈召喚〉の値が足りないのか？」

陸はできないという情報から、一定値以上の〈召喚〉を要求するモンスターのようだ。

僕は今姿を見せているグリフィンの詳細が見たいなと思うが、12000DPは高級品だ。そもそも現在支払うことができない。

「うーん、まあモンスターとしてはわりと想像がつきやすいし、高いし、〈モンスター図鑑〉はまだいいのかな。それより、あのグリフィン、屋敷上空を飛び回っているということは……」

「考えられるのは、〈エンチャント〉をきちんと行っているパーティであり、グリフィンで〈マッピング〉した上で〈通話〉しているパターンですね。あのグリフィンは、おそらく通信用かつ脅しでもある」

僕たちがまだ試していない機能である〈通話〉。これを用いて、何らかの交渉を行っている。そういうことかもしれない。

「グリフィン、速そうだもんね。あれで飛び回ったら、結構遠くまで素早くマッピングできちゃいそうだよ。ラットと違って広範囲は難しいけど、代わりに戦闘もできそうだしね」

「ダンジョンの発見には向かないですが、いろいろな鳥居と通信、交渉する上では優れた手段でしょうね」

「しかし、あのグリフィンは〈敵感知〉を持っている可能性も高そうだね。ラットは見つかっていると考えるべきなのかな？」

「反応はひっかかっているだろうけど、北西の鳥居の斥候だと勘違いしている可能性もありそうだね。ただ〈通話〉しているとしたら、それが間違っていることに気づく可能性も高い」

「つまり、我々という他パーティに斥候を放つようなパーティの存在に気づく可能性が高いということですね」

「グリフィンのパーティの次の一手は、斥候を放っているのがどの鳥居なのか特定することになるかもね！」

「逆に僕たちは、グリフィンがどこから来たのか知りたい……このグリフィンの交渉が終わった後、北西の鳥居と通信を行うべきじゃないかな。もしかしたら攻められているかもしれないけど……」

「わたしも同意見だよ！　わたしたちのレベルが高いことはばれるけど、そろそろ問題ない時間帯だと思うし」

「ですね。グリフィンを飛ばしているパーティがいる時点で、あまり爪を隠してばかりいても損するだけのように思います」

「では、頃合いを見て北西に〈通話〉をかけるのは決定ということで。それとグリフィンのパーティの捜索も合わせて行うべきだと思う」

「北西から広がるようにラットを進めたいよね！　菜弓お姉ちゃんも〈魔方陣：サモン〉を覚えたみたいだし、夕人お兄ちゃんと二人で捜索係をやるべきじゃないかな」

　菜弓と二人で。

　その言葉に、ここまでなるべく考えないようにして頑張っていた菜弓のことを意識してしまう。

　菜弓と目が合う。ぼうっとした二重の垂れ目は、僕を無表情のまま見つめている。しかしその無表情を見ただけで、僕は背筋にぞくぞくとした電流が走るのを感じてしまう。菜弓はこれ以上ないくらいに可憐で美しい。それは変えようのない事実で、それが僕の心をかき乱すこともまた、変えようがないのかもしれない。

「おうおう、見つめ合っちゃって。ラブラブカップルは憎いね、まったく！」

「……そういうのじゃ、ないから」

　僕はやっとのことで、朱音の揶揄にそう返す。

「話を戻すと、ラットによるグリフィンのパーティ捜索隊を結成しよっか。メンバーは、〈魔方陣：サモン〉を使える夕人お兄ちゃんと菜弓お姉ちゃん。いいよね」

　特に抗える理由もなかったので、うなずいておく。

「それじゃ、またラットを横一列に並べて進ませよっか。他で〈マッピング〉中のラットを〈リサモン〉してもいいし、新しいラットを〈サモン〉してもいいけど、数としては合計１５００匹くらいは用意したいね。わたしと陸お兄ちゃんのラットも、近くにいる奴は適当に織り交ぜてほしい」

そんな朱音の指定に従いつつ、僕はラットを５００匹追加召喚し、菜弓もラットを５００匹追加召喚する。斥候費用は折半しようということになり、僕は陸から、菜弓は朱音から、２５００ＤＰを受け取った。

僕たちは北西の鳥居から見える鳥居のうち、まだ斥候用ラットを放っていない鳥居三つに向けて、それぞれ５００匹超のラットを横一列に並ばせつつ走らせた。今回は、少々探索が雑になるのは許容して、ラット同士の間隔は25ｍとし、それぞれの群れの横幅は12・５km程度とした。これでもおそらくダンジョンを見逃すことは少ないはずだ。

そんな準備をしている間に、北西の鳥居の上空を飛んでいたグリフィンは、さらに僕たちから見て北東の、当初僕たちが攻めようとしていた鳥居の方角へと飛んでいく。

北東の鳥居がグリフィンを放った元であることは考えにくい。飛んでいく段階で斥候に反応があるはずだからだ。よってあれは〈通話〉先を広げるための行動である可能性が高い。

「グリフィンが北東の鳥居まで足を伸ばそうとしているな。めんどくさいことになりそうな気がするぜ……」

「……僕たちも北東と〈通話〉をしてみるべきか？　北東の鳥居とは、グリフィンのパーティより先に接触するべきか、後に接触するべきかが問題になるが」

「わたしは後がいいと思う。下手に〈通話〉すると、グリフィンのパーティにわたしたちの情報を先に与えることになる可能性が捨てきれないかな」

「そうか……まあ確かにそうかもしれない。では、当初の計画どおり、北西の鳥居と〈通話〉をしてみようか。それにあたって、あらかじめ交渉の方向性を決めておきたい」

僕たちは、交渉の際にどこに気をつけるべきか、何を目的として、それがダメだった場合に何を目的とするか、最低限何を達成するか、といった事項を話し合った。

そして意を決して、鳥居のコアから〈通話〉機能を使用する――。

「〈通話〉――」

北西の鳥居に〈通話〉する上で、僕たちの目的をこう定義した。

「一番理想的なのは、まずグリフィンのパーティの情報を教えてもらうことと、僕たちの情報をグリフィンのパーティに教えさせないこと。追加であると嬉しいのは、僕たちのパーティに対して、グリフィンのパーティと呼応して攻撃をしかけるようなことをさせないことと、あわよくば、一緒にグリフィンのパーティを攻めること」

「それができなかった場合のプランとしては、まとめて一緒に攻められるとか、そういう面倒なことになる前に北西の鳥居を潰しておくことかな。おそらくレベル1だと思うし、簡単に潰せるはずだよ！」

「その場合に備えて、可能な限りわたしたちの情報は教えないままでいる必要がありますね。グリフィンのパーティにばれてまずい情報を教えると、攻めるのならその情報をグリフィンのパーティに教える、などといわれる可能性があります」

「……なぁ、〈通話〉で俺たちの位置がばれる時点で結構まずいんじゃないか？　やっぱり〈通話〉はやめて、北西を攻めるって手もあるぜ」

陸のそんな意見は、なかなかに鋭いものだった。

「確かにそれは一理ある。だが実をいうと、僕たちの位置はグリフィンのパーティにはいずればれる。なにせ、このあたりを片っ端から回っていって〈通話〉をしかけているんだから」

「そうか、なるほど。俺たちはいずれグリフィンのパーティと〈通話〉することになるわけだな」

「そう。今必要なのは、その会話の準備のため、少しでもグリフィンのパーティの戦略を知るべく、北西の鳥居と〈通話〉しておくことなんだ」

「納得したぜ」

「それで、北西の鳥居との〈通話〉でどう話すかだけど……」

*

そんな会話を経てプランをまとめた僕たちは、今、〈通話〉をしかけていた。

「〈通話〉――」

すると僕たちの屋敷にあるコアの上部の空中に、巨大なモニターが表示された。

皆の反応からして、これは他の誰でも見られるモニターのようだ。

そこに〈通話〉をしかけている最中であることを示す音声がどこからか響き渡る。〈通話〉機能のついたアプリで通話をかけているときのような、軽い感じの音だ。

そして僕の視界に映るメニュー上には、〈通話〉中であることを示す画面が出てくると同時、そこに〈交換〉という文字が表示される。どうやら〈通話〉中の鳥居と物資を交換することが可能のようだ。

「みんな、〈通話〉では〈交換〉ができるらしい。それを受けて、僕の方でプランを少し修正する。協力を要請する際に、報酬として〈エンチャント〉を教えようと思う」

「わかった、いいよ」

〈通話〉が始まるまでの短い時間で、そんな会話を交わす。

それからわずかな時間を経て、そのモニターに北西の鳥居のメンバーたちが映った。

小太りの中年の男に、二十歳くらいの眼鏡をかけた大学生風の男が一人、二十代後半くらいの男が一人。

三人パーティなのだろうか。

「こんにちは。あなたたちのマップにすでに映っているかと思いますが、僕たちはあなたたちから見て南東にある位置の鳥居のメンバーです。本日はとある交渉をさせてもらいに来ました」

すると眼鏡をかけた大学生風の男が、一歩前に歩み出て、会話に応える意思を見せる。ぼさぼさの黒髪をした、どことなく知性を感じる顔つきの男だった。理系の学生といわれるとしっくりくる感じだ。この男が三人のリーダー格なのだろうと直感する。

「交渉の内容を聞きたい。無条件で断るつもりはないことは伝えておく」

外見に反した堂々とした語り口だ。油断はできないと認識を改める。

「最初に、このあたりを飛び回っているグリフィンについて、知っていることがあれば教えてほしいです。代わりに、こちらもそちらが知らないと思われるグリフィンの情報を提供します」

グリフィン。そういったとき、明らかに目の前の三人はビクリと身体を反応させた。

僕はその反応を見て、どこか奇妙さを感じた。恐怖のような感情の中に、何か別の感情が混ざっているような感覚。

それがどこかで見覚えのある感情な気がしたが、そこまで至ることができない。

「……先にそちらの情報の概要を提示してほしい」

僕がそんな考えを持っている間に、向こうはそんな返答をしてくる。

「グリフィンというモンスターに必要なＤＰと、召喚できるようになるためのプレイヤーレベルを教えられますね」

僕はあらかじめ打ち合わせていた事項を話す。

三人は、お互い目を見合わせてから、誰からともなくうなずいた。

「それはこちらとしても知りたかった情報だ。先にそちらの情報を教えてくれれば、こちらが持っている情報を教えよう」

「いいでしょう。グリフィンは１２０００ＤＰで召喚できる、プレイヤーレベル３以上が最低でも必要なモンスターだと認識しています」

「プレイヤーレベル３以上……それを知っているということは、そちらにもプレイヤーレベル３以上のプレイヤーが一人以上いるということか。すでにそれなりの侵略を済ませているわけだ」

「ええ。今後の交渉で僕たちの味方になるつもりであれば、グリフィンのパーティには僕たちのことはいわないでください。ばれても構わない情報ではあるんですけどね」

これははったりだ。ばれると向こうの戦略が変化しうるので、できれば漏洩《ろうえい》は避けたい。だが代わりに渡せる情報としてこれが一番マシだったため、こういう交渉のプランになっている。

「それはそちらの条件次第だ。それでグリフィンの情報だが、グリフィンはおそらくこのあたりの鳥居に片っ端から〈通話〉機能を使っており、我々にもすでに〈通話〉が来ている。グリフィンのパーティは、高校生くらいの少女と、二十代から三十代くらいの男が三人だったが、リーダーは明らかに少女だった。他の三人とは一言も話さなかったくらいだからな」

リーダーの年齢や性別は新事実ではあるが、今知りたいのは別のことだった。

「もう少し詳しく聞きたい。どんな交渉を持ちかけられて、どんな返答をしたのか。教えてくれれば、我々はそちらにとある非常に有力な〈ゲーム情報〉を与え、それを用いてグリフィンのパーティに協力して対抗する態勢を築きたいと考えている」

「グリフィンのパーティが求めてきたのは、歴史でいう朝貢制度だ。我々がグリフィンのパーティに毎日5000DPを貢ぐことで、我々はグリフィンのパーティによる庇護《ひご》を受け、〈ゲーム情報〉の共有などをしつつ、有事の際の協力態勢を築く。我々は現在これへの返答を保留している」

それは本当かもしれないが、一部情報を隠している。僕はそう直感する。

なぜなら、グリフィンのパーティは間違いなく、ネズミを放ったパーティについての情報提供を求めてきているはずだからだ。

そのことを僕たちに告げない理由は一つしかない。

グリフィンのパーティに、僕たちというネズミを放った犯人の情報を渡すつもりだということだ。僕たちが〈通話〉をしかけられるということは、ネズミを放った犯人であるといっているも同然だからだ。

「そちらの鳥居は、どうやら僕たちの情報を、グリフィンの少女に渡すつもりのようですね」

僕の鋭い言葉に、眼鏡の男はなぜ気づいたのか、と愕然《がくぜん》とするような素振りを一瞬見せる。露骨に図星のようだった。

「あなたはそのプランを取るべきではありませんでした。なぜなら、我々は、あなたの鳥居を今からすぐに潰せる態勢を整えているからです。グリフィンの助けが来る前にです」

そういって、僕は陸と菜弓にそれぞれ目配せする。

「交渉は決裂です。戦争をしましょう」

すぐさま、陸が北西の鳥居のラットに転移し、菜弓がオーガとサキュバスの群れを、僕がオークの群れを、それぞれ北西の鳥居のすぐ近くに召喚し、鳥居の屋敷へと攻め込んでいく。

その大量の敵性反応は、敵のマップですでに確認できるだろう。

敵は慌ててこんなことをいい始めた。

「ま、待ってくれ！　話せばわかる！　我々は一つ、今隠していた重大な情報を提供できる。それを渡す代わりに、今後我々の鳥居を見逃してはくれないか！　我々も可能な限りそちらの情報は渡さないし、そちらのスパイとして協力する」

「一応聞いておきましょう。それが本当に重要な情報なら考えます」

「グリフィンの少女は、すでに、自分のパーティメンバーを三人ともプリズナーにしているんだ！そして俺たち三人のうち一人、そこのおっさんが、すでにグリフィンの少女のプリズナーにさせられている。俺たちは、生かされているんだ！」

それは確かに、多数の新事実を含んだ驚くべき情報だった。

＊

「……貴重な情報をありがとうございます。その代わりとして、あなたはわたしたちのプリズナーとして丁重に扱いましょう――こちら夕人。北西の鳥居の殲滅を速やかに行う」

「こちら陸。了解、もう屋敷のそばまで来てるぜ」

「な、なぜだ！　我々は正直に状況を話した！　うまく我々を使えば、グリフィンの少女の裏を掻《か》くことだって……」

「まず第一に、あなたたちは信用できない。なぜなら、グリフィンの少女のプリズナーを鳥居のメンバーとして登録しているからだ。逆に裏を掻かれるのがオチとも考えられる。次に第二の理由として、ここであなたたちを攻め落とせば、我々は労せずして鳥居のレベルとプレイヤーレベルを上げられて、グリフィンの少女との戦いを有利に進めることができる。この状況でグリフィンの少女があなたたちを生かしている理由が逆に知りたいところだ」

僕が長々と考えを述べた、その時だった。

「うぃーっす。あー、まあ、教えてあげてもいいっすよ？　その前にこのコアはアリサが壊しちゃいますけどねぇ」

気怠《けだる》げな少女の声が聞こえてくる。

それは気怠げだが、同時にとても美しい、透き通るような声だった。

――天使の声。

そんな単語が脳裏をよぎる。

思わず、その声の持ち主が見たいという本能のまま、画面を食い入るように見つめる。

はたしてそこには、一人の少女が現れていた。

小太りの中年の男のすぐそばに、何らかの手段で突如現れたらしい少女は、ずいぶんと印象的な外見をしていた。

その髪色は、白に近い色のブロンド。それを綺麗にウェーブさせて大きく横に広げており、長さは肩までくらいなのだが、左右で場所によって広がり方や長さが違う、不思議な髪型をしている。それはアシンメトリー、などと呼ばれるような、左右非対称の髪型だった。

そして少女の瞳は、いわゆる碧眼《へきがん》だった。不思議な魔力でも秘めているかのように美しい、サファイアの瞳。外国から来たか、外国の血が色濃い日本人といったところだろう。

真っ白な肌をした顔の輪郭は極めて小さくまとまっていて、唇には桃色の口紅が塗られている。頬は、チークなのか素なのかわからないが、こちらも桃色に染まっている。

そんな至高の芸術品のような可憐さの少女だが、その態度、服装はどこか気怠さ、不敵さを感じるものだ。

黒っぽく染められたデニム生地の丈の短いショートパンツに、ピンク色のハートが大きく描かれたシンプルな白いTシャツ。

そこに羽織った極めて大きなサイズのダボダボとした黒色のパーカーと、その両ポケットに突っ込まれた手、そのまま不遜にこちらを見つめる態度が、少女の性格をわかりやすく伝えている。

だがそんな様子を観察してばかりもいられなかった。

「ほら、いくっすよ」

アリサというらしい少女は、続けて次々と屋敷の中にモンスターを召喚し始める。

召喚されたのは、全体的に闇を帯びた黒馬にまたがる、ウェアウルフが3組だった。

——あの馬は、おそらくナイトメアだろう。だがウェアウルフには〈騎乗〉はないはず……〈エンチャント〉でつけたのか……？

いろいろ考えておきたいことはあるが、今、その暇はない。

「陸！　急げ！　屋敷の中にグリフィンの少女が現れて、魔物でコアを狙っている」

「今入る！」

その時、モニターに映る景色の中で、陸がコアを破壊しようとしたウェアウルフと横からぶつかる。ウェアウルフは銀色に光るミスリルの剣を装備しているようだ。

この剣、１０００ＤＰのそこそこ高級な剣だ。僕は朋の力を借りないと作れない。

陸とウェアウルフは鍔迫《つばぜ》り合《あ》いをした末に、陸が押し勝ち、ウェアウルフを馬上から弾《はじ》き飛《と》ばそうとする。

だがその時、その下のナイトメアが口を開き、黒い霧のようなものを吐きだした。

突然の不意打ち。それをまともに顔に食らってしまった陸。

「み、見えない……何も、見えな……なんだ……怖い……怖い……！」

とたんに錯乱した様子になる陸。

これは、まずい……！

そう思った、その瞬間。

菜弓のサキュバスとオーガの混成軍が屋敷の入り口から続々と入ってくる。

ウェアウルフたちの意識は、一気にサキュバスへと吸い込まれた。

「グルルゥ……ワォオオオオオオオオオン！」

雄叫《おたけ》びをあげて、サキュバスに突っ込んでいくウェアウルフ。

それを先頭にいるオーガが棍棒を横に振り回して、受け止めようとする。

だがナイトメアは驚くべきことに、そのさらに頭上をいく形で空へと飛び上がり、そのまま空中に闇の足場を作って駆けて、後ろのサキュバスのいる地点まで到達しようとする。

サキュバスは闇魔法を放って対抗しようとするが、それは〈闇耐性〉を当然備えているだろうナイトメアとウェアウルフにはまるで効かなかった。

ウェアウルフのミスリルの剣に左腕を切り落とされたサキュバスは、痛々しい悲鳴をあげる。

そのままウェアウルフはサキュバスへと飛びかかり、剣でその心臓を貫いた。

光となってウェアウルフへと消えていくサキュバス。それを恍惚《こうこつ》とした表情で感じ取っている様子のウェアウルフ。どうやら魔物にとってのサキュバスの魅力とは、倒したときの光がもたらす快楽にあるようだ。

そんなウェアウルフに、オーガの棍棒が無慈悲に振り下ろされる。快楽で行動を止めていたウェアウルフは、一撃死した。

だが戦況はまずい。ナイトメアがそんなオーガに向けて、またしても黒い霧を吐き散らして回り、オーガは混乱した様子で地面に倒れてもがき苦しむ。そのままナイトメアがその角から放った数発の闇魔法で、オーガは絶命した。

「なんなのよ、あの黒い馬！　あんなモンスターもいるの⁉」

「朱音、落ち着け。あれはおそらくナイトメア、３０００ＤＰのモンスターだ。〈召喚〉がかなり高くないと出ないはずだ」

「そっか、うちだと夕人お兄ちゃんしか見えないモンスターってことか」

「それより陸とコアがヤバい。今はグリフィンの少女がフリーだ」

グリフィンの少女は勝利を確信しているかのような素振りで、いつのまにか右手にミスリルの剣を持ち、ゆっくりと陸とコアのいる方へと歩いていく。

「わかっていますけど、ちょっとこの相性差を覆すのは厳しいです……！　何か、何かないのですか……」

皆が慌てふためく中でも、僕の頭の中は極めて冷静だった。冷徹に、ここで切り札を投入するべきかどうかを思案する。

陸のプレイヤーレベルを守れる可能性。屋敷のコアの経験値を得られる可能性。グリフィンの少女のレベルを下げられる可能性。

数瞬の後、僕は決めた。

「〈リサモン〉――ドラゴニュート。〈エンチャント〉――〈視界共有〉――ドラゴニュート。〈サモン〉――ドラゴニュート――突っ込んで、蹂躙《じゅうりん》しろ。目標はまず屋敷のコア、次にグリフィンの少女」

〈肉体〉A＋の龍人が、凄まじい速さで弾丸のように屋敷の入り口に突っ込み、そこを通ろうとしているサキュバスやオーガの頭上の壁を破壊しながら屋敷の中に突入する。

爆発するような音と共に、派手にがれきをまき散らして現れる龍人。

グリフィンの少女がビクリと身体を反応させ、龍人の方を見る。

気怠げな表情が余裕を失っていないのは、少女のメンタルの強さを表しているといえるだろう。

だがそこにかすかに焦りが浮かんでいるのも見て取れる。

一方、龍人は瞬く間に屋敷のコアまで到達する。

そしてその拳でコアを一撃で粉砕してしまった。

その動き、その力強さは超人的と表現して差し支えはないだろう。

〈通話〉中の僕は、静かにメニューを観察し、屋敷のコアがレベル3のままであることを見て取る。そろそろレベルが上がりにくくなっているのだろうか。相手のコアとのレベル差が関係しているのかも――。

そんな考えを巡らせている間に、皆ようやく思考が追いついてきたのか、僕のドラゴニュートに反応を見せる。

「なんなの、あのモンスター……ねぇ夕人お兄ちゃん⁉」

「後で説明は多少する。僕の切り札をここで切らせてもらった」

「さすが王子様。わたしにも秘密にしているなんて、素敵です」

「味方にも」ではなく「わたしにも」と表現されていたことが気にかかったが、今は些事《さじ》を気にしている場合ではないと考える。

一方、グリフィンの少女の方では、龍人がギロリとグリフィンの少女を向く。

「ははっ、なんだこのモンスター。バカみたいに強そうっすねぇ。アリサのコアを簡単に壊してくれちゃってさぁ！」

恐るべきことに、グリフィンの少女は恐れず龍人に突っ込んだ。同時、ナイトメアに乗ったウェアウルフ2騎と、主を失ったナイトメア1頭も龍人へと突っ込む。

キィン。龍人の右腕に襲いかかったミスリルの剣は、龍人の全身を覆う鱗に受け止められて、止まってしまう。

グリフィンの少女が示したその目にもとまらぬ早業は、少女の〈肉体〉が極めて高い値にあることを示していた。動きでいえば、〈炎と光の剣〉抜きの陸と同等くらいの水準の速さだ。おそらく〈肉体〉の値はA前後だろう。

だがドラゴニュートの真価は〈肉体〉の高さだけではない。

「……〈ファイアブレス〉」

僕の命令に応えるように、ドラゴニュートはブレスを発する。

口から発される業火は、剣を鱗から抜こうとしていたグリフィンの少女ごと、背後から迫っていたナイトメアとウェアウルフを、まとめて焼き払う。

ナイトメアとウェアウルフは火への耐性を持っていないせいか、一撃で死亡した。光となって、ドラゴニュートに吸収される。

一方でグリフィンの少女は、ブレスが触れた直後、なにやら燃えるような赤い光に全身を包まれてしまう。

光の強さがだんだん頂点に達しようとする中で、ブレスは終わってしまった。

そこで光は突如やみ、そこには無傷のグリフィンの少女がいた。

「ヤバかったっすね、今の。まともに食らっていたら余裕で1回死んでいましたよぉ、ははっ」

少女は何が面白いのか、そういって笑って見せる。

その壮絶な笑みと可憐なビジュアルのギャップは凄まじく、なぜだか僕の心を強く惹きつける、そんな画だった。

この少女、アリサはまだ多くの手札を隠し持っている。そんな嫌な予感が脳裏をよぎる。

「ま、いいっすよ。こんな歯ごたえのあるチームが近くにいるって知れただけでも収穫っす。今後、せいぜい楽しませてもらいますよぉ？　てぇことで、アリサは逃げさせてもらいますねぇ」

饒舌にそう語ると、アリサはスモークのようなものを出す丸い玉を地面に投げ捨てる。屋内である屋敷の中は、瞬く間に白い霧でいっぱいになった。

僕は慌てて、ドラゴニュートに屋敷の外に向けて飛び上がるように指示する。

天井を突き破って外に出たドラゴニュートの視界を共有することで、僕はアリサがすでにその高い身体能力で屋敷の外へと脱出し、逃げているのを見つける。

「追いかけろ！」

ドラゴニュートはアリサへと向けて滑空する。

速さはこちらの方が速い。数十秒のレースの末に、もうすぐ追いつくところまでくる。

「しつこいっすねぇ、後ちょっとで戦闘状態が解けるんすけどねぇ。これでも食らえ」

アリサが何事かしゃべると同時、先ほどとは違う色の丸い玉が地面に向かって放たれる。

それは緑色の煙、毒の霧だった。

不幸なことに、このドラゴニュートに〈毒耐性〉はなかった。

毒の霧をまともに食らったドラゴニュートは、苦しそうに速度を落とす。

「ははっ、いい気味っす。地面に霧を放っただけじゃ、戦闘状態にもならない仕様がありがたいっすね。ってことで、〈魔物追いのブレスレット〉が使えるようになったんで、拠点に逃げさせてもらいますよぉ」

グリフィンの少女、アリサは、そのままどこかに転移してしまったようで、視界から突如消える。

これまで転移をしなかったのには、〈リサモン〉と同じく戦闘状態になったらしばらく使えないといった制限があったのだろう。

こちらは相手の主力級モンスターをことごとく撃破することには成功し、相手が隷属化させようとしていた鳥居のコアも破壊した。こちらの犠牲は数体で済んでいる。混乱し続けていた陸のキルもなんとか防げた。

だが今回で、こちらの手の内の多くを与えてしまったのは痛い。一方であの少女には、まだまだ底知れない戦術の深み、厚みを感じる。

――あの戦いぶりを見れば、少女がすでにこのゲームの熟達したプレイヤーであることは想像に難くない。そして今後さらに成長を遂げていくだろうことも。

そして少女は高い〈召喚〉と〈肉体〉のパラメータを併せ持っており、自分か仲間の力で〈創造〉と〈情報〉のパラメータも確保していることは目に見えて明らかだ。

今後、再びやってくるだろうグリフィンの少女との戦いを想像して、僕は深いため息をつきたくなるのだった。

19　経験値

結局あの戦いの後、北東の鳥居へと向かっていたグリフィンは、そのまま北東の鳥居をマーキングしたが、それから僕たちの鳥居へとやってくることはなかった。グリフィンは〈リサモン〉されたようで、北東の鳥居の上空でそのまま姿を消してしまった。

北西の鳥居の中にいた男三人は、鳥居のコアが壊されて意気消沈して座り込んでしまっていた。

鳥居のコアが壊されても、一回始まった〈通話〉は残ったままのようだったので、僕は三人にこう話しかける。

「皆さん。少なくとも僕は、皆さんを不当に扱うことはありません。ダンジョンコアを明け渡し、僕たちのプリズナーになっていただきたい。いずれにせよ皆さんのダンジョンコアが攻撃されるのは時間の問題で、僕たちはあなたたちが自主的に降伏しない場合、ダンジョンコアを破壊します」

男たちは熟慮の末に、状況的に詰んでいることを認めたようだ。

小太りの男は、すでにグリフィンの少女のプリズナーとなっている。よって今回はいったんキルして放置することとなった。キルは菜弓がモンスターで行った。

僕たちは男たちから〈交換〉でマップの情報を渡してもらい、ダンジョンの位置を探り当てた。こちらは後ほど、朱音、陸の手で攻略される手はずとなった。二十代後半の男が陸の、大学生くらいの眼鏡の男は僕のプリズナーとなることになった。

ちなみに菜弓が参加しなかったのは「あのプリズナーは別に欲しくないです」と豪語したからだ。

ところで経験値だが、自分のプリズナーや、自分と同じ鳥居にいるプレイヤーとそのプリズナーについては、自分や自分のプリズナーがキルしても経験値が入らなくなる調整となっているらしい。また、同じプレイヤーを2回以上殺すと、その経験値は大幅に減少するそうだ。

こちらは菜弓がいっていた〈ゲーム情報〉だが、朱音はこんなことも知らないのかと逆に驚いた顔で僕と陸を見ていた。失礼な話である。

その仕様の話を受けて、僕たちはこの二人を一人1回ずつキルしておいてから三人のダンジョンを隷属させる手はずとなった。リスポーンしたら北西の鳥居に来るようにいい含めておいてから、菜弓が二人をキルした。ついでに、僕は朋に二人をキルさせることにした。

「さて」

朱音がプレイヤーキルのためモンスターを北西の鳥居に向かわせている間、改めて僕たちは先ほどの戦いについて話をする。

「グリフィンがこっちに来なかったのは、たぶんすでにこちらの場所を把握していて、夕人お兄ちゃんのドラゴンっぽいモンスターを警戒してのことじゃないかな」

というのは朱音の弁だ。

「1200DPのグリフィンを失うのは痛いですし、あのアリサというらしい少女は、こちらの会話を把握している節がありました。何らかの手段で盗聴を行っていたのでしょう」

「〈視界共有〉だけじゃなく、〈聴覚共有〉みたいなスキルがあるとするとしっくりくるかな」

「後、あの女の子が現れたり消えたりしたのは、たぶん〈魔物追いのブレスレット〉じゃないかな。陸お兄ちゃんのブレスレットを作ったときに効果を見たんだけど、〈テレポート〉や〈転移〉が戦闘状態になってから『長い時間』使えないって説明なのに対して、〈魔物追いのブレスレット〉は戦闘状態になってから『一定時間』使えないっていう〈リサモン〉と同じ説明だったんだ。長い時間ってのが何分なのかはわからないけど、一定時間はたぶん120秒程度だよ。夕人お兄ちゃんの話を聞く限り、生身で逃げて稼いでいた時間がちょうどそれぐらいだったみたいだし」

朱音の分析は鋭い。同時に、〈テレポート〉と〈転移〉は戦闘状態後長時間使えないという新情報も含んでいたが。

——後で検証しておく必要があるな。

「……それで現状だけど、ちょっとしっかりとした会議をする必要があると思う。状況を共有するために、部屋で休んでいる朋を呼んできてもいいかな？」

「んーまあいいけど、プリズナーをあまりよい扱いにするのは個人的にはオススメしないよ？」

「僕はその方が利益になると思っているんだ。会議への参加が問題ないなら、連れてくる」

「わたしはいいですよ」

「もちろん構わない」

僕は朋の部屋にいき、事情を軽く説明した。グリフィンがこのあたりを飛び回っていたこと。北西の鳥居に〈通話〉をかけて探ろうとしたこと。グリフィンのパーティのリーダーの少女は、北西の鳥居のメンバーの一人を隷属させており、自身のパーティの三人も隷属させているという情報があったこと。戦争しようとしたところで、グリフィンの少女本人がその場に現れ、戦闘に発展したこと。戦闘でドラゴニュートを使ったこと。北西の鳥居のコアは破壊したが、グリフィンの少女は逃げるのもうまく、キルはできなかったこと。

「ええ⁉　ドラゴニュート、使っちゃったんですか？　みんなの前で？」

「ああ。ちょっと使わなかった場合の損失がでかすぎると判断した。グリフィンの少女はぜひキルしておきたかったしね。結果的にできなかったけど」

「情報はどれくらい明かすんですか？」

「製法を明かすつもりはないが、自分の持つとある特別な何かのおかげで作れることを話し、ドラゴニュートを18000DPでチームメンバーには売ろうと思う」

「が、がめつい……」

「うるさいな。本来よりはだいぶ安いんだから、互いに得をしている。それで朋、聞きたいんだが、煙を出す煙幕や、毒を出す煙幕、攻撃を受けたときに身体が赤く光りそれを無効化するアイテム、あたりに心当たりはあるか？」

「……ないですね。わたしの〈創造〉の値で心当たりがないということは……」

「〈創造〉の値に加え、プレイヤーレベルが必要なパターンだろう。間違いなく。赤い光については、アイテムのおかげなのかもよくわからなかったが」

「……わたし、スライムでも狩ってレベル上げしてきますか」

「残念ながらそれじゃレベルは上がらないんだ。レベルは、鳥居のコアを含むダンジョンコアを破壊するか、ダンジョンコアの隷属、プレイヤーのキル、NPCのキルで上がる。それで朋にやってもらいたいことがあって……」

僕は朋によるプレイヤーおよびＮＰＣ虐殺計画のあらましを話す。

「つまり、まずは北西の鳥居にいってそこにいるプレイヤーをキルしてこいと」

「ああ。今から1時間後に僕、2時間後に陸、3時間後に朱音、4時間後に朋がそれぞれキルを行う手はずにしてある。朋は北西の鳥居に転移する手段がないから、自力で歩いて向かってくれ」

「うへぇ」

「それと、その前に全体の会議にも出てもらう。後、ちょっと〈村長の家〉を作るＤＰが足りないから、朋のＤＰをもらう」

「人使い荒すぎませんかぁ？」

朋の苦情を黙殺し、僕は朋を連れて、朱音と陸、菜弓の下へと戻る。

「戻った。朋も連れてきた」

「こ、こんにちは……」

朋は慣れない三人の前で、持ち前の内気さをさっそく発揮している。僕は、朋は要は内弁慶なのかもしれないと思い始めている。

「ところで夕人お兄ちゃんのプレイヤーレベルは、3のままなんだよね？」

「そうだ。鳥居のコア一つの破壊程度では上がらないみたいだ。だんだん上がりにくくなっているのか、レベル差が条件に含まれているのか、だな」

「なるほど。レベル差説は結構有力かもね！」

「……五人も揃ったし、今後の傾向と対策の話に移らねぇか？」

珍しく陸が話題を先導する。よほどあのグリフィンの少女に危機感を強く抱いているのだろう。

なにせ、今回一番危ない目にあったのは、陸なのだから。

「ふふっ、陸お兄ちゃんもずいぶんあの子には参ってるみたいだね。そう、あの子なんだけど、わたし実は知っているのを思い出したよ」

その言葉に皆ぎょっとして朱音を見る。

「あのアリサって名乗っていたグリフィンの少女、有名動画配信者のARISAだよ。髪型と瞳の色が全然違うから最初気づかなかったけど、あんだけ可愛い賞金制VRMMOプレイヤーでアリサって名乗っているのは一人しかいない」

僕たちはそのまま朱音の話を聞く。

「あいつは、賞金制VRMMOを専門にして攻略動画とか配信している、賞金制VRMMO界のセミプロみたいな奴。ちなみに、腕も一流で、めちゃめちゃ強い。わたしが一番得意なゲームでも、あいつとは結構いい勝負だった。前回はわたしが勝ったけどね。しかもあいつはいろいろなゲームを戦場にしているオールラウンダータイプ」

朱音がもたらした情報は、アリサというプレイヤーがどんな人物なのか理解する上で重要なピースだった。

「そんなオールラウンダーのセミプロと、わたしたちは対峙していたわけですか。あのゲームに対する深い理解と熟練度も納得がいきますね」

「そう。残念ながら、あいつの弱点なんてイケメンに目がないことくらいしか思いつかない。わたしたちは正攻法で挑んで、勝つ必要があるよ」

「イケメンに目がないですか……夕人くんなら、あるいは……」

「やめてくれ朋。〈魅了〉スキルはもうこりごりなんだ」

「あはは！　やっぱり夕人お兄ちゃんは面白いね！　まあアリサに夕人お兄ちゃんの色香が通用するかはさておき、現状は相当まずいのはみんな認識しているかな？」

「そうですね。このまま傀儡《かいらい》となっている鳥居を増やされていけば、わたしたちとグリフィンの少女の間にはとてつもないＤＰの差、人脈の差が生じる」

「そうなんだよ。この状況を覆すには、わたしたちも迅速に手を広げて、グリフィンの少女の勢力圏の鳥居のコアを片っ端から壊していくぐらいの方がいい」

「それをどうやってやるんだ？」

「そこで、夕人お兄ちゃんがこそこそ隠し持っていた、あいつの出番だよ！」

「あのドラゴンっぽい人のことか！　うっすら覚えているぜ」

「……あのドラゴニュートは秘密兵器のつもりだったんだけどね。この際いっておこうと思うんだが、僕はとある事情から、あいつを安く作ることができる。みんなには、１体１８０００ＤＰで渡すつもりもある。本来であればそれよりずっと高い２５０００ＤＰのモンスター。お得だと思うなら、よろしく頼む」

「へぇ、確かに魅力的な提案だね。いくら儲《もう》かっているのかは知らないけど、わたしたちも儲かるのは間違いないわけだし。わたしは買うよ。ちょっとＤＰが貯まるまで待ってほしいけどね」

「俺もあいつは欲しいな……いつか買う」

「わたしもぜひコレクションに加えたいですね。そのうち頼みます」

これで、チームメンバーにドラゴニュートを渡すという強化を行いつつ、自分のドラゴニュートを作る資金も稼げる。一石二鳥という奴だ。

「それじゃあ、今日は時間も遅くなりつつあるけど、夕人お兄ちゃんにはキリキリドラゴニュートを働かせてもらおうか」

「ん？」

「のんびりしている暇はないし、この辺の鳥居のコア、片っ端から潰して回ろうよ。ドラゴニュートにわたしたち四人のラットを袋とかに入れて持たせて、適当に配りつつ襲撃をかけて、コアを破壊する。その後ダンジョンコアの破壊をしない代わりにダンジョンを聞きだして、ダンジョンを手分けして攻略する。アリサの脅威がある中では、こうするのが一番だと思うんだ！」

朱音の恐ろしい提案は、かくして実行されることとなった。

＊

あれからしばらく会議は続き、僕たちは状況を確認しつつ今後の方針を決めていった。

「まず、弱小パーティに対する基本的なわたしたちの方針は侵略。グリフィンの少女が何らかの理由で侵略ではなく朝貢制度を選んでいるのなら、わたしたちはそれを妨害する侵略者になる」

「グリフィンの少女みたいな、強力なパーティが他に現れた場合はどうする？」

「アリサと組まれるのは最悪だね。できるだけ逆にわたしたちと同盟するように動きたい。そうでない場合は、各個撃破、または放置ということになるけど……」

「わたしたちには、王子様のドラゴニュートによるＤＰ、モンスターのアドバンテージがあります。撃破を狙ってもそうまずいことにはならないでしょうが……」

「同盟してくれない場合は、侵略せざるを得ないだろうね。放置すればするほど、グリフィンの少女と同盟されるリスクは高まっていく」

「じゃあそれでいこっか！　次に、ラットによる監視の状況だけど、夕人お兄ちゃん報告お願い！」

朱音の言葉に、僕はラットの状況報告を行う。

「北西で進めていたラットが新たに三つの鳥居をマッピングした。北西の鳥居があったところから見て、北側、北西、西側の鳥居。これを仮に鳥居A、鳥居B、鳥居Cと呼ぶ。僕はこの中のどれかがアリサの鳥居な可能性はそれなりにあると思う。ちなみに、ダンジョンもこのあたりのは全部ローラー作戦で発見済みだ。〈通話〉をかけるなり、鳥居のコアを攻めるなり、直接ダンジョンを攻めるなり、いろいろできる状況ではあるけど……」

「このあたりの他の鳥居がアリサの傀儡になっている可能性も高そうだよね！」

「むっずかしいなぁ、まったく……」

「さっきも朱音が話したけど、アリサの傀儡はむしろ積極的に潰すべきだと思う。問題は、攻めている間にグリフィンの少女にこちらを攻めさせる隙を作らないかだけど……」

「そこは完全に判断はつきませんが、放置してDPの差がついていく方がよりまずいのではないかと思いますね」

「よし。まずは北の鳥居と〈通話〉してみよう。もしアリサだったら……話しておきたいことはあるか？」

「なぜ朝貢を選んでいるのかは、聞いてみたいけどね！　後、どうやって素早くあの小太りのおじさんをプリズナーにしたのかも！」

「確かにな」

「わたしたちの知らない何かがあるのかもしれませんね」

「まあ聞いてみるだけ聞いてみようか」

僕たちはロビーのコアに向かい、そこで〈通話〉を行った。

結果からいって、出てきたのはアリサ本人だった。

「うぃーっす。誰かと思えばさっきのイケメンのお兄さんじゃないっすかぁ。どうしました？　アリサの傘下に入るのなら歓迎ですが、お兄さんのレベルだったら一日10000DPは欲しいっすね」

薄いブロンドの髪をかき上げるようにしながら、気怠げな碧眼がこちらを見つめる。改めて〈通話〉でアップで映ると、信じられないほどの美少女だ。〈通話〉越しですら思わず魅了されそうになるほどの可憐さは、菜弓とそう変わらない水準だとすらいえる。

だがその内面には、オールラウンドの賞金制VRMMO動画配信者にしてセミプロという肩書きを持つ、苛烈なゲーマーとしての本質が根付いているのだ。

見た目に惑わされていては、あっという間にこちらが食いつくされてしまうであろう。

とはいえ図らずも、アリサの鳥居を特定するのに成功し、対話の機会を持つことに成功している。

この機会を有効に使いたいところだ。

「……残念ながらその気はない。僕たちが気になっているのは、どうやってマーキングした鳥居のメンバーを素早くプリズナーにしているのか、それとなぜ朝貢体制を築き、侵略を行わないかだ。答える気はあるか？」

「ああ、それぐらいいいっすよ。ただし、後でアリサの質問にも二つ答えてください。そっちが答えられないのなら、こっちの質問を別の質問にすげかえます。いいっすか？」

「問題ないと判断したものに二つ、答えよう」

「いいっすねぇ。プリズナーは、〈奴隷誓約の首輪〉を使っただけっす。レベル2以上の〈創造〉が高いプレイヤーなら作れるもんっすね。効果は、最初にプレイヤー一人を首輪に登録する。で、その首輪を装備したプレイヤーは、強制的に登録されているプレイヤーのプリズナーになる。そんなシンプルな効果っす。アリサのお気に入りアイテムっすね」

「……なるほど、投了用アイテムということか」

「ええ、そうっす。どうやってこれを装備させたかはご想像にお任せするっすけどね」

おそらくは脅迫によるものだろうとあたりをつける。

「で、もう一つの質問っすけど、これを聞くってことは、そちらはあまりプリズナーを持ってないっすね？」

「……だとしたら何なんだ？」

「プレイヤーとプリズナーの鳥居のコアへの登録数には制限があるんすよ。アリサはその上限にひっかかっちゃってるんすね。具体的には四人+鳥居のコアのレベル×二人まで、ってのが今のところの鳥居のコアの登録数の法則っす。レベル1なら六人、レベル2なら八人、みたいな感じっすね。いや〜DPを重視してプリズナー取りまくったら、余っちゃったのには困りましたよぉ」

プリズナーの制限は、考えてみればあってしかるべきルールではある。僕はアリサの言葉を、検証が必要とはいえ、一定の信用はおけると判断した。

「それで、上限を超えてＤＰを得る方法が朝貢体制と」

「そうっすねぇ。これぐらい、誰でも辿りつく戦略なんじゃないかと思いますけどねぇ」

「わかった、質問に答えてくれたことにはきちんと代償を払おう。そちらの質問はなんだ？」

「ん〜一つめの質問はなんでもいいんすけどぉ、お兄さんのこのゲームに参加している理由を教えてくださいよぉ」

「――なぜだ？」

「いや、敵として戦うにあたって、そういう理由を知っておきたいなぁという好奇心っすね。そういうの知っている方が燃えるじゃないっすか。それに、あんまり可哀想な理由だったら、プリズナーにした後も、願いを叶えてあげたいなと思うかもしれませんし。ちなみにアリサは、大金持ちになって、社会的にとことん殺してやりたい、復讐《ふくしゅう》したい奴がいるんすよぉ。まあ本当に殺してもいいんすけど、犯罪者になっちゃいますからね。それじゃ天国のお父さんも喜ばないんすよ。ま、そんな感じっす。お兄さんは？」

この少女も父親を亡くしているのか。意外な共通点に、僕は図らずも少女に同情心が芽生えそうになる。それにそう悪いばかりの少女というわけではなさそうだ。

僕はそれもあって、話してもいいかなと思った。

「病気の妹の手術代を稼ぐため、ここに来ている。僕が敗北することは、妹が命を失うことだ。だから僕は負けられない。絶対にだ」

「うっわ重っ！　一気にお兄さんを潰す気が失《う》せましたよ……お兄さん、そんなところにいるより、アリサの鳥居のメンバーになりませんか？　アリサ、これでもこの手のゲーム得意なんで、お兄さんと組めば、一気に夢に近づけると思うんすよ。んで、賞金はどっちが勝っても山分けしましょう。アリサ、別に半分になってもまったく困らないんで」

アリサの提案は、予想外のものだった。他の鳥居のコアのメンバーになる。考えたこともなかった可能性だ。

僕は朝火の命を救うため、常に最善を尽くさないといけない。

その上で、今の提案についてどう考えておくべきか……。

「その気はない」

「アリサのいつも使っている〈通信用耳飾り〉のコード、６６７３８０２０なんで。気が変わったら、チャンネル登録して連絡してくださいねぇ」

僕はその気はないといいつつ、かなり迷いを感じていた。それをアリサが敏感に察知するだろうことも計算に含めての今の発言だ。

案の定、アリサは番号を教えてくれた。これで僕には、オプションが増えたことになる。

「えっとぉ、二つめの質問なんすけどぉ、お兄さんは付き合っている女性はいますかぁ？　というかその後ろに見えるすごい可愛い子、お兄さんの彼女かなんかですよねぇ」

なぜ今までの〈通話〉でその結論に至れたのかまったく理解できなかった。

「あ、なぜわかったのか、理解できないみたいな顔しているっすねぇ。簡単っすよ。わたし、相手の目を見れば、どんなことを考えているか、なんとなく察しがつくことが結構あるんすね。そちらのお姉さんがお兄さんを見る目は、わかりやすく恋人を見るときのそれでした。わたしがお兄さんを誘ったときなんて、殺しそうな目でわたしを見ていましたし。それに、さっきの戦いの最中にお兄さんがお姉さんを見たときも、なんとなく好意を感じました。それが理由っすね」

僕は端から見ても、そんな目で菜弓を見ていたのか。衝撃的だった。

もっとも、ついでにいえば、なぜアリサがそんな質問をしてくるのかも理解できなかったが。

「え、なぜ質問がこんなのなのか、っすか？　いやぁこれが結構大事な質問なんすよ。なにせ……」

そこで、アリサは、その可憐な顔に、邪悪さを滲ませたような笑みを浮かべた。

「アリサは他の女からイケメンを奪って自分にメロメロにさせるのが、何よりの性癖なんすよぉ。それじゃ、イケメンのお兄さんが、アリサのところに来るなり、アリサのプリズナーになるなりしてくれる日を楽しみに待っていますねぇ。ではではぁ」

そんな強烈な言葉を残して、アリサは〈通話〉を切った。

後に残された僕が、主に菜弓と朱音から極めて冷たい目で見られているのは、半ば必然ではあったが、理不尽さを感じずにはいられなかった。

＊

「ずいぶんと夕人お兄ちゃんはおモテになるんだね！　いやぁ選択肢がいっぱいあるって素敵なことだよねぇ！」

「王子様。あんな女に靡《なび》くんですか？　あんな可愛いだけの性格破綻女に？」

そんな女性陣からの攻撃を受ける一幕がありつつも、僕たちはそれまでのプランどおり侵略戦争を続けることとなった。

その合間合間に前回攻めた北西の鳥居のメンバーを交代でキルしていくのも当然実施していく。朋はこれの実行のために、〈マップ〉の〈ゲーム情報〉を渡されながら北西の鳥居へと旅立ち、その間も僕たち四人はドラゴニュートを活かした制圧策を続ける。これにあたって、新たに朋を含めた五人の〈通話〉用チャンネルも作成された。

とはいえ、新たにアリサから判明した情報のことも忘れてはいけない。プリズナーを含めて、現状の鳥居のレベルでは十人までしかプレイヤーが登録できない問題だ。

現状、僕が二人、朱音が一人、陸が一人のプリズナーを確保している。つまり人数的には計八人。

「プリズナーを登録する数は、できるだけ四人で平等になるようにすべきだと思うんだ」

朱音の提案はもっともだったので、僕たちはまず菜弓がプリズナーを確保できるようにするべく、僕がもらうはずだった大学生の眼鏡の男を菜弓に渡そうと考えた。

「王子様がいいのなら、わたしは構いませんよ」

そして鳥居のレベルが上がって登録できる数が増えたら、プリズナーが少ないものから順にプリズナーを増やし、登録を行っていくことも決まる。ひとまず一人ずつプリズナーを登録している今のような状況では、先にプリズナーを手に入れた方を優先することとなった。

「アリサのいうとおり、登録できないプリズナーがいてもしょうがないし、僕たちも朝貢体制を整えることも検討するべきかもしれない」

「その場合は、管理するコストが結構かかると思うけど、大丈夫かな？」

「ドラゴニュートを一人1体持っておけば、大抵の問題には対処できる。ひとまずDPをすぐにもらっておいて、そのDPでドラゴニュートを配備する。それを使って、分担して管理するようにしよう」

「管理って、何すりゃいいんだ？」

「アリサは、おそらくだがラットか何かのモンスターをあの小太りの男に持たせて、そこに〈魔物追いのブレスレット〉でいつでも転移できることをもって脅迫としていたように思う。うちのパーティでこれができるのは陸だ。また、〈魔方陣：サモン〉を持つ僕と菜弓も似たことができる」

「わたしも速くレベル上げて、有用なスキルを覚えたいなぁ。それか〈魔物追いのブレスレット〉でも作ろうっと。〈肉体〉は一応B＋はあるし」

朱音の動きから想像はついていたが、やはり朱音も高めの〈肉体〉の値を持っていたらしい。

「この前の陸とかアリサみたいにうっかり死にかけないように気をつけてほしいけどね。〈肉体〉Aくらいあれば、そうそう死なないとはいえるんだけど、例外はあるし」

「そうだよねぇ。どうすればいいんだろ。うーん」

「……話を戻そう。ドラゴニュートで、僕たちはアリサ以外のアリサが傀儡としてそうな鳥居を攻める。アリサの鳥居は特定したから、それ以外を攻めればいい。それでいいか？」

「そだね！　攻めるなら、北西にあった鳥居の西か北西だね」

「よし、順番に西からやっていこう」

僕はまず西の鳥居に〈通話〉をかける。同時、ドラゴニュートを召喚して、屋敷の中へと突撃させる。その際に、袋（5DP）を使ってラットをそこに数体入れてから突撃させた。

「こんにちは、僕たちはあなたたちから見て南東の鳥居にいるものだ。今回あなたたちはグリフィンの少女、アリサに服従していると見ているが、間違いないか？」

「な、なぜそれを知っている……！」

出てきたのは中年のサラリーマン風の男だ。若干気の強そうな雰囲気を感じる。背後には、同じく中年のサラリーマンと、大学生風の女がいた。

「僕たちとアリサは敵対関係にあります。ひとまず服従しているあなたたちの鳥居から潰させてもらいます」

「そ、そんな……なら〈通信用耳飾り〉で……」

「遅い！」

僕が叫んだその時、突撃したドラゴニュートが、弾丸のように宙を飛び、その拳で速やかに屋敷のコアを砕く。

「ば、バカな……！　こんな一瞬で……！」

「圧倒的に武力差があるのは理解できたでしょうか？　ちなみに、我々はあなたたちのダンジョンも発見しています。特に有用な能力を持っていないようなら、ダンジョンコアは破壊させてもらうつもりですが……」

「そ、そんな……！」

そんな会話を聞いていた大学生風の女が前に出てきてこういった。

「わたしの〈肉体〉と〈情報〉はBです。プリズナーにしていただくことは難しいでしょうか？」

「お前、裏切るのか……！」

「あなたたちが頼りないのがいけないんです！」

僕は迷ったが、高めの〈肉体〉と〈情報〉には一定の価値があると見た。

「いいでしょう。あなただけはプリズナーにします。ダンジョンの場所情報を、この〈通話〉の〈交換〉機能で送ってください」

「よかった、ありがとうございます」

「それでは、ダンジョンコアの破壊と隷属に移ります。そちらのプリズナーになる予定の女性は、ダンジョンを無抵抗化しておいてください。後、レベル上げのためいったんそちらの三人をキルさせてもらいます。陸、朱音に〈魔物追いのブレスレット〉を貸してあげてくれないか」

「いいぜ、ほら朱音」

「おおお、超ありがとう！」

僕はプレイヤーレベルの低いままの朱音に、キルを譲ることにした。

朱音は袋の中のラットのそばに転移すると、三人を速やかにキルした。三人はいったん消滅し、リスポーンを待つこととなる。

「やったーレベルが上がったよ！　夕人お兄ちゃん、陸お兄ちゃん、大好き！」

「ダンジョンの攻略もそのまま朱音に一つやってもらおうか。残りは僕と菜弓でやろう」

僕たちはそのまま、ドラゴニュートの力を十全に活かしつつ、順調にダンジョン攻略を行い、コアを二つ破壊、一つは僕が隷属させた。また、朋が北西のメンバーをキルし終えたので、北西の鳥居のダンジョンも、菜弓と陸が隷属させた。

「ふんふーん♪　なんだかとってもいい気分だよ！　どの〈レベルアップ報酬〉にしようか迷っているんだぁ♪」

〈魔物追いのブレスレット〉のブレスレットで戻ってきた朱音はご機嫌だった。まあチームにとってもレベルが上がることはよいことだろう。

そして僕自身、プレイヤーレベルを４に上げることに成功した。

レベルアップ報酬は、プレイヤーレベルが上がるたびに、プレイヤースキル、魔法、エンチャント用スキルなどから成る候補のうち、一つを選択して獲得できるシステムです。

現在の獲得候補（Lv4に上がった報酬として、以下から一つを選択）

・プレイヤースキル：〈飛行Lv1〉
空中浮遊・飛行ができるようになる。

・魔法：〈チャイルド〉
使用者の分身を創りだす。分身はモンスターと同様に命令で動かせる。分身の強さは使用者の強さに比例する。

・エンチャント用スキル：〈聴覚共有〉

このスキルを持つモンスターの聴覚情報を共有できる。

〈レベルアップ報酬〉は非常に迷う選択肢だった。〈チャイルド〉は僕には必要ないだろうとはいえる。しかし、〈飛行〉と〈聴覚共有〉はどちらも魅力的に見える。

迷った末に、僕は〈聴覚共有〉を選択する。

〈龍化〉したドラゴニュートに〈騎乗〉すれば、〈飛行〉のようなことはできるからだ。

一方の〈聴覚共有〉は、多種多様な用途が期待できる。いつも、音が聞きたいと思うシチュエーションは多かった。

ちなみに、覚えた〈聴覚共有〉は〈視界共有〉と同じく1250DPでエンチャントできるスキルだった。安いのは助かる。

それから僕は、リスポーンしてきている新しいプリズナーと挨拶することにする。

陸や菜弓も、北西の鳥居のプリズナーを得てきたところだ。いったんダンジョンに戻り、挨拶を済ませるといっていた。

そう、結局プリズナーについては、朱音式の扱いをある程度採用することとなった。

皆が皆、プリズナーを屋敷に住まわせると、混乱が大きくなる。奴隷のように扱うかはともかく、プリズナーはダンジョンに住まわせて、各自が管理することまでは決まった。

さて、僕はダンジョンで、新しいプリズナー、北条《ほうじょう》葵《あおい》を呼びだす。

「改めてはじめまして。僕は小鳥遊夕人といいます。今回、あなたのオーナーになりました。よろしくお願いします」

「は、はじめまして。わたしは北条葵です。よ、よろしくお願いします」

北条葵はどこかこの状況に戸惑っている、あるいは状況を受け入れられていない様子で、どういう態度を取ればいいか決めかねているようだった。

「まず最初に、あなたにはプリズナーのシステムを説明します」

僕は、命令でできること、プリズナーも登録すればＤＰがもらえること、ただし人数制限があることなどを説明した。

「その……げ、〈激痛〉というのは……」

やはりそこは気になるようだ。

「すでに別のプリズナーで試していますが、Lv２の〈激痛〉はとても耐えられるようなものではなく、終わった後もしばらく泣きわめいていました」

この会話で、北条葵は僕のスタンスが決して優しいばかりではないということを察したらしい。

「あ、あの……わたしにはできればそれは試さないでいただけると……」

「今僕のクエストには、プリズナーを三人集めて、それぞれに〈激痛〉Lv２を3回味わわせたら２５０００ＤＰがもらえるというものがあります」

「そ、それはつまり…？」

「僕はそれを実行するつもりで、今僕のプリズナーはあなた含めて二人です」

「や、やめていただけないでしょうか……？　わたし、痛いの苦手なんです……」

「最初にいっておきます。僕の方針に逆らうことは許しません。僕にはもう一人プリズナーがいて、そのプリズナーはあなたより自由な立場で行動します。それはそのプリズナーが極めて優秀な能力を持っていて、かつ僕に協力的だからです。激痛すらもゲームのために受け入れてくれました」

「あ、あの……すいませんでした……方針には従います……で、でも、痛いのだけは……」

「あなたにもこのゲームに参加した理由があるはずです。それをあえて聞くことはしません。ただ、僕はあなたが積極的にゲームに協力してくれるなら、僕のゲーム勝利時に5000万円を渡そうと考えています」

「ご、5000万円……」

「敗北してなおもらえる金額としては、それなりに大きいと思いますけどね」

「そうですね……確かにわたしにはお金が必要です」

「協力してもらう場合、ゲームの勝利のためにどんな命令にもすすんで従ってもらいますが、本当にそれでいいですか?」

「は、はい。協力……協力させてください」

北条葵はおそるおそる、といった様子で僕に協力することを承諾する。

「では、さっそく。あなたに恨みはないですが、早いうちに済ませておきたいので。〈激痛Lv2〉

——北条葵」

そんな北条葵に、僕は遠慮なく〈激痛〉という暴力を振るう。

「い、いだあああああああああああああああああああ! なにごれいだいいだいいだいいだい!! いだいいいいいいいいいいいいいいいいい! やめ、やめで、やめでぐだざい!! いだいいいいいいい! お願いやめで! じんじゃう! じぬううううううううううう！　いだいいいいいいいいいいいいいいいいいいいいい！」

悲痛な叫びを聞いても、僕の心はもう痛まなかった。朋のときに3回激痛を与えた時点で、僕の心はどこか麻痺《まひ》しているのかもしれない。

――そしてそれは朝火の命を救うために、むしろありがたいことなのだ。

僕は激痛を耐え抜き、息も絶え絶えになっている北条葵に、容赦なくもう一度その激痛の牙を向ける。

「〈激痛Lv2〉――北条葵」

「あがああああああああああああああああああああああああ！　いだいいだいいだいいだいいだいいだいいだいいだいッ！　無理!!　無理無理無理無理なんでず!!　じんじゃいまず！　だがらいだいっで！　いだいよおおおおおおおおお！　やめでやめでやめでっでばあああああああ！　いだいいいいいいいいいいいいいいいいいいいいい！」

結局北条葵は3回の激痛を耐え抜くまで、そこから逃げることを許されなかった。

20　村長の家

才能という言葉が意味するものとは、すなわち能力の差だと僕は考える。
人が人より能力に優れるとき、あるいは能力に劣るとき、才能という言葉が使われる。
その意味において、北条葵には一定の才能があるといえた。

北条葵　Lv1
アビス　未習得
DP　1500
ダンジョン階層　1層
肉体　B+
魔法　C
創造　C
召喚　D−
情報　B
所持魔法

クリエイト　サモン　インベントリ
所持スキル
〈魅了Lv1〉〈プログラムLv1〉〈記憶術Lv2〉
〈怪力Lv1〉〈体術Lv1〉〈器用Lv1〉
〈基礎学力Lv1〉

目を惹くのは、プリズナーにする際のやり取りでわかっていた、〈肉体〉と〈情報〉の高さだ。Bと申告していたが、〈肉体〉は実際にはB＋となっている。これは嬉しい誤算だった。
それを支えるのが、以下にある各スキルのボーナスだ。

〈Lv1〉　その分野において有能であることを示す
〈Lv2〉　その分野において天才的に優れていることを示す
〈Lv3〉　その分野において怪物的に優れていることを示す
〈Lv4〉　？？？

〈魅了Lv1〉　異性を魅了する不思議な力を発する。
〈プログラムLv1〉　プログラムやそれに類するものを扱える。
〈記憶術Lv2〉　記憶術に長《た》ける。初期ステータスの情報にボーナス。

〈怪力Lv1〉　力持ちである。初期ステータスの肉体にボーナス。
〈体術Lv2〉　体術に優れる。初期ステータスの肉体にボーナス。
〈器用Lv1〉　高い器用さを示す。初期ステータスの創造にボーナス。
〈基礎学力Lv1〉　基礎的な学力がある。初期ステータスの魔法にボーナス。

〈情報〉にボーナスがつくとはっきり書いてあるスキルを見るのははじめてだが、この〈記憶術Lv2〉というスキルの性質から判断するに、人間の知性・知能に関わるスキルを持っているプレイヤーは〈情報〉が高い傾向にあるのではないかと推測がつく。

そういう意味では、こちらのパーティの中でも特に知性に優れると目される女性陣二人の〈情報〉が高いのは納得がいくことだった。

僕はこうした特性を吟味した上で、一通り泣き叫び終わって落ち着いた彼女にこう告げた。

「キミには戦場での将軍役になってもらおうと考えている。適切な装備を与えるから、お互いの目的のために努力していこう」

「……はい、頑張ります。それで……具体的には何をしたら？」

僕のいきなりの命令も、北条葵は怯むことなく受け止めている。気弱そうでいて、意外と芯が強い少女、という印象をいだいた。僕ははじめて北条葵のことをまともに観察し始めた。

北条葵は黒髪をストレートに肩の下のあたりまで伸ばした髪型に、銀縁のメタリックな細い眼鏡をかけている。瞳の色は黒色で、知的でありながらもどこか厳しそうで冷たい印象を残す顔つきだ。だがそんな少女のキツそうな表情は、〈激痛Lv2〉を3回味わったことでだいぶその姿を変え、どこか弱々しく依存的な色をのぞかせてもいた。基本冷静ではありそうだが、激痛3回を耐え抜いた上でその冷静さを完全に維持できるほどタフではないようだった。身体つきはしなやかでスレンダーであり、ステータスから判断するに何かスポーツなどをしていたのだろうとあたりをつける。文武両道そうなタイプだ。

「まず〈交換〉機能を使って、キミが持っている情報をすべて僕に送ってもらう。この中にはきっと僕が知らない有用な情報がいくつも含まれていると思う。僕はこれを使って今後の戦略を立て直さないといけない」

「はい」

「それじゃあ屋敷のコアにいこう」

僕は屋敷のコアにいき、北条葵と情報の交換を行う。情報は項目ごとに全選択が可能なので、ひとまずそれで〈交換〉してしまうことにした。

それにあたって〈エンチャント〉の情報を現時点で持っているか確認してみたが、はたして葵は〈エンチャント〉を持っていた。ひとまず〈情報〉がBあれば手に入る知識ではあるということになる。

ついでに屋敷への登録も済ませた。これで僕は朋と葵と自分の三人分のDPが受け取れることになる。

さて、新しく手に入れた情報は多岐にわたり、精査する時間が必要だと感じた。

ダンジョンに戻った僕と葵は、朋を交えていったん話し合いの時間を持つことにした。僕は朋を呼びだし、話を始める。それにあたって、いったん朋と二人きりの時間を作り、こう話した。

「朋、僕は新しい仲間、葵に対して、報酬の金額を朋よりケチっている。うっかり額面を口にしないように」

「うすうすわかってはいましたが、夕人くんは容赦ないケチですね」

「事実だけどうるさいな。僕は朋により高い価値を感じているということだと思ってくれればよい」

「え、えへへ、わたし、価値がありますか？　なーんて騙《だま》されてばっかりいると思ったら大間違いですからね？」

単純な奴、とほくそ笑む僕だったが、その後の反応で肩すかしを食らう形となった。女性というものは、一見単純に見えても実はしたたかなのかもしれない。

そんな一幕もありつつ、僕は葵と朋の三人でダンジョンの一室で話を始める。インベントリから朋がミニソファーを二つ出し、もう一つを〈クリエイト〉してから会議が始まった。

「葵、朋。葵から今もらった情報を今からまず共有していく。つまり僕の〈情報〉の値、Cでは知らなかった、〈情報〉Bでようやく得られる情報だ」

「葵ちゃんは〈情報〉が高いんですね。確かになんだか知性派な雰囲気を感じますが」

「すみません、今更なんですが、この人は？」

葵の疑問はもっともだった。

「藤枝朋、僕のもう一人のプリズナーだよ。音楽が得意な女の子らしくて、ゲームのステータス的には、〈魔法〉がA−と〈創造〉がA＋と高いのが特徴だ。で、〈肉体〉がすごく貧弱」

「貧弱は余計です……改めまして、はじめまして、朋と呼んでください。ピアノとか作曲が好きなんです。夕人……くんには、あっさり負けちゃいましたが、夕人くんが勝ったらお金をもらえるということで、頑張ろうとしてます」

「そうですか。わたしは北条葵といいます。好きなのはバドミントンと……勉強ですかね。お金については、同じくですね。ところで、わたしは夕人さん……のことを何と呼べば？」

「ああ、何でもいいよ。夕人、って短く呼んでくれてもいいし、躊躇われるようだったら小鳥遊さんでも夕人さんでも」

「では夕人さんと呼ぶことにします。改めてよろしくお願いしますね」

「ああ、よろしく」

「それでその、新しい情報というのはどういうものだったんですか……？」

「ああ、結構数があるんだけど、順番に話していこう」

僕は朋にテーブルと大きな紙を〈クリエイト〉してもらい、ペンを借りて順番に整理していく。

「まず、〈転移〉、および〈リサモン〉、〈魔物追いのブレスレット〉などのテレポート系の魔法、効果には、戦闘状態になった場合、いわゆるクールタイムが発生する。これは以前からほぼ明らかになってはいたことだけど、葵もいるから再確認しておく」

「ありがとうございます」

「情報共有はいずれにせよ必要だから、礼をいうことじゃないよ。それで次なんだけど、葵はどうも〈村長の家〉を試していたみたいで、それ関連の情報がいくつかあった」

「そうですね。ダンジョンを経営するゲームとチュートリアルのウサギさんに聞いていたので、まずはダンジョンで稼ぐべきなのかなと考えて、作ってみていました」

「〈村長の家〉って、ＮＰＣが近くのダンジョンを攻めるようになるアイテムですよね。ＤＰを稼ぐことが目的っぽい感じの……」

「ああそうだ。それについて、細かい詳細が情報として載っていた。まあざっくりいうと、ダンジョンの階層ごとの危険度と報酬のバランスが重要で、危険度が高いとＮＰＣが減って、強くなる。報酬が高いと、ＮＰＣが増えて、強くなる。つまりは危険度が低くて報酬が高いダンジョンにする必要があるんだけど、危険度が低すぎたり報酬が高すぎたりすると、今度はＮＰＣにダンジョンを突破されてコアを破壊される可能性もあるし、報酬として置いたアイテムを根こそぎ持っていかれて損になるかもしれない」

「へぇ、そんなシステムになっているんですね～、どこかでちょっと聞いたかもしれませんが」

「まあ直感的なシステムではあると思う。それで、たとえばダンジョンの階層が二階層の場合に、一階にゴブリンと１００ＤＰのアイテム、二階にグリフィンと３０００ＤＰのアイテムを置くとする。この場合、すべての近くの冒険者のうち、一階か二階の報酬が欲しい冒険者が、難易度に応じてやっぱり躊躇ったりしつつ、攻めてくる。それで二階は、一階と同様に二階の報酬が欲しいＮＰＣが、二階の難易度に応じて躊躇ったりしつつ攻めてくる」

「話が少しだけ難しくなってきたような……」

「さらにマニアックなことをいうと、一階を攻略する時点での二階の報酬は、階の離れ具合に応じていくらか割引された価値で計算されるらしい。で、二階を攻略する時点では、割引が解かれた価値で計算される。つまり、遠くの階の報酬は手に入らないかもしれないから、あまりダンジョンを攻めたくならないんだ」

「ふえぇ、どうすればいいんですか？」

「……わたしは、一階にオークを数体配置し、剣数本を置いて、クリアされないことを重視して試してみました。結果として、ＮＰＣはあまり攻めてこず、得られたＤＰは3時間で３００ＤＰとかでした」

３００ＤＰはこの時点でもかなり少ない収入だ。もっと稼ぐにはより高い報酬が必要なようだ。

「なるほど、大体感覚はわかったような……」

「さらに、得られるＤＰは一定なわけではなく、ＮＰＣの強さと、ＮＰＣがいる深さに応じて変わる。強いＮＰＣが深くまで潜るほど、僕たちは儲かる仕組みになっている」

「でもクリアされちゃうかもしれないんですよね。難しいんじゃ……」

「何層かに一層、ボス階層みたいなものを作って、そこのクリアを難しくして、ゴージャスな報酬を置く。こうすれば、そのゴージャスな報酬の効果で多くの冒険者にそのちょっと上の層まで攻めさせつつ、クリアは難しいってことで、利益が多く得られるんじゃないかと思う。で、ボスを超えたら一気に難しくして、次のボスはさらに強くしつつ、報酬をもっとゴージャスにする。こうすることで、より強い冒険者を下に呼び込みつつ、対処もできるようになる」

「なんだか、ＲＰＧのダンジョンみたいな感じになりそうですねぇ」

「ダンジョンの難易度は、回復ポイントを置くなどすると、難易度が低めってことになってより多くの冒険者が来たりするようになるらしい。まあ置きすぎると効果は薄まるみたいだけどね」

「回復されたとしても倒しやすい、ボス部屋の前に回復ポイントを置くのが望ましいように思いますね。よりＲＰＧのダンジョンっぽい感じになりますが」

今の葵の意見は、ちょうど僕も同様のことを思っていたところだった。採用していこうと思う。

「〈村長の家〉についてはこれぐらいでいったん置いておきませんか？　続きが気になります」

「そうだね、続きなんだけど……実は朋、僕のプリズナーじゃなくなることもあるみたいなんだ」

「へ？」

「プリズナーシステムの細かい仕様が葵からもらった情報に書かれていたんだ。まず、たとえばコアを破壊されて誰のものでもないプリズナーになったプレイヤーってどうなっていると思う？」

「どうなっているって……まあ一人、細々とどこかで生きているとか？」

「このコアを破壊されたプリズナーは、誰かのプリズナーになることを選択できるんだ。プリズナーになることを申し込み、相手が受諾すれば、その相手のプリズナーとなる。プレイヤーに復帰することはできないけど、そこで交渉次第で報酬を得る可能性を持つことができる」

「なるほど、そんなシステムが」

「ちなみに、僕も確かめてなかったんだけど、コアを破壊されたダンジョンは一定時間後に消滅しているらしい。だからコアを破壊されたプレイヤーは、破壊された屋敷にでも住むしかないし、食料は残りのＤＰで細々と買うしかない。下手すると飢える。そういう仕組みになっているんだ」

「そうなんですねぇ、可哀想かもしれません……ってあれ、わたしのダンジョンは今どうなっているんです？」

「コアの隷属したダンジョンは、野ざらしになって放置されてしまっているね。ただしここにもシステムがあって、隷属したコアは、１回３０００ＤＰでオーナーのプレイヤーのダンジョンのどこかに〈転移〉させられるらしい。そうすることで、僕は朋や葵のコアを、他プレイヤーが破壊することから守ることができるみたいなんだ。このルールは知っておいてよかったと思う」

「え、ええ？　わたしのコア、破壊されうるんですか？　今すぐ守ってくださいよぉ……」

「まあコアを破壊されると、朋はプレイヤーに戻れなくなる上、いったん誰のものでもないプリズナーになるから、僕の管理下から外れる。僕も朋を失うリスクは背負いたくないから、これは僕にとってもやるべきことだ」

「なるほどぉ、安心です？」

「その、プレイヤーに戻れるっていう仕組みはどういうものなんでしょうか？」

「これは、僕が、プリズナーのプレイヤーレベル×50000DPを支払うことで、ダンジョンコアが残っているプリズナー一人をプレイヤーに戻すことができるってシステムみたいだ」

「仮にわたしがLv1でも50000DP……⁉︎　高すぎる！」

「そうとも限らないけどね。後半になるにつれて、ある程度はインフレしていくはずだから、だんだん支払いは容易になると想像できる。それも込みで、プリズナーのプレイヤーレベルがかけ算される仕組みになっているんだろう」

「ふむふむ。まあ夕人くんが相当気まぐれを起こさないと難しいわけですねぇ」

「素直に僕の配下として勝利を目指してくれると嬉しいかな」

「ちなみに、あまり聞いていい話ではないのですが、もし夕人さんが敗北して誰かのプリズナーになった場合、わたしたちはどうなるのですか？」

　葵の質問は、もっともな疑問だった。

「……その僕をプリズナーにしたプレイヤーの配下に僕がいて、僕の配下に葵や朋がいる、という状態になる。よくある組織図みたいなものだね」

「へぇ、間接的にそのプレイヤーの傘下に入るわけですね」

「当然だが、その場合は、僕が勝てていないわけだから、配当金もすべて交渉し直しだ。気合い入れて勝ちにいこう」

「そ、そうですよね、頑張らないと……」

「他には〈ゲーム情報〉は何かありましたか？」

「そう、まだある」

「ふぇえ、疲れてきましたよ」

「もうひと頑張りだ。僕が行える行動の一部は、プリズナーに権限を与えることができるらしい。たとえば、僕の〈ダンジョン拡張〉、〈オブジェクト生成〉、〈ダンジョン特性変更〉といったコマンドは、それぞれ朋や葵も同じことができるようにしてあげることができる。ＤＰは二人の手持ちを使う形だけどね」

「へぇ、便利ですねぇ」

「後は、プリズナーへの〈命令〉も、代行させることができる。たとえば僕が葵に〈錬成〉という命令権を朋について与えると、葵は朋に〈クリエイト〉を自由にさせられるようになる」

「ん……雲行きが怪しくなってきたような……」

「つまり、僕が葵に朋に〈激痛〉を与える権利を与えれば、葵は朋を虐待し放題だ」

「……いやいや、ちょっとそれは洒落になってないですよ」

「まあこれは今のところ性質の悪い冗談だけどね。ただ、キミたちがさらに他のプリズナーを部下に持つようになった頃に、この話は効いてくる」

「え、まさかわたしたちにそのプリズナーへ〈激痛〉を与えさせるつもりですか……？」

「管理上必要だと思えば使えばいい。二人はそんなに気の強そうな感じのタイプでもないし、従わない勝手な奴も出てくるだろう。そういう奴らは容赦なく〈激痛〉を与えて管理してほしい」

「は、はい……」

「な、なんだかひどいことをできてしまいそうですねぇ……」

「ああ。キミたちには共犯者になってもらうつもりだ。覚悟しておいてくれ」

「ひ、ひぇぇ」

朋は口ではそういっているが、それほど嫌がっている様子を見せない。だいぶ染まってきているのかもしれない。

「……他に共有できる機能はあるのですか？」

「〈配下〉コマンドの権限を与えることもできる。僕に代わってモンスターに装備を持たせたり、モンスターをダンジョン内やその権限を持ったプレイヤーのそばに召喚したり、そのままモンスターに命令して操って戦ったり、といったことができるんだ。命令については、僕に最上位命令権があるけどね」

「へぇ、今のは面白いですね。たとえばわたしが敵陣に突っ込んで、そこでわたしの意思でモンスターを召喚して戦う、ってことができるわけですね」

「ああ。ここまで話して思ったけど、葵はその役割に向いているだろうね。〈肉体〉の高さが重要な役割で、その場での判断力も求められる。葵はどちらも適性がありそうだと感じているよ」

「あ、ありがとうございます……ほめても何も出ませんよ？」

葵は少し照れた様子で返答をする。ほめられ慣れていないのか、結構嬉しそうだなと感じた。

「で、最後になるんだけど、実は〈錬成〉も代行可能なんだ。まあこれはＤＰを渡して、作ってもらえれば同じことができるんだけど……ただ僕の〈創造〉パラメータは低いからあまり活用する場面はないと思う。むしろ朋の〈錬成〉命令権を渡すことが多そうだね」

「わ、わかりました」

「ひとまずいえることとして、葵をプリズナーとしたおかげで、だいぶ情報が増えたのは本当に大きい。ありがとう、葵」

「ど、どういたしまして……」

僕が目を見つめてまっすぐに礼をいうと、葵は目線をそらして髪を弄るようにしながら礼をいった。意外と照れやすいタイプのようだ。

「他にもモンスター情報なんかが詳しくなったりとか、アイテムの効果の説明が詳しくなったりしているみたいだけど、すべて説明すると日が暮れるし、僕も確かめきれてないから、後々共有していこう」

「は、はい」

「それじゃ、そろそろ僕は陸や朱音、菜弓のところに戻ろうと思うんだけど、二人にはこのダンジョンを今後どういう形にするのが望ましいか、またどういう形で戦闘や索敵を行うのが望ましいか、話し合っておいてほしい。話がだれてきたら、ダンジョンに部屋を用意して休憩してくれて構わない。〈ダンジョン〉の権限は二人にさっそく与えておく」

僕は〈ダンジョン〉の権限を二人に与えて、〈命令〉で朋の〈錬成〉を行う権限も葵に与えておく。ついでに、〈配下〉の権限を朋と葵に与えておいた。

「こんなに権限もらっちゃって、いいんですか？」

「僕は会ったばかりだけど、二人のことはそれなりに信用できると感じている。こういう場合、ある程度任せてみるのが大事なんじゃないかと思ってね。あまり変なことに使っていたら、権限は返してもらうから、そのつもりで頼むよ」

これは半分本当だが、半分嘘でもある。僕は二人を試しているのだ。本当に信頼に値する共犯者になれるのかどうかを……。

「は、はぁい……」

「わかりました」

「それじゃあね」

僕は葵と朋から離れ、屋敷に戻る。

屋敷のリビングでは、朱音と陸が何事か話し合っていたようだが、僕が現れると二人は話を止めて僕へと向き直った。

「あ、やっほー夕人お兄ちゃん。どうしたの？」

「プリズナーとの話し合いが済んだから、様子を見に来たんだ」

「うん、わたしと陸お兄ちゃんも終わっていて、ちょっとおしゃべりしていたんだ。お互いのプリズナーの特性とかについて、話せる範囲でね」

「へぇ、それは興味深いね」

「まあわたしが獲得したプリズナーは、正直いってあんまり優秀じゃないんだよね。〈肉体〉がB－、〈魔法〉がC＋あるから、戦闘でちょっとは使えるかなぁぐらい」

「朱音にしては正直に話すね」

「ま、ないものをあるっていっても仕方ないかなって。ブラフを利かせる場面でもないよ」

「確かにね。陸はどうなんだ？」

「俺のプリズナーになった男は、〈情報〉がC＋あって、〈創造〉がB－あった。これでだいぶ、何もわからない状態から脱却できたぜ。元々金融系のサラリーマンらしくて、俺なんかより全然頭はいいな」

「へぇ、よかったね」

陸には隙を見ていろいろ情報を教えてDPをもらおうとしていたのだが、自力で解決されてしまったようだ。少し残念だが、もちろん表面には出さない。

「陸お兄ちゃんが逆にそのサラリーマンに騙されないように、ちょっと話を聞いていたところだったんだ。ちなみに夕人お兄ちゃんは？」

「ああ、うちの葵はたぶん優秀だよ。いっていたとおり、〈肉体〉と〈情報〉がB以上と高くて、とても助かっている。いろいろ活躍してもらうつもりだよ」

「へぇ、なんだかいい感じだね！　B以上っていって含みを持たせているのが、なんとなく夕人お兄ちゃんらしいけど！」

朱音は明るくそういうと、にやりとちょっぴり悪そうな笑みを浮かべる。

「改めて〈情報〉の値を正直に申告する必要はないからね。前とは状況が違う」

「ふぅん？」

朱音と僕はお互い笑顔だが、その背後では静かにお互いの力を量っていた。僕は朱音の〈情報〉の値を判断する術を、現時点では持っていない。朱音がいっていた情報は、すべて葵が持っていた情報と一致しているからだ。B以上であることしかわからない。

逆に朱音から見て考えるべきは、葵が小さな嘘をついている可能性だ。Bと皆の前ではいっておきつつ、実はB＋やA－であることを主にだけ明かすというだけの知恵を葵が持っている可能性。

実際は、僕の関心を繋《つな》ぎ止《と》めるためのBという数値が葵の限界だったわけだが、朱音から見ればそれに確信を持つことはできない。

結果として、僕たち二人は、「余計なことをいうべきではない」という共通認識を得ることになる。今はこれでいいだろう。今後朱音が敵対する可能性は決してゼロではないのだから。

「なんだか楽しそうなお話をしていますね。わたしも交ぜてください」

その時、妖精のような透き通る声が、突然リビングの入り口から聞こえてくる。

菜弓だ。その宝石のような瞳に、思わず見とれてしまう。見とれているうちに気づいたのだが、菜弓の表情は、相変わらずぼんやりとしている中に、どこか冷たさを感じさせるものが混じっている気がした。

「あ、菜弓お姉ちゃんもプリズナーとの話し合いは終わった感じかな？」

「ええ。わたしに不埒《ふらち》な目線を向けながら一丁前に交渉しようとしてきたので、立場がわかるまで〈激痛Lv２〉を与えていたら時間がかかりました」

思わず背筋が冷える発言だ。やはり菜弓はとことん容赦がない。そんな再認識をさせられる。

「僕はアリサを今から二日後に滅ぼすのがいいと考えている」

朝火を救うためにも、立ち止まっていていい時間はない。

「さて、それじゃあ今後の計画を立てていこうか」

そんなことを考えつつ、僕は静かに今後の流れを先導していく。

今のを笑って済ませる朱音も、今更ながら普通の十五歳とはかけ離れている。

「あはは、それは災難だったね！」

＊

「二日後に滅ぼす、か。その二日という数字の根拠は一応聞いておきたいかな。まあわたしは大体わかっているけど、共有しておきたくもあるし」

「そうだね、説明しよう」

僕はリビングテーブル上に置かれた紙にメモを書き記しながら、説明をしていく。

「まず、今から引き続きやることは、アリサ陣営の朝貢体制の妨害だ。とはいえ、アリサ陣営が今仮に六つの陣営と朝貢体制を築いているとして、ここから得られる収入はせいぜい３００００ＤＰだ。一方で、アリサの鳥居のレベルが３だと仮定しても、プリズナーの数が九人だと、自分含めてここから９００００ＤＰを得ていることになる。アリサの強みの本質は、朝貢体制にあるわけではなく、大量のプリズナーを支配下において、一人の意思でそれを一本化して運用できることにある。朝貢体制の恐ろしさは、どちらかというと今後アリサの成長が止まらないことにあるわけだね」

「確かに。俺たちは四人いるから、どうしてもそれぞれの意思でDPを使っちゃうよな。それが一人しかいないことの強みなわけか。納得したぜ」

「エンチャントやダンジョンの防衛も四人分必要ですしね」

「そのとおりだ。で、それを切り崩す方法が幸いなことにある。それがドラゴニュートだ。わかっているとは思うけど、僕はドラゴニュートを三人に売るより安く作れる。このドラゴニュートによるDP効率のよい戦力強化を行うことで、僕たちは四人いる不利を覆せるんだ」

「そうですね。仮にドラゴニュートを半額の12500DPで作れるとして、わたしたちから明日18000DPずつ徴収すれば、王子様のところには16500DPが集まり、王子様は8500DPを足すだけで2体のドラゴニュートを追加配備できる。同じことをもう一日繰り返せば、王子様はわたしたち味方に2体ずつドラゴニュートを配備させつつ、自分のところには4体のドラゴニュートを配備できる。さらに王子様自身とプリズナーの稼ぎと、元から持っている1体があるから、結局王子様は最高8体ぐらいドラゴニュートを持てるわけですよね」

僕はその半額という数字があまりに鋭すぎて平静が保てなくなりそうだった。いったい菜弓はどこからこの数字を導きだしたのか、気になった。

もしかすると、菜弓は僕と同様にカラクリに気づいていて、それを皆に黙っているだけなのかもしれない。今のはそれを僕に伝えるためのメッセージ……。

邪推のしすぎかもしれないが、菜弓の優秀さを考えると、そうであってもおかしくないのは間違いない。

「まあ、半額は安すぎる気もするけど、それに近いことが起きるわけだね。夕人お兄ちゃんが強くなりすぎるのはバランスを欠く気もするけど、今はこれがいいのかなぁ」

朱音もその計算を改めてしてみて、判断に迷っているようだ。

「……ひとまず僕たちの急務はアリサという脅威を取り除くことだ。それに、僕たちのパワーバランスが決定的に崩れるわけではないと思っている。僕と僕以外の三人が戦えば、僕は当然負けるわけだしね」

それはほぼ事実だ。1対3では稼げるDPに差がありすぎる。

「うん、まあ今回はドラゴニュートが作れるお兄ちゃんが強かったってことでいいとしておくかな」

「それじゃあ、僕たちはアリサの傘下の陣営を潰しつつ、時間が経つのを待って、ドラゴニュートを配備していこう」

それから僕たちは、ドラゴニュートを活用して、もう一つアリサの傘下の陣営を潰すことに成功した。北西にあった最初にグリフィンを発見した鳥居から見て、西側にあった鳥居だ。

こちらはそれなりに抵抗しようとしてきたが、オークやピクシーなどが中心の軍勢で、ドラゴニュートの前では赤子の手をひねるようなものだった。

僕たちは、その鳥居のメンバーについては一人を除いてダンジョンコアを破壊することになる。プリズナーにしたいと思える相手が一人しかいなかったのだ。

その一人、〈肉体〉と〈魔法〉がBを超えていると話していた男は、僕以外の三人が話し合った結果、朱音が持っていくことになったらしい。どうもじゃんけんで決めていた気がするが、人一人の300万円を賭けた運命がじゃんけんで決まることに、僕はどこか空々しいものを感じた。今更ではあるのだが。

そして僕たちは残りのメンバーのダンジョンを攻略するのにいくらか時間を使い、その日は夜を迎えることになる。

この戦闘の結果、陸、菜弓の二人がプレイヤーレベル4に到達している。また、戦闘後にプレイヤーをキルする際やダンジョンの攻略で、朋と葵を用いた結果、朋のプレイヤーレベルと葵のプレイヤーレベルがそれぞれ2に上がった。

そしてこの際の会話で、僕はようやく自分がプレイヤーレベル4に到達した後、〈召喚〉できるモンスター、〈錬成〉できるアイテムを見ることを失念していたことに気づく。我ながら、失態だった。

僕はダンジョンに帰ってから、一人でモンスターのリスト、〈クリエイト〉できるアイテムのリストを眺めた。

スライム	10DP
ラット	10DP
バット	20DP
ウルフ	50DP
ゴブリン	100DP
ピクシー	200DP
オーク	500DP

マイコニド	500DP
サンダーウルフ	1000DP
グール	1000DP
マーマン	1500DP
ウェアウルフ	1500DP
ミニエンジェル	1500DP
リザードマン	1500DP
リトルヴァンパイア	2000DP
サキュバス	2000DP
リビングソード	2000DP
スノーフェアリー	2000DP
ベビードラゴン	2500DP
オーガ	2500DP
ナイトメア	3000DP
ウィッチ	3000DP
デュラハン	5000DP
フェニックスの卵	10000DP
ゴーレム	10000DP
グリフィン	12000DP

サラマンダー　　150000DP
ノーム　　150000DP
ウンディーネ　　150000DP
シルフ　　150000DP
ヴォルト　　150000DP
フラウ　　150000DP
ウィスプ　　150000DP
シェイド　　150000DP
エルダースライム　　200000DP
ハイオーク　　210000DP
リッチ　　220000DP
エンジェル　　230000DP
ヴァンパイア　　240000DP
ドラゴニュート　　250000DP
セージ　　260000DP

……

……

……

ちょっと一目では何が変わったのかわかりづらくなってきたリストから、情報を抽出していく。

今までも存在していたモンスターの間に増えたのは、リザードマン、スノーフェアリー、サンダーウルフ、フェニックスの卵だ。それぞれ水属性、氷属性、雷属性、火属性に対応すると思われる。初期モンスターは闇属性や物理属性が多めだったが、だんだんと多様化してきた感じがするなという感想を持つ。気になるのはフェニックスの卵だ。これはもしかすると、〈超成長の秘薬〉が効くのだろうか？　しかし他の特別なアイテムが必要な可能性もあり、まだ判断するのは早いだろう。

高ランク帯では、エルダースライム、ハイオーク、リッチ、エンジェル、ヴァンパイア、ドラゴニュート、セージというモンスターが一気に増えている。このモンスターたちが、これからの戦いの主戦力となりうる集合だろう。ドラゴニュート以外も、一度召喚して〈モンスター図鑑〉を得ておきたいところだ。

そして、高ランク帯のＤＰを見ていて、僕はあることに気づく。それは、たとえばオークに必要な５００ＤＰに〈超成長の秘薬〉の１０００ＤＰを足して二倍すると、ちょうどハイオークの２１０００ＤＰになっているということだ。

――これはほぼ間違いない。

高ランク帯の7体のモンスターは、進化前のモンスターに〈超成長の秘薬〉を使って手に入れられるモンスターだ。おそらく、エルダースライムがスライム、ハイオークがオーク、リッチがグール、エンジェルがミニエンジェル、ヴァンパイアがリトルヴァンパイア、セージがウィッチに対応していると考えられる。

一方、〈クリエイト〉については、それほど魅力的なものが増えていない中で、あるアイテムが目についた。

〈アビス図鑑〉というアイテムだ。これは使用すると使い捨てで〈ゲーム情報〉に項目が増える5000DPのアイテムで、出会ったプレイヤーが〈アビス〉を使用しているのを観測した場合に、その〈アビス〉の詳細が図鑑に載っていくというものだ。

おそらく将来重要な鍵になりうるだろう。僕は早めの段階でこれを買っておくべきだと考えた。〈アビス〉を観測してからこの図鑑を買っていては遅いからだ。

僕は頭の中の明日やることのリストに、ドラゴニュートの作成と〈村長の家〉設置などに加え、この〈アビス図鑑〉の購入も追加しておく。

それから僕たち四人は、〈敵感知〉持ちのラットを十分に配備し、警戒態勢を整えた状態で眠りにつき、翌日を迎えようとする。

その夜、僕の部屋を菜弓が訪れ、僕が理性を保つことができなかったことについては、今更説明することではないと思うので割愛させてもらいたい。

一つだけいえるのは、僕は菜弓に幻惑されるたびに、より幻惑されやすくなっている気がするということだ。僕は菜弓の一挙一動にドキドキとして、菜弓の身体と精神、魂のすべてに強い魅力を感じるに至っていた。

だが朝火のことを思い出すことで、僕の心には芯が通り、かろうじて人間性を保つことができたのだった。

21　整いゆく準備

三日めを迎えた僕たちは、まず朝はおとなしくしておき、ラットによる索敵範囲を広げる作業に改めて集中することとなった。

12時を迎えればドラゴニュートが一気に配備できるため、それを待ってからでも攻めるのは遅くない、という考えからの策だ。

僕は陸と一緒に、朝9時から11時の当番となり、ラットの操作に集中することとなる。だが陸は、いまだ〈視界共有〉が使えないため、そのままだと実際の状況監視は僕が主導することになる。陸のプリズナーを用いるように提案してもよかったが、いったんこのままいくこととした。僕一人だから困るものでもないし、陸のプリズナーに監視能力を与えるためのDPが今は勿体ないと感じたからだ。そのDPは積もり積もって僕からのドラゴニュート購入の費用になるかもしれない。

僕たちはアリサの鳥居がある北北西からさらに四方にラットの手を伸ばすようにして監視態勢を築いていった。また、その背後で朋や葵のラットを各拠点に配備していくよう命令することも忘れなかった。

その結果、新たにアリサの北、アリサの北東、アリサの北西、アリサの東（僕たちの北北東くらいの方角だ）の四つの鳥居を発見することができた上、既存の発見されている鳥居すべてに朋と葵のラットを配備しておくことに成功した。

この四つの鳥居はアリサから極めて近くにあり、すでにアリサの手が伸びている可能性は極めて高いだろう。

「午後以降に潰すための候補として十分ってことか？」

そんな陸の疑問に、僕は釘《くぎ》を刺しておく。

「気をつけなければいけないのは、これまで動きを観測していなかった鳥居であることだ。思わぬ強さを誇っている可能性もあるし、アリサと対抗できるような勢力がここに育っていて、その虎の尾を踏んでしまう可能性もある」

「なるほど、油断禁物って奴だな」

「ああ。まずは〈通話〉してみることが大事だろう」

そんな方針確認をしつつ、やがて交代の時間が来た。

次の当番は、朱音と菜弓だ。

僕と陸は、現状を詳しく〈マップ〉上で二人に共有してから、その場を去った。朱音と菜弓には、新しく発見した鳥居のダンジョン探しをやってもらいつつ、少し手薄になっている南側や東側などを重点的に探索してもらいたいと考えていることも伝えた。

陸はこれからプリズナーと話し合うそうで、僕も同様の時間を取ろうと考えていたところだったので、いったん別れる。

僕はダンジョンに戻り、葵の部屋を訪れる。

武骨な石造りの壁や床に、ベッドとテーブル、椅子が置かれただけのシンプルな部屋。そこで葵と朋が、談笑していた。

「いやぁ、本当夕人くんは容赦ないっていうか、でもそこが格好よくもあるんだけ……ってゆ、ゆ、夕人くん！」

何か僕が聞かない方がよさそうな話をしている最中だったらしく、僕に気づいた朋が慌てて手をパタパタとさせる。

「……夕人さん。ドアがないからといって、無言で入ってくるのはやめてくださいね」

遅れて後ろを振り返った葵は、かなり不機嫌そうな様子だった。

「あ、ああ悪い。というかドアは確か〈ダンジョン〉の項目にあるから、作ればいいのに」

「DPが勿体ないかなと思ってしまったんですが、今後を考えると作った方がよさそうですね」

「え、ドア作れたんですねぇ」

朋は気づいてなかったらしい。

「ちゃんと作れる項目は全部見てほしいんだけどね……」

「いやーこのゲーム、情報量多すぎですよねぇ、たはは」

たはは、では済まないと怒りたくなるが、ここはいったんこらえておく。

「さて二人とも、今後について話しておきたいんだけど……まず、特に朋に聞きたいんだが、レベル2に上がった〈レベルアップ報酬〉について聞きそびれていたのと、新しく作れるようになったアイテムは何かあるか？」

「あーそうそう、〈レベルアップ報酬〉はエンチャント用スキル〈魔方陣：クリエイト〉しかいいのがなかったです。これでわたしが遠くにいても、モンスターさえ近くにいれば、〈命令〉でいいアイテムが〈クリエイト〉できますよね？」

「おお、朋にしてはすごい、そのとおりだ」

「えへへ、そうですかぁ、わたし、すごいですかぁ」

「今ので喜ぶんですね……」

僕も葵に同感だ。朋のいうことはいまいち読めない。

「わたしの方は、〈リサモン〉にしました。ラットとか戻せるだけでも便利そうなので」

「そうだな、基本的にはそれがいいと思う」

「それで新しく作れるようになったアイテムなんですけど、結構いっぱいありますよぉ」

「順番に話していってくれ」

それから僕は、朋に新しく作れるようになったアイテムの詳細を聞いていった。

アリサも使っていたスモーク類は〈煙玉〉〈毒の煙玉〉というアイテムらしく、それぞれ300DP、800DPで作れる使い捨てアイテムだそうだ。アリサはこれらのアイテムを贅沢に使って、僕たちの攻撃から逃れたことになる。他にも〈麻痺の煙玉〉〈混乱の煙玉〉があり、こちらはそれぞれ1200DPだとか。使い捨てにしてはなかなかに高級品である。

また、同じくアリサが使っていた〈奴隷誓約の首輪〉は3000DPの使い捨てアイテムらしい。効果はアリサがいっていたとおりで、プレイヤーを登録してから別のプレイヤーが装着すると、そのプレイヤーは登録されているプレイヤーのプリズナーになるというものだ。

これは、無理矢理嵌《は》めさせる手段があれば、非常に有効に使えるアイテムだろう。たとえば、菜弓レベルの強力な〈魅了〉を用いるとか、他の仲間や鳥居を人質に取ることで嵌めてもらう、あるいは、状態異常などで弱らせた上で、高い〈肉体〉を持ったプレイヤーのだまし討ちで嵌める、などといった手段だ。一つ持っておいて損はないなと感じた。

そこまで考えて、よくもまあそんな手段がどんどん思いつくな、と自分に苦笑してしまう。

――どうやら僕も順調にこのゲームに染まってきているらしい。

さて、他にもいろいろと新アイテムは存在していたのだが、僕は魔法が刻印された〈杖《つえ》〉シリーズというアイテムが気になった。

たとえば〈サンダーの杖〉というアイテムを装備していると、装備している個体が〈サンダー〉を使えるようになるのだ。

そう、このアイテムを使えば、プレイヤー、プリズナー、モンスター問わずに魔法を覚えさせることができる。

しかも、スキルを買うほどの高級な価格設定ではなく、たとえば〈サンダーの杖〉は6000DPで買うことができる。繰り返し使えることを考えれば、持たせるモンスター次第では決して高すぎる価格設定ではない。たとえばドラゴニュートにこの〈サンダーの杖〉を持たせれば、火が効きにくい水属性のモンスターに有効打を与えられる、といった具合だ。ドラゴニュートの〈魔法〉パラメータが高いからできる芸当ではあるが、このような使い方はいろいろ考えられる。

僕はこのゲームのクラクラするような情報量の多さ、できることの多さを、だんだんと楽しいと感じるようになってきていた。

それはこのゲームに慣れてきたということで、勝つためにも決して悪いことではないだろう。もちろん、楽しむことより勝つことを優先しなければいけないのは間違いないのだが。

他には、通信可能な他人とどこでもアイテムやDP、情報を交換できるようになる〈交易人の証文〉という5000DPの使い捨てアイテムや、敵や味方、プリズナーなどの他のプレイヤーの情報をシステム上で管理し、情報やアイテム、モンスターなどの通信もできるようになる〈プレイヤーダイアリー〉という10000DPのアイテムは、かなり有用そうだった。また、ダンジョンの入り口で、そのダンジョンマスターの顔と名前を知ることができるようになる〈ダンジョンマスターディテクター〉という虫眼鏡も5000DPで存在しているらしい。

さて、そんな話をしていたら、DPが配給される正午が近づいてきていた。

僕はその場を離れて、朋や葵を連れてロビーへと転移する。

到着した屋敷のロビーでは、朱音、陸、菜弓に加え、各人のプリズナーが勢揃いしていた。

「やっほー夕人お兄ちゃん。遅かったね」

朱音がニコニコとした笑顔でこちらに手を振る。反面、朱音のプリズナーの男二人はどちらも固い表情だ。奴隷としての役割に徹しているように見える。

「こんにちは、王子様。監視業務で肩がこりました、後でマッサージしていただいてもいいですか?」

菜弓はぼんやりとした表情に誘惑的に魅了する笑みを漂わせて、そんなことをいう。

「ひ、ひぃぃ……!」

一方で菜弓のプリズナーになった眼鏡の大学生の男は、そんな菜弓の一言一言が恐ろしくてたまらないといった様子で、ビクリ、ビクリと身体を震わせていた。

――どうやら菜弓はプリズナーに本物のトラウマを作ってしまったようだ。

僕は一人、その事実に空恐ろしさを感じる。

菜弓のプリズナーの男は、まるで戦場で銃声に怯える負傷兵のような有様《ありさま》である。〈激痛Lv2〉をいったい何回与えればああなるのだろう。

「おっす、夕人。そっちのプリズナーは、なんていうか、元気そうだな」

陸は、場の暗い雰囲気を何とか払拭したいといった様子で、明るく僕に話しかけてくる。

陸のプリズナーの男は陸の斜め後ろにピタリと控え、まるで執事か何かのような感じだ。あそこはあそこで、独自の人間模様を築いているらしい。

それからしばらく、僕たちはどこか奇妙な沈黙の中でその時を待った。

そしてやがて、正午を迎え――。

「来たね！　二人ともいったん9000DPをわたしに渡してもらうよ」

朱音はさっそく、DPの交換、もとい収穫をしている。

「夕人さん。わたしたちもDPをいったん交換した方がいいですよね？」

「ああ。しておこう」

僕たちは手はずどおり、僕に27000DPを集めた。

「夕人お兄ちゃん、さっそくだけど、ドラゴニュートを18000DPで買うよ」

「……王子様、わたしも買います」

「夕人、俺も買う」

即座に取引が成立し、僕は三人から5400DPを受け取る。

ダンジョンにいったん戻る旨を告げ、朋と葵を連れてダンジョンに戻る。すぐに〈超成長の秘薬〉を3つ〈錬成〉して、ベビードラゴンを3体〈召喚〉する。

それらを用いてドラゴニュートを3体作成し、僕は朋と葵を置いて屋敷に戻った。

その間に三人はプリズナーをいったんダンジョンに帰していたようで、戻ると朱音、陸、菜弓の三人しかいなかった。

「お待たせ、準備できたよ」

僕は屋敷のコアの〈交換〉機能で、朱音、陸、菜弓にそれぞれドラゴニュートを渡していく。

「おおお、これでわたしもドラゴニュート持ちだね！」

「ふふ、さすがになかなかのデータですね、興味深いです」

「こんだけ強けれぱ、俺も前回みたいには……！」

三者三様の反応が返ってくる。

「さて、それじゃあ、はりきってアリサの陣営を潰していこうと思うんだけど、その前に相談があるんだよね」

「相談って？」

「ドラゴニュートを最高にうまく使うために、どういうエンチャントをかけて、どういうアイテムを持たせるのがいいか、意識を統一しておきたいんだ」

朱音の言葉は極めて真っ当だった。僕たちは人数が多い分、烏合《うごう》の衆になりうるのがアリサと比べた弱点なのだから。

「まず朱音の考えが聞きたい」

「そのために、夕人お兄ちゃんが知ってる高レベル帯のモンスターの名前を共有してほしいんだ。

そいつらに負けなくするのが、最善だと思うから」

――朱音の提案は、なかなかに悩ましいものだった。

「僕の利益にも繋がる話とはいえ、タダで教えるのもしっくりこない」

「……3000DPなら出せるかな」

「いいよ、それで」

そんなあっさりとしたやり取りで、僕は3000DPを朱音から獲得する。

「10000DP以上のモンスターを必要DPと一緒に書いていく。リビングに来てくれ。陸と菜弓には悪いけど待機しておいてもらう」

僕は朱音と二人でDPの受け渡しをしてからリビングにいき、紙にメモをして手渡す。

フェニックスの卵　10000DP
ゴーレム　10000DP
グリフィン　12000DP
サラマンダー　15000DP
ノーム　15000DP
ウンディーネ　15000DP
シルフ　15000DP
ヴォルト　15000DP
フラウ　15000DP

ウィスプ　　　　15000DP
シェイド　　　　15000DP
エルダースライム　20000DP
ハイオーク　　　　21000DP
リッチ　　　　　　22000DP
エンジェル　　　　23000DP
ヴァンパイア　　　24000DP
ドラゴニュート　　25000DP
セージ　　　　　　26000DP

「フェニックスの卵、ゴーレム、グリフィン、サラマンダー、ノーム、ウンディーネ、シルフ、ヴォルト、フラウ、ウィスプ、シェイド、エルダースライム、ハイオーク、リッチ、エンジェル、ヴァンパイア、ドラゴニュート、セージ……なるほど、こんなにいたのかぁ……もっと楽なもんだと……」

朱音はその名前の羅列を見て、必死に考えを巡らせているようだ。

「各属性の精霊系がいて、水のエルダースライム、物理のハイオーク、闇のリッチとヴァンパイア、光のエンジェル、火のドラゴニュート、万能のセージって感じかぁ」

それからしばらく悩んでいる様子の朱音だったが、次第に答えに辿りつきつつあるらしい。

「わかったことがあるんだけど、その前に。ぶっちゃけさ、夕人お兄ちゃん……」

「え？」

「……このハイオークとか、ヴァンパイアとか、夕人お兄ちゃんならこいつらも安く作れるんでしょ？」

——残念ながら、いつまでも隠しておける情報ではなかったようだ。

僕はすぐさまプランを修正し、今後の利益を最大化する方策を脳裏で練りだす。

「……どうしてそう思った？」

「明らかに成長前と成長後で対応しているモンスターが多すぎるよ。わたしはドラゴニュートの進化前は知らないけど、きっとドラゴンの幼生みたいなモンスターがいて、それにモンスターを成長させるなにか、〈アビス〉かアイテムか魔法あたり、を使用することで効率よく作っているんじゃないかなって想像したんだ。合っている？」

驚くほど正解に近い解答だった。やはりこの少女の知性は本物だ。

「……まあ嘘をついても信じてくれないだろうしね。合っているよ」

「やった、それなら勝ち目があるよ。今から夕人お兄ちゃんには、頼みたいことがあって……」

それからしばらく、僕と朱音は討論を重ね、実際にとあるモンスターを召喚してみたりしつつ、一つのプランを実行することとなった。

「名付けて、『ドラゴニュートにセージを乗っければ無敵』作戦！」

「いや、その名前はダサいと思う」

「まあ名前はともかくとして……他のどのモンスターにも一番簡単に勝てそうなのがセージなんだよね、要するに。セージは賢者って名前を冠しているくらいだし、当然めっちゃ強い魔術師系モンスターで、全属性の弱点をつける。ただ〈肉体〉的にはやや弱い。で、そこを補う前衛兼乗り物としてのドラゴニュート。これは勝てそうだよ！」

「……こんな単純でいいんだろうかと思わなくもないけどね」

ちなみに、朋に協力をしてもらい実際に作ったセージの〈モンスター図鑑〉が以下だ。

セージ　26000DP
肉体　C＋
魔法　S
知性　A

所持魔法
ヒール　ファイア　ウォータ　サンダー　アース　ウィンド　アイス　ライト　ダーク　テレポート

所持スキル
〈無限魔力Lv1〉〈マジックバリアLv3〉〈火耐性Lv2〉
〈水耐性Lv2〉〈雷耐性Lv2〉〈土耐性Lv2〉
〈風耐性Lv2〉〈氷耐性Lv2〉〈光耐性Lv2〉
〈闇耐性Lv2〉

解説
　伝承に残る賢者である。その魔法の力は絶大で、全属性の魔法を無限に存在する魔力で次々と繰りだしていく姿はまさに伝説そのもの。致死ダメージを3度にわたり無効化するマジックバリアと、高い魔法耐性が合わさった防御力も、極めて油断ならない水準である。これらが合わさった力は賢者の名に相応《ふさわ》しい。

まさに魔法のスペシャリスト。ドラゴニュートとの相性は、確かに極めてよさそうである。

「物事はシンプルなぐらいがちょうどいいんだよ。これはわたしがVRMMOで戦い続けてきて、思ったことでもあるんだけどね」

「うーん、いまいちピンとこないな。僕はすべての情報を余さず考慮した上で、万全を尽くしたプランを取るべきなように思うけど……」

「そんなことやっちゃっているうちに負けるゲームの方が多いんだよ、世の中。まあ持たせるアイテムくらいは検討すべきだけどね！」

「アイテムか。セージの〈肉体〉を強めるアイテムがよさそうに思うけど、〈炎と光の剣〉は高すぎてもう1体ドラゴニュートを作った方がよさそうって感じになるしなぁ」

「セージはヒールが使えるから〈回復虫の籠〉も要らないし、煙玉がいいかなぁ」

「そうだな、煙玉は持たせよう。で、これはちょっとした悪巧みなんだけど」

「なになに？」

僕はそのプランを朱音に話す。

「……いいねぇ……さすがは夕人お兄ちゃんだよ」

どうやら朱音にはご満足いただけたようだ。

*

賞金制VRMMO動画配信者ARISA。

本名は南城《なんじょう》アリサというその少女は、本質的に孤独を好む人間だ。

ゆえに少女は思考の際も、九人いるプリズナーたちはダンジョンの部屋に隔離し、たった一人で材料を揃え、判断することを好む。

そもそも皆雑魚でバカな奴ばかりで、ろくに使えないプリズナーしか持っていない、という認識だった。アリサは、奴らを頼るつもりは一切ない。

「うーん、めんどくさいっすね。ここまで正解行動をとられると、やりにくいっす」

アリサは今、あらゆる情報を整理した結果、状況は決して自分に優しいばかりのものではないと感じていた。

その原因の最たるものは、南東の強力なドラゴン系モンスターを引き連れた鳥居のメンバーだ。彼らはどうやらラットを使い索敵範囲を広げ、圧倒的な監視力で優位に立とうとしているらしい。

それだけならどうにでもなるのだが、彼らにはあの龍人がいる。

龍人、ドラゴニュートには25000DP必要ということがあの後レベルアップで判明した。ドラゴニュートを昨日の時点で保有しているというだけで、彼らの経済力の高さ、レベルの高さは証明されているといってよい。何かカラクリがあるとすら思える。

「煙玉の後の対応もなかなかによかったですし、やっぱ優秀っすね、あのお兄さん」

あわよくば自分に与《くみ》する形で裏切らないかと思い、〈通信用耳飾り〉の番号を投げておいたが、この様子では望み薄だろう。

「……ふふ。わたしに勝つ気とは、笑わせてくれるっす」

少女には、これまで数々の困難な問題を、その持って生まれた才覚で解決し、勝利してきたという自負があった。

「家を出たあの日から、わたしは勝ち続けてきたっす。今回も同じ。ただわたしが勝てると信じ、勝つだけ」

ただただ自分を信仰し、ただただ自分の勝利を信仰する。それこそが少女の強靭な精神を支えるシンプルかつ最高の手段だった。

「負けたとしても、勝つまで諦めなければ負けじゃない。そもそもわたしは負けない。ゆえに、わたしが負けることなどあり得ない……！」

その狂気すら感じさせる勝利への執念、敗北の拒絶こそ、アリサという少女の生き様そのものだった。

戦いの前、彼女はいつも、こうして自分の精神を鼓舞するところから入る。

勝利するにあたって必要なのはまず精神であり、技術や力というのは精神にくっついている装備品のようなものだと、彼女は理解しているからだ。

この儀式を誰にも見せたくないがゆえ、彼女はいつも孤独な空間でゲームを遊ぶ。

これは彼女の秘密だ。だが彼女はまったくこれを恥ずかしいとは思っていない。

むしろ、動画を見た連中が、自分の技術や力をほめそやすばかりで、自分の本質をまったく見抜けていないことを、嗤《わら》うばかりだ。

だからお前らは弱いんだよ、と。

「うん、降りてきたっすね」

彼女の精神が最高に高まり集中したとき、精神の深いところにある何かが、いつだって最高のアイデア、最高のプレイで応えてくれることを彼女は知っている。

「そうかぁ。〈超成長の秘薬〉かぁ。いわれてみれば、これしかないっすね」

アリサを冷酷無比の賞金制VRMMOプレイヤーだと賛美する声は大きい。その知性を、理性を、技術を、容赦のなさを、皆がほめそやす。

「あのときの他のモンスターの様子は、ドラゴニュートの存在を知らない感じがしました。とすればあの時点で製法を知っていたのは一人……それから全員と共有したのか……？　いやわたしなら……」

だがアリサは自分のことを、どちらかといえばシャーマンのようなものだと思っている。

ただ勝利を信じることで、何かが降りてきて、実際に勝利する。そんなシンプルなシステムの中で生きているのだ。

「さて、視《み》えてきたっすよ～」

アリサが視るものは常に勝利する自分。

「ここはがっつりといくところみたいっすね。カードを一枚切らせてもらいましょうか」

視えたのなら、ただ身を任せるだけ。

「サモン――バット100体」

少女の戦いは、いつだってシンプルである。

＊

あれから僕たちはさっそくアリサの陣営の一つを攻略していた。

手の内は見せないよう、ドラゴニュート1体のみによる攻略だ。それで十分な相手でしかなかった。

「楽勝だったね！」

朱音はご機嫌な様子で喜びを表現する。

僕たちはまた一つアリサの北側の鳥居を攻略し、そのプレイヤーたちをキルして、ダンジョンまで攻略しつくした。

順調そのものに思える状況。勝利に一歩一歩着実に向かっている。そんな喜びに満ちた空気が僕たちの間に広がっていた。

だがそんな中、陸のとある呟きが僕の耳に残る。

「……なんだ？　なんか、嫌な予感がする……」

予感。その非科学的な存在を、僕はあまり信じていない。

大抵の場合、それらは「気のせい」で済まされるものだと考えているからだ。

ロマンチックなところがある朝火なんかは、そういった物事にもう少し敏感に反応するのかもしれない。だが僕は、あくまで冷静なリアリストだと自分のことを認識しており、そのことに問題を感じてはいなかった。

だが今回ばかりは、その予感をもう少し本気になって検討してみるべきだった。

「ゆ、夕人‼」

それから数分後、陸が血相を変えて叫びだしたときには、すべてが遅かった。

「こ、コアが……俺のダンジョンコアのある部屋に侵入者が……！　って、うわ、うわああああああああああああぁぁぁぁぁぁぁぁぁぁ‼」

いつだって悲劇は突然起こりだす。僕たちはそのことを忘れていた代償を身をもって払うことになるのだった。

「どうした！　どうした陸ッ！」

「陸お兄ちゃん、いったい何が……！」

陸は放心した様子で、魂まで抜けたかのように、ロビーに膝をついてしまう。

「お、俺、俺……」

陸の泣きそうな声が、静まりかえった屋敷のロビーに反響した。

「俺、隷属させられちまったらしい……すまん、みんな……」

誰に？

どうやって？

脳裏に浮かんだ疑問は、苛酷な現実を前にして、あまりに空《むな》しいものだった。

22　せいぎのみかた

海野陸は、父親が大笑いしながらつけたとしか思えない自分の名前が、幼い頃からコンプレックスだった。

そのことに文句をいうと、剣でも振ってろ、といわれて竹刀を渡される。そんな雑なところのある父親だった。

陸の実家は剣道道場で、幼い頃から剣と共にある日々を過ごしていた。

そんな陸が幼い頃から好きだったのは、いわゆる「正義の味方」だった。

陸は年相応にヒーローに憧れ、グッズを親に買ってくれるように頼む。

そんな陸に父親は、

「ヒーローはグッズでなれるもんじゃない。心でなるものだ」

などと答えた。

それを聞いた陸は、

「おおおおお！」

と感動した。

陸はそんな、素直すぎるといっていいくらい素直な少年だった。

今にして陸が思うのは、あれは単にグッズ代をケチっただけなんじゃないかということだったが、当時の陸は確かにその言葉で、「心でなるヒーロー」を目指すようになっていたのだから、親のちょっとした言葉というのはバカにならない。

そんな陸に転機が訪れるのは、陸が九歳になったばかりのとある日、近所の図書館に遊びにいったときのことだった。

その頃陸は、『闇を纏《まと》う正義、ダークマン』という児童小説を気に入って読み進めていた。陸は『ダークマン』の続きをいつものように探して、本棚へと歩いていく。

陸が『ダークマン』の続きを見つけて手を伸ばしたとき、一人の女の子が、陸と同時にその『ダークマン』に手を伸ばした。

とても綺麗な黒髪をまっすぐに肩の下まで伸ばした女の子は、一瞬、陸を同じ子供とは思えない冷たい目で見た気がした。猫のような可愛い瞳が、冷たく冷たく刺し貫くように視線を伸ばしてきて、陸は背筋がぞくぞくとするのを感じた。

女の子はおそらく陸より年下で、一回りか二回り陸より小さいが、今まで見たことがないほど可愛かった。黒いワンピースと黒い髪の毛が白い肌に似合っていた。そして、にもかかわらず、女の子は陸を圧倒するような眼光を放った。

陸にはそれがまるで、『ダークマン』の仕業のように思えた。真っ黒な服、真っ黒な髪の毛の女の子。

だが、次の瞬間、それは何かの間違いだったといわんばかりに、少女はキラキラとした明るい笑みを浮かべた。

「ねぇ、おにいちゃんも『ダークマン』がすきなの？」

陸はぽかんと狐《きつね》につままれたような気持ちになった。

なんだったんだ、今のは。

「あ、ああ。大好きだ」

「わたしもね、『ダークマン』、すきなんだ。せいぎってそんなにかんたんなものじゃないって、おしえてくれているみたいで」

陸は驚いた。女の子はどう見ても六歳か七歳くらいだ。そんな女の子が、まるでお姉さんみたいな口ぶりで、難しそうなことをいうのだ。

「そ、そうなのか？　おれは、『ダークマン』のひっさつわざがかっこいいところがすきなんだ！」

「ふふふ。そっか。そうだよね。かっこいいよね」

女の子は、どこか高いところから見下ろしているようなところがある子供だった。まるで陸を子供を見るお姉さんのような目で見つめている気がした。

「ねぇ、こっちきてよ。おはなししよう？」

陸は、目の前の女の子に強烈に惹きつけられていた。だから、女の子の誘いにもうなずいた。

「へぇ、りくおにいちゃんっていうんだね。わたしは――」

陸は、不思議とその女の子の名前を覚えていない。

だが、その後に切りだされた一連の話を、生涯忘れることはないだろう。

「これはひみつなんだけどね。わたしは、てんさいなんだよ。だからりくおにいちゃんのゆめもわかる」

「へ？」

「りくおにいちゃんは、せいぎのみかたになりたいんだよね？」

「え、えええ⁉」

陸は焦った。意味がわからなかった。そして単純だった陸の反応は、こうなる。

「す、すげえええええ！　てんさいだ！」

そういうと、女の子は満足そうに目をつむって微笑んだ。

「で、わたしのゆめはね、ひとのゆめをひとつでもおおくかなえてあげることなんだ」

「す、すげえええええええ！　かっこいい！　かっこいいよ、――ッ！」

「そ、そう？　ありがと……」

女の子は照れているようだった。陸は、――は可愛くて、かっこよくて、すごいなと思った。

それから女の子は、真剣な表情になって、こういった。

「でもね、ゆめをかなえるには、しれんをのりこえないといけないの」

「しれん……？」

「そう。せいぎのみかたにはおかねがいる。ちからもいる。りくおにいちゃんは、ゆめをかなえるために、それをてにいれないといけない」

「お、おかね？　おかねがいるのか？」

「そう。せいぎのみかたになるのにも、あくのみかたになるのにも、おかねがいるんだよ」

「か、かんがえたこと、なかった……」

陸は呆然とした。正義とお金がどういう関係にあるのか、頭の中でまるで結びついていなかった。この女の子はすごい。陸の知らないことをたくさん知っている。

「おかねは、つよいおもいをもったひとのところに、ちゃんすのかたちであらわれる。りくおにいちゃんは、そのちゃんすをにがしちゃだめ」

それは陸の心を塗り替え、塗りつぶすような、一つの啓示だった。

「りくおにいちゃんは、その時がきたら、ちゃんすをつかむために、ぜんりょくをつくすの」

陸は目の前の少女が何者なのか気になった。だが、その正体よりも重要なことをいわれている気がした。

「りくおにいちゃんは、せいぎのみかたになることをあきらめちゃだめ。あきらめちゃ、だめなの」

陸は、黙ってこくりとうなずいた。

心が盛り上がって、盛り上がって、たいへんなことになっていた。

「そしてたいせつなのはこころ。こころをうしなわないで。せいぎのこころ。せいぎのこころがだいじなの」

端から見れば、陸はその小さな女の子に催眠術でもかけられているかのような様子だっただろう。

だが事実はそれよりも重い。

その瞬間、陸の人生そのものが、その小さな女の子に、丸々書き換えられてしまっていたのだから。

「わ、わかった。せいぎのこころを、うしなわない」

そういうと、満足そうに微笑んで、一瞬冷たい瞳を見せてから、女の子はまた怪しい魅了するような瞳に戻って、こういった。

「せいぎのみかたになりたいことと、きょうわたしにあったことを、だれかにはなしちゃだめ」

「……どうして？」

「……やすっぽくなるから」

「そうなの？」

「……それじゃあね。りくおにいちゃん」

「……ま、まって……」

待って、の言葉が女の子に聞こえたのかどうかはわからない。

だが、気づくと女の子は姿を消していた。本棚の陰に隠れて、そのままどこかへいってしまった。

陸は、今会ったものが何なのか、理解できずにいた。

「……『ダークマン』？」

なぜか、似ても似つかぬ女の子に対して、そんな単語が再び脳裏に浮かんだのを覚えている。

陸はそれから、普通の高校生が小学生のときの夢を薄れさせていくのと同じように、正義の味方になるという夢を薄れさせていっていた。

剣道に打ち込み、全国大会で入賞するほどの力を身につけた。

だが時々、思い出すのだ。図書館で会った、不思議な女の子との会話。そこでいわれた、大切なこと。

「ちゃんすをのがしてはいけない。あきらめちゃだめ。せいぎのこころをわすれない。だれかにはなしちゃだめ……」

記憶は薄れていたが、そんな言葉の数々は、いまだに陸の心の奥底に刻みつけられた印のようになっていた。

そんな陸が、〈Abyss〉と出会ったときの鮮烈な衝撃は、その時からの運命だったのかもしれない。

「これが……正義の味方になる、チャンス……なのか……？」

莫大なお金。それを稼ぐための、わかりやすすぎる機会。

陸は高校生だ。

もう、正義の味方なんて年じゃない。

だが、陸はすぐさま自分にできるすべての力を活かして、〈Abyss〉参加を決意した。

そこには何かがある。自分にとって大切な、何かが。

そんな強すぎる直感が、陸を惹きつけた。

「せいぎのこころをわすれない、か。俺はまだ、忘れてはいないんだな」

もし2700億円があれば、自分なら少なくとも世の中を悪くする方には使わない。

そして、自分より頭のよい、あの女の子のような心を持った人と一緒なら、ひょっとすると世界をずっとよくできるかもしれない。

それは、陸の少しだけ大人らしくなった、正義の味方像だった。

そして陸の直感は、あの女の子もまた、この〈Abyss〉という機会を逃さないんじゃないかという、そんな根拠のない妄想を垂れ流してもいた。

「……さすがに会えるわけないだろうけどな」

漂う雲にでも呟くように、陸はそんな言葉を漏らしたのだった。

そして陸はゲームに参加し、新たな出会いを経て――。

今、ゲームに敗北しようとしていた――。

＊

「アナウンス：あなたのダンジョンコアが、南城アリサによって隷属させられました。あなたは南城アリサのプリズナーになります」

敗北した。こんなに一瞬で。

こんなところで負けるわけにはいかない。そのはずだった。

自分は『せいぎのこころ』を失っておらず、『あきらめ』てもいないのだから。

だが現実は非情だ。

どう考えても負けている。

あのアリサとかいう女が、何らかの手段でダンジョンの最深部に侵入し、ダンジョンコアを破壊してしまった。

負けるしかないのか。

アリサに服従し、機嫌をとって、勝利に貢献し、金を少しだけ分けてもらう。そんな生き方をするしかないのか。

いや――。

「諦められるかよ……」

今の面子《メンツ》だって、正直いって納得いってないことは多い。

朱音も夕人も冷酷すぎるところがあると思うし、菜弓は何を考えているのかわからない。

だが仲間だ。

三人を仲間だと思っているのが、自分の心の正直な声だった。

『ダークマン』は教えてくれた。

「せいぎのみかたは、なかまをしんじる……！」

腹は決まった。

あのときの、真っ黒なワンピースの女の子の顔が思い出される。

女の子は、そんな自分を祝福してくれているかのように感じられた。

同時、不思議な直感がどこかからやってくる。

これは、この攻撃は、〈アビス〉が絡んでいる。

まるで真っ黒な女の子に導かれているかのように、直感に従うがまま、プリズナーにいわれて使用していた〈アビス図鑑〉を見る。

〈アビス：イントルーダー〉

72時間に1回使用可能で、ダンジョンの入り口から最深部に〈転移〉できる。ただし侵入してから24時間、〈肉体〉の値がFになる。

そんな項目が増えていた。

そうか。

そうだったのか。

……だったら、勝てるかもしれない！

まず、立ち上がる。

そして三人の仲間に向けて叫んだ。

「俺は……！　こうなっても、おまえたちの味方でいたいと感じている！　だから、おまえたちを信じる……！」

まず、〈魔物追いのブレスレット〉を外し、床に捨てる。これは誰かが有効に使ってくれるだろう。

次に、インベントリから〈炎と光の剣〉を出す。

そして、まさかこんなことをする日が来るとはな、と自嘲しつつ――。

剣先を、自らの腹にゆっくりと差し込むッ――！

「ゲフ……まあまあいてぇな、このゲーム……」

「陸お兄ちゃん……！　そっか、わたしたちのために……!?」

朱音が叫んでいる。さすが、頭がいいだけあって、ちゃんと意図は理解しているようだ。

アリサはまもなく〈命令〉で自分を操り、この屋敷のコアを破壊しようとするだろう。

だから絶対にその前に、自分をキルしておく必要があった。そしてこの行動が、これから話すことを真実だと思わせる力を生む。

「みんな、よく聞け……！　アリサは〈アビス：イントルーダー〉で俺のダンジョンに侵入した……！　代償で今アリサは……！　〈肉体〉がFまで下がっている！　今がチャン……」

ゆっくりと〈炎と光の剣〉を抜きながら話をして、抜きざまに地面に剣をなんとか突き刺す。

そこでどうやら力尽きてしまったらしい。

「アナウンス：自分にキルされました。プレイヤーレベルが1下がります。アイテムの移動は、キルしたプレイヤーが自分なため、ありません。1時間後にリスポーンします」

ここまでか。

後はみんなを、信じるとしよう――。

身体は静かに分解され、真っ白な空間へと沈んでいく。

〈炎と光の剣〉が、陸の生き様を示す証のように床へ突き刺さっている。

自分は正しい行いをした。そんな満足感を感じながら、陸は静かに真っ白な空間で再構成されていく自分を見つめていた。

不思議なことに、自分を導いてくれたあの真っ黒な少女の名が、なぜだか今、はっきりと思い出せた。

今は素直な気持ちで、こうして導いてくれていることに礼をいおうと思った。

誰にも聞こえない空間で、一人呟く。

「……ありがとう、あさひ――」

23　逆襲

理解できない。

そんな思いが、強い衝撃となって僕を包み込んでいた。

アリサに陸が隷属させられた。そのニュースも衝撃的だが、これはまだわかる。陸のいうことを信じるなら、アリサは〈アビス・イントルーダー〉を持っており、それで陸が攻め落とされた。それについては、攻められたのが自分でなくてよかったと思うほかない。

理解できないのは陸のその後の行動だ。

陸は、仲間になったアリサではなく、僕たちに義理立てして、あろうことか自らをキルした。

自分のためにはまったくならないとしか思えない行動。

理解できないというほかなかった。

その時、チリッと心が焦げるような感覚が僕を襲う。

陸の行動が、僕から失われた何かを呼び起こす。

それが何かとても大切なものであるかのような感覚。

――僕は遅れて、やっと理解した。

陸は、僕たちを、本物の仲間だと思っている……！

それはあまりに予想外のことで、僕をしばし呆然とさせる気づきだった。

なぜだ？

なぜそんなことが思える？

この仮初めのグループを、なぜ本気で信じて、優先してしまう……？

わからない。

わからない。

僕は冷静さを完全になくしていた。陸の行動が、僕の根幹にある何かを揺るがしていた。

落ち着こう。

僕は朝火を救わなければいけない。

あの太陽のような笑顔を、守り抜かなければいけない。

そのためにすべてを犠牲にしてでも、朝火を助ける。

それは絶対だ。

そこまで考えて、ようやく僕は少しだけクールダウンした。

周囲の状況に目がいく。

朱音と、菜弓が、呆然と陸が消えた位置を眺めていた。

この二人は、僕とどこか似ているところがある。

——きっと二人は、今僕と同じ衝撃を受けている。

そんな奇妙な理解が、すっと腑《ふ》に落ちた。

「ねぇ、夕人お兄ちゃん……今の、陸お兄ちゃん、わたしたちを本物の仲間だと思っているってことだよね……？」

朱音の賢すぎる知性は、そのあまりに受け入れがたい事実を、認めざるを得なかったようだ。

「……信じられない、バカじゃないの、って思う冷静な自分が当然、最初にいたんだけどさ……」

朱音はぽつり、ぽつりと、普段は決して見せない真剣さで言葉を紡ぐ。

「今、わたし、バカげた妄想に駆られているんだ……陸お兄ちゃんをここで失うのは、何か大切なものを人生から失うことなんじゃないかって……！　こんなの、間違ってるよね？　わたしは勝つことが常に正しくて、そのために最善を尽くすのが常に正しくて、今は莫大なお金を賭けたゲームの最中で……ねぇ、菜弓お姉ちゃんはどう思った？」

「わ、わたし……わたしは……」

菜弓も、普段は決して見せない戸惑いを表面に出しながら、想いを伝える。

「美しいと、思ってしまいました。ただのバカな男の子だと、失礼なことを思っていたはずなのに。あの状況で、あんな言葉を叫びながら、自分の腹を貫くなんて……まるで、ヒーローみたいだと……」

「そっか……菜弓お姉ちゃんでもそうなんだ……夕人お兄ちゃんは？」

「僕は、僕は……」

衝撃的な場の空気に当てられて、僕の中はかつてないほど混乱していた。

「……アリサを倒して、陸を取り戻そう。単純に実利だけを考えても、陸が僕たちの味方であることは大きい。あの剣技で〈肉体〉Aだ。それに、陸の行動は本当に衝撃的で、僕も何か感じるものがあった。その感じたものを絶やすことは、勝つ上でもマイナスだと思うから」

僕は、何とかみんなの心をまとめ上げてアリサを倒す方に持っていきたいという打算半分、陸の信頼に応えたいという僕の心とは信じられないような思い半分で、そんな答えを述べた。

「うん、そっか、そうだよね。勝つ上でも、陸お兄ちゃんは助けた方がいいよね」

「同意します。これはゲームです、正解行動をとりましょう」

「ああ、そして僕たちには陸から託された情報がある。アリサは今から24時間近く、〈肉体〉がFだ」

「つまり、戦闘は実質モンスターでしか行えないということになりますね」

「あの身のこなしの少女が一人いなくなるだけでも、戦力差的には非常に大きい。そしてさらに、今から1時間は、陸が復活しない。僕は、今すぐアリサのダンジョンを攻めるべきだと思う」

「うーん、あと一日待ってほしかったけど、やむなしかな。決戦、してみよっか」

「そうですね。いろいろな意味で、あの男の子とは戦いたくありません。1時間でケリをつけましょう」

「作戦は単純だ。まず〈ダンジョンマスターディテクター〉を作る。それからアリサの鳥居の周りのダンジョンすべての顔をラットを通じて確認して、アリサのダンジョンを特定する。それからラットを次々侵入させせながら、龍化したドラゴニュートとセージの組み合わせで内部を殲滅していく」

「アリサはモンスターしか使えない。モンスターだけなら、アリサはわたしたちを圧倒できないはず。わたしたちは普通よりずっと効率よくモンスターを作っているから」

「ダンジョン攻略には、いつもどおりなら20分か30分しかかからないはずです。アリサが強敵だとしても、1時間かかることはまずないでしょう」

「よし、さっそくやろう。時は一刻を争う」

僕たちは、朱音の協力でアイテムを作り、アリサのダンジョンを特定することに成功する。

その間、僕は朋と葵をロビーに呼びだし事情を説明した。

「え、ええ！　陸さん、やられちゃったんですか？」

「ああ。今から弔い合戦だ。二人は今回留守番してもらうことになる。アリサのダンジョンまで二人を運ぶ手間やＤＰが惜しい」

「わかりました」

そして最終決戦をアリサに挑もうと、僕たちはラットたちと、遅れてドラゴニュートに乗ったセージを、アリサのダンジョンに侵入させていく。

その時だった。

ロビーに〈通話〉がかかってくる音がする。

屋敷のコアを確認すると、アリサの屋敷からの〈通話〉だった。

「出る？」

「出よう」

僕たちはそのまま〈通話〉に出ることを選択する。

はたして、アリサは姿を現した。

「はろーっす、皆さん。いやぁ、陸ってお兄さんのことは残念でしたねぇ」

「……アリサ、お前はその行動を後悔することになるだろう」

「おお怖い。まあ、陸って人は、自分をキルしているくらいだし、わたしに味方するつもりはなさそうっすよねぇ。そして〈アビス図鑑〉、たぶん皆さん何人かは使ってますよねぇ？　わたしの〈アビス〉、やっぱりばれてます？」

「知らないな。ただ僕たちは陸を弔うため、陸が復活する前に攻めるのみだよ」

「ふぅーん、そういうことというんすねぇ。まあいいっすよ。ばれててもばれてなくても、やることは変わらないっすから」

「へぇ？」

「ぶっちゃけわたしのダンジョン、ボス部屋以外は全部モンスターもいないし罠もないっすから、さっさと下降りてきてください。ケリつけましょう」

「はぁ？」

思わずそんな声が漏れてしまう。

「なぜそんなことをしているんだ？」

「いう必要を感じないっすが、まあ〈村長の家〉効率の問題っす。今はどうでもいいでしょう？」

「……ああ、そうだな」

「ま、皆さんがわたしのプリズナーになったら、いろいろ覚えてもらうんで、覚悟しといてくださいねぇ……！」

「アリサッ……お前って奴は……！」

「あはは、ちょっと怒りました？　受けるっすね。ではでは、〈通話〉は〈通信用耳飾り〉の番号が66738020なんで、おしゃべりしたかったらいつでもどうぞ！　わたしはダンジョンの奥で待ってるっす！」

そういってアリサとの〈通話〉は切れた。

それから僕たちは、そのままアリサのダンジョンに潜り続けていく。アリサのダンジョンは宣言どおりもぬけの殻で、時々アイテムが落ちているだけである。アイテムは安いアイテムが多く、100DP前後といったところ。

これがアリサなりの効率のいいダンジョン経営なのだろうか。いろいろ疑問を感じながら、僕たちはラットたちを進軍させた。

2度ほど階段を降りて、それぞれフロアを制覇していった頃のことだ。

突然、バカみたいに広い部屋に出た。

暗めの部屋の照明では、部屋の奥が見えないほどの広さ。

僕たちは慎重に、ラットを部屋の奥へと進めていく。

〈視界共有〉の画面上に目を凝らして、異常を見逃さないように努力する。

他の二人も同様だろう。

その時だった。

闇の中に、すうっと立つ何かがいるのが見える。

なんだ？　2体いる？　白い、人型？　エンジェルか……？

僕たちはそのまま近づいていく。

すると、2体いた白いモンスターよりずっと僕たちに近い位置に、真っ黒なモンスターが2体いることに気づいた……！

「こいつは……ヴァンパイア！」

ヴァンパイアはラットたちを一網打尽にするべく、その手から黒い闇魔法を放つ。

「朱音、菜弓！　ドラゴニュートを突撃させる！」

「了解です！」

「いっけぇ！」

朱音のドラゴニュート、菜弓のドラゴニュート、僕のドラゴニュート2体がそれぞれ部屋へと突っ込んでいく。

ラットたちが消滅していくその隙を突くようにして、ドラゴニュートたちはヴァンパイア2体に肉薄する。

「〈ファイアブレス〉だ……！」

そして高速飛行しながらの〈ファイアブレス〉が、ヴァンパイア2体を襲う。


しかし――。

突然、ヴァンパイアはさらさらとした霧のような状態に変化し、急速にあたり全体へと広がっていく。

霧を〈ファイアブレス〉が襲うが、まるで何もないかのようにブレスは霧を透過する。

さらに、ブレスをしている最中のドラゴニュートたちのうち2体の背後に忍び寄るように、さらさらとヴァンパイアたちが実体化していき――。

その真っ黒な巨大な爪で、ドラゴニュートたちの背中を切り裂いた。

攻撃を食らったドラゴニュートは、2体とも怒りの叫びをあげながらヴァンパイアに爪をお見舞いしようとするが、すでにヴァンパイアは両方霧化を始めており、空振りする。

さらにその時、後ろに控えていた2体の真っ白な人型モンスター――おそらくエンジェル――が、魔法の詠唱を始めた。

部屋の高すぎるくらい高い天井に、次々と光の柱のようなものが現れる。

そしてその柱たちが、まるで光の嵐のようにドラゴニュートたちに降り注ごうとする。

「避けろおおおお……！」

しかし無情にも、同時、手だけ具現化したヴァンパイアによって、ドラゴニュートたちの間に煙玉が放たれる。

煙の色から判断して、その効果は麻痺……！

ドラゴニュートたちは痺《しび》れさせられて、思うようにその魔法の効果範囲から離れられない。ヴァンパイアは再び霧となって消えてしまう。

「このままじゃ直撃する……！」

僕は、僕たちは、改めて思い知らされていた。

アリサという敵が、極めて一流の戦士であることを……！

24　にんぎょう

南城アリサは、アメリカ人と日本人の間に生まれた父と、日本で育ったスイス人の母を持つ、日本人の血が四分の一のクォーターとして、東京都心に生まれた。

アリサの最初の記憶は、幼稚園で一人、孤独に人形遊びをしている自分だった。

アリサはその金髪碧眼という容姿と、暗い性格から、幼稚園で盛大に浮いていた。

周りの皆がサッカーやブロック遊びをしている中、アリサは一人、物語を創って人形の中に生きていた。

家に帰っても、共働きの両親は、アリサの孤独を慰めてくれることはなかった。

アリサは、両親が大量に買い与えたビデオとぬいぐるみで、家でもずっと一人で過ごしていた。

自分の家がどこかおかしいと感じるようになったのは、母親が仕事をやめて家にいるようになった、幼稚園の年長になったくらいの頃だ。

母親はその頃、アリサに英才教育を施そうとして、国語や算数から英語に至るまで、一日中つきっきりで様々な内容を教えだしていた。その内容は小学校一年生から始まり、あっという間に高学年の中学受験生が教わるような内容まで進んだ。

だが一番問題だったのは、その教育の際の母親の態度だった。

母親は、アリサが自分の想像と違うことを一つでも行うたびに、ヒステリックにキレて、アリサに暴力を振るったのだ。

文字の書き順が一画間違ったとか、計算の途中式を書かなかったとか、可愛い犬を見て笑顔にならなかったとか、そういったすべての行動が、暴力の対象となった。

「なんで思いどおりにしてくれないの‼」

アリサは頬を叩かれた。

「なんでいうことをきかないの！」

アリサは腕を殴られた。

「なんであなたはそんなに自分勝手なの！」

アリサは頭を殴られた。

「あなたは人の心がないの！」

アリサは心を殴られた。

アリサは、逃げ場もなく、母親の言葉を否定する術も持たないまま、ただ母親の教育に従い、母親の思うとおりの存在になろうと努力した。

幸か不幸か、アリサは賢かった。

賢すぎた。

その状況に適応する解を、アリサは独りでに編みだしてしまう。

「わたしはひとじゃない。わたしはおかあさんのにんぎょう。だからおかあさんのおもいどおりになれる。そうしんじる」

そう、自分の心に呪文のようにいい聞かせることで、自分はどうやらお母さんの満足する行動がとれるようになるらしいのだ。

それは不思議な現象で、魔法のようだった。

アリサはその魔法の恐ろしさに気づけるほど賢くはなかった。

アリサはたった五歳の子供だったのだから。

「そうそう、それでいいの」

「そう、おかあさんのいうとおりにできたねぇ」

「そう、ずっとそのままでいいのよ」

そんな言葉がかけられるようになっても、アリサの心が晴れることはなかった。

むしろ、その一つ一つの言葉が黒く黒く自分の心を塗りつぶしていくのを感じていた。

わたしはひとじゃない。

わたしはにんぎょう。

にんぎょうはひとじゃない。

にんぎょうはどうぐ。

そんな論理で、自分は人ではなく、道具にすぎないと思い詰めるに至っていた。

幼稚園での孤独な人形遊びだけが、アリサの癒やしだった。

きょうはおままごとをしよう。

このいえのおかあさんは、まいにちこどもとあそんでくれる。

おとうさんは、ぼーるのなげかたや、くっきーのつくりかたをおしえてくれる。

このいえのこどもは、まいにちともだちといっしょ。

だからとってもたのしい。


あれれ、おかしいな。

めからなみだがでてきたよ？

＊

やがて受験を経て名門の私立小学校に上がったアリサは、その授業の内容の退屈さに驚き、周囲の子供たちの愚かさに驚き、自分に友達を作る才能がないことを思い知った。

アリサは暗く、同年代の子供たちが興味を持つほぼすべてを知らず、容姿は特異。友達ができる要素はなかった。

だが、家にいるよりは学校の方が楽だったので、学校を休むことはなかった。むしろ放課後も図書館で本を読んだりして、母親と過ごす時間を少しでも減らそうとした。

学校では空想しながら授業を聞き、寝ながら休み時間を過ごし、落書きしながらテストを受けた。

そうしてアリサが四年生になった頃、アリサの人生をさらなる闇へと落とす事件が起きる。

学校帰り、その学校の男の校務員に襲われたのだ。

アリサはいきなり背後から押さえつけられ、口元を押さえられながら校務員室に連れ込まれた。

そこで、校務員はアリサの全身をなめ回すように触り、アリサに自分の裸を見せながら、一切反応を見せないアリサにこういい放った。

「こんな可愛い顔してだんまりかよ、つまんねぇ！　人形みてぇな奴だな！　ははっ、ラブドールってか！」

アリサはその言葉を知らなかった。

何か汚い液体をアリサの手にかけてから、校務員は慌ててどこかに逃げた。

アリサは一人液体を水道で洗い流し、そのまま図書館にいって、パソコンでラブドールという言葉を調べてみた。

アリサの知識は偏っていた。

自分が今されたことが、性的な物事らしいということを、調べてはじめて知った。

ありさはにんぎょう。

ありさはらぶどーる。

他人の言葉に抵抗力がなかったアリサは、その言葉もまた自分の中に取り入れてしまう。

だが次第に、アリサは、自分の心が何かおかしくなっているのを感じるようになった。

一切やる気が起こらず、男の汚い顔を何度も夢に見て、何かが気持ち悪くてたまらず、校務員室の近くを通るたびに、気づくと食べたものを戻してしまっている。

アリサは、体調不良を言い訳に次第に引きこもるようになり、両親に連絡がいく。

その頃、仕事が落ち着いていた父親は、数年ぶりに娘とゆっくり話す時間を持った。

父親は、仕事人間すぎるだけで、父親としては聡明《そうめい》な男だった。

ゆえに、自分の娘の精神がとんでもない異常に見舞われていることをすぐに理解した。

母親と話し、娘と話し、娘の心の叫びを聞き、原因が母親と学校にあることまでを突き止める。

仕事の出世のため婿入りしただけの、勤め先の役員の娘である母親に、もはや愛情を感じていなかった父親は、悩んだ末、可愛い娘のために離婚、転校を決意する。

父親は、父親としてはまともでありたかったのだ。

アリサは父親と二人、カウンセリングに通ったりしながら、ゆっくり、ゆっくりと心の傷を再生させていく。

当時流行りだしていた高度なＶＲゲームによる鮮烈な体験が心によいと聞いた父親から、とても高価なゲーム機を与えてもらったりもした。

アリサはそこで、ゲーム自体に夢中になった。

冒険し、戦い、勝利する。

他の人とおしゃべりして、協力したり、戦ったりする。

それは、はじめて人生で楽しいと思える体験だった。

ゲームってすごい。

勝つって楽しい。

そうだ、わたしは勝てばよかったんだ。

治りかけの少女の心に、そんな思念が染みついていく。

だが、そんな儚い幸せのような何かも、長くは続かなかった。

それはアリサが十三歳になった頃のこと。

アリサの母親が、アリサの祖父から手を回し、父親を社会的に追い詰めた。

それは彼女を虚仮《こけ》にしたアリサの父親への復讐だった。ひょっとすると、彼女は元々アリサの父親を愛していたのかもしれない。

父親は気づくと不正に関与したことになっており、会社をクビになるだけでは済まなかった。業界で彼を雇うものはおらず、連日マスコミがアリサの家に訪れた。

父は絶望し、後悔し、仕事という自分の人生そのものな存在がもう終わったことを理解すると、一人、命を絶った。

アリサはひとりぼっちになった。

遺言はアリサに向けられていて、「多くは望まない。どうか、捕まるようなことはしないでくれ。できれば、元気に過ごしてくれ。すまない」という趣旨のことが書かれていた。

アリサは泣いた。

かなりの金額があったはずの父の遺産も、アリサの親権をどうやってか取り戻したらしい母の管理下に置かれることになった。

そしてアリサは母親と再び住むことになった。

このままでは自分は遠からず殺される。

そのことをアリサは確信を持って理解していた。

アリサは母と暮らすことになる前日、一人行方をくらませた。

アリサはゲーム上での交流を通じて、人の心をどんどんと理解していった。自分の容姿を魅力的に思う男が極めて多いことも理解していた。

その経験を活かし、ネット上で知り合った男の下に転がり込み、誘惑し、自分に夢中にさせた。

一応彼女がいたはずの男が、自分にメロメロになり、なんでも買ってくれるようになる。

それはとても楽しい経験で、アリサはこんな理解をするようになる。

「わたしは人形で道具でしたけど、他の人間だって、人形や道具にすぎないんすね」

転がり込んだ男の家にあった漫画に影響されて、男っぽい口調を身につけていたアリサは、そのキャラクター性がちょうどいい自分の個性になることも理解していた。

アリサは自活するため、自宅から持ち去っていた機材で賞金制VRMMOに手を出し、そこで自分の力が本物であることを知る。

幼い頃、母の人形になれると信じたら、不思議となれた。

同じように、勝てると心から信じたら、不思議と勝てるのだ。

その気づきは、アリサにとって革命的だった。アリサの根幹を支える哲学となった。端から見れば、単にアリサの天才性を示しているだけのようだが、アリサはそうは捉えていなかったし、そう捉えていないことが勝利の秘訣だと考えていた。

アリサはそのまま勝利を重ねて、男に頼らずとも生活を安定させられるようになる。家だけ男の名義で借りて、後は一人で暮らすようになった。

さらに生活を安定させるため、配信も開始し、動画で金を稼ぐことを覚えた。

母に見つからないよう、髪型や瞳の色は変えた。

動画に向けて、ハイテンションな明るいキャラクターを身につけた。

気づくと、アリサはそれなりの有名人になっていた。

そんなアリサの心にいつもあったのは、母を殺してやりたいという思いだった。

「思えばわたしは、母さんにはずっと、負けて、負けて、負け続けてきたっす」

短い期間ではあるが、父との日々は本当に素晴らしかった。それだけがアリサを支えているといってもよいくらいに。

「父さんを殺したお前を、わたしは絶対に許すわけにはいかない」

ちょうど、〈Abyss〉という特大新作の情報が手元にやってきた。

貯金は十分ある。

賞金総額2700億円。

これだけの金があれば、自分なら捕まらずに母を殺せるかもしれない。

「〈Abyss〉……勝ってやるっすよ……」

そうして少女はこの残酷な遊戯に加わったのだった。

＊

アリサは、エンジェル2体が発した必殺魔法、〈エンジェルピラーレイン〉が、〈麻痺の煙玉〉で痺れたドラゴニュートたちに向かっていくのを見つめていた。

直撃を示す派手な轟音《ごうおん》が、エンジェルやヴァンパイアと〈聴覚共有〉を行っているアリサにも感じ取れた。

〈エンジェルピラーレイン〉は、詠唱に時間がかかり、範囲指定を詠唱開始から動かせないという欠陥を持つ分、その範囲は広く、威力は絶大だ。

ドラゴニュートであっても、おそらく無事では済まないであろう。

そんな確信を持って、煙の中から現れるものを見つめる。

その時だった。

風を切るような音と共に、龍と化したドラゴニュートが2体、煙の中から飛びだした。

その背中には、それぞれ派手なローブを全身に被《かぶ》った魔術師のような姿の女が乗っている。

あれは……おそらくセージか……！

残りDPの関係で、リトルヴァンパイアとミニエンジェルというすでに持っていたモンスターを〈超成長の秘薬〉で強化して軍勢としたアリサは、セージの能力を詳しく知らなかった。

だがおそらく魔法に特化しているだろうセージは、〈エンジェルピラーレイン〉を相殺する魔法を放ち、一部に安全領域を作ったのだろう。

向こうはセージを2体しか準備できておらず、そのセージがいるドラゴニュートだけが今の攻撃を生き残ったと推測される。

〈騎乗〉スキルは、元々持っていたのかもしれないが、おそらくエンチャントだ。

そこまでの判断が、一瞬で降りてくる。

そこからの決断もまた、一瞬だった。

「エンジェル、自分の目の前に向けて〈エンジェルピラーレイン〉っす！　ヴァンパイア、急いでエンジェルの下へ回り込め！」

あの二組が目標として飛ぶ先は一つしかない。だから、布石を打っておかなければいけない。

再び〈エンジェルピラーレイン〉の光の柱が宙に無数に現れ、ヴァンパイアたちの霧が闇に紛れてさらさらとエンジェルを目指す。

だがドラゴニュートたちはそれより早かった。

龍化したドラゴニュートたちはその牙でエンジェルたちを捉え、凄まじい速さと力強さでかみ砕いてしまう。そのままエンジェルたちの背後の壁にそれぞれ激突するドラゴニュートたち。

「エンジェル！　腹に向かって〈ライト〉！」

かみ砕かれて消えつつあったエンジェルたちだが、渾身《こんしん》の力でドラゴニュートの腹に向けて〈ライト〉を放つ。

「ぐおおおおおおおおおおおおおおお！」

ドラゴニュートは大ダメージを受け、地面へと墜落しようとする。さらに上から発動した〈エンジェルピラーレイン〉が次々と落ちていく。

だがその時、ドラゴニュートに乗っていたセージが何かを唱える。するとドラゴニュートは復活し、再びセージを乗せて横に滑空して〈エンジェルピラーレイン〉を避けきった。

「やるっすね。でも、エンジェルも死んでないんすよ」

突如、エンジェルが死んだはずの場所に、白い大きな羽根のようなものが現れて、それが光り輝いて、エンジェルの姿に戻っていく。

「〈不死Lv2〉の効果で、エンジェルは3回死なないと死なないんすよぉ。いけ、ヴァンパイア！」

その時、霧となっていたヴァンパイアたちがそれぞれのセージの背後に具現化し、セージの身体を切り裂く。

これは取った！　そう思ったアリサだったが、魔法のバリアのようなものに三重に全身を包まれていたセージが、一つバリアを砕かれただけだった。

「あっちのメイジ役も不死系スキル持ちっすねぇ。ならもう一発！」

アリサはこういうとき、欲張るといいことを知っていた。

ヴァンパイアたちはさらにもう一個爪を具現化させ、もう一度セージたちを襲う。

「取ったッ！　って、ちょっ待……！」

だが今度のセージは、ひと味違った。バリアがもう一つ砕けるのと同時、強烈な光魔法が放たれ、ヴァンパイアの具現化したままの爪を襲う。

もろいヴァンパイアは弱点属性の魔法攻撃で特大のダメージを受け、霧の体積は大幅に減少した。

「うっわぁ、なんだ今の反応速度、やるっすねぇ……」

アリサはいったん残されたヴァンパイアの霧を広げて、さらなるチャンスに備えることとする。

「戦いはこれからっすよ……！」

アリサはエンジェルにある魔法の詠唱を命じる。

それは〈エンジェルウィップバインド〉というエンジェルのもう一つの必殺魔法。

これは、高速で追尾する光の鞭《むち》がいくつも現れ、対象を捕縛するまで追いかけ続ける魔法だ。

ドラゴニュートたちは何か魔法が発動しようとしているのに気づいたらしく、再びエンジェルめがけて飛来しようとする。

「遅い……！」

だがドラゴニュートたちが到達するより早く、必殺魔法が発動した。

エンジェルを中心に光の鞭が幾本も渦巻き、そこから触手のように光の鞭が伸びていく。

縦横無尽。様々な軌道で無秩序にドラゴニュートを捉えようとする光の鞭相手に、ドラゴニュートは滑空して必死にそれらを避ける。アリサはその動きを先読みして、ヴァンパイアの霧を動かしていく。

ドラゴニュートに乗ったセージが〈ダーク〉を光の鞭にぶつけるが、鞭は光が弱まるだけでそのままドラゴニュートを追いかけ続ける。その隙を逃さず、アリサは配置したヴァンパイアの霧からもう片方の腕を具現化し、セージに爪をお見舞いした。バリアが砕ける音が聞こえてくる。

セージはまたしても高速反応で〈ライト〉をヴァンパイアの腕にぶつけてくるが、これでセージのバリアはなくなった。

ヴァンパイアももはや攻撃手段は牙しかないが、ギリギリ倒せそうな計算となっている。

「はは、万能もいいっすけど、特化型ってのもバカにならないんすよねぇ！」

エンジェルは光魔法にとことん特化していて、ヴァンパイアは隠密《おんみつ》と暗殺に特化した種族だ。

堅い前衛が不在ではあるのだが、アリサは自分のプレイスタイルにはこの組み合わせは合っていると確信していた。

そのままドラゴニュートはしばらく部屋中を飛び回り、回避に徹する。

ドラゴニュートと光の鞭の速さはほぼ同格。

であれば、次第に部屋を覆いつくしていく光の鞭が、ドラゴニュートを追い詰めていくのは自然の道理というもの。

そんな状況の膠着《こうちゃく》を打破すべく、ドラゴニュートは一直線にエンジェルへと飛びかかっていく。

光の鞭の発信源へと自ら飛んでいく自殺行為にも思えるが、ドラゴニュートは左右に身体を振ることで、反対側からまっすぐ飛んでくる鞭を避けて、エンジェルまで肉薄する。

そしてドラゴニュートの牙が、エンジェルを捉えた……！

再びかみ砕かれ、復活を待つエンジェル。その間、光の鞭は動きを止めた。

だがそれより一瞬早く、ヴァンパイアがセージをその牙で襲う。そこに待ち構えていたかのように〈ライト〉が発動し――。

――セージとヴァンパイアは、それぞれ相打ちとなったようだ。

完全に消失してしまったらしい。

「後は、ドラゴニュートだけ……！」

ドラゴニュートは復活したばかりの隙を逃さないよう、エンジェルに再び肉薄し、３度めのかみ砕きを発動しようとする。

そこにタイミングを見計らった、エンジェル渾身の〈ライト〉がドラゴニュートの腹に向けて炸《さく》裂《れつ》し――。

――ドラゴニュートの背中に突如現れた少女が、エンジェルの背後へと飛びかかった！

「なに……！」

（このタイミングでの加勢は想定していなかったっす！　盲点……！）

少女の飛び降りながらの一撃で、エンジェルのうち１体があっという間に死亡してしまう。

死亡したエンジェルを冷たい目で一瞥《いちべつ》した、黒髪を左右でお団子にした少女には、どこかで見覚えがあった。

（いや、あの子、昔対戦したことがあるっすよ……！　確かハンドルネームは……）

「レッドピアノ……！」

（前回までの〈通話〉では、画面に小さく映っていただけで気づいていなかったっすけど……そうか、ちゃんとセミプロ級がいたんすね……！）

「はぁあああああ！」

少女はそのままもう1体に凄まじい速さで突撃していき、手に持った〈炎と光の剣〉で復活したてのエンジェルを切り裂こうとする。

光の鞭が次々襲いかかっていくが、少女はまるで格闘術でも修めているかのようなステップで軽やかに鞭を避け、エンジェルに接近し――。

エンジェルが、切り裂かれ――。

その場に立っているものは、少女だけとなった。

「は、はは……わたしが……負けた……？　そんなバカなこと……！」

少女は、海野陸が復活する前にケリをつけるべく、当然部屋の奥へと突き進む。

部屋の後ろにあるのは長い廊下。左右に扉があり、プリズナーたちの生活空間が置かれている。

そしてその一番奥の扉こそ、アリサのダンジョンコアがある部屋だった。

「く、来るな……！」

アリサは焦って、正気を失いかけていた。

アリサは、取り返しがつかない勝負で負けた経験が実はなかった。

ゆえに、今はじめて経験する本物の敗北が、受け入れられなかった。

「わ、わたしは、あの女を殺す！　殺すと決めた！　そして自分が勝つと信じている！　だからこんなところで負けるわけ……負けるわけ、ないんすよぉおおおおッ！」

そんなアリサを見て、現れた少女は嗤った。

「何をいうかと思えば、つまらないことをいうんだね！」

明るい場違いな声。その異質性に、思わず息をのむ。

「あなたが負けたのは、わたしが強いからでも、あなたが弱いからでもない。ただ、陸お兄ちゃんが、バカで、バカで、バカすぎたからなんだよ、あはは！」

「……バカだから……バカだから、負けた？」

「そう。バカは剣より強いんだな、って。それが学べたのが今回の一番の収穫かな。ＡＲＩＳＡも覚えておくといいよ、あはは！　じゃあ、またね！」

「レッドピアノおおおおッ……！」

そのまま、目の前の少女、レッドピアノは容赦なくアリサを切り裂いた。

「アナウンス：近藤朱音にキルされました。プレイヤーレベルが１下がります。アイテムの移動……〈フェニックスの護符〉が近藤朱音に移動しました。１時間後にリスポーンします」

「アナウンス：あなたのダンジョンコアが、近藤朱音によって隷属させられました。あなたは近藤朱音のプリズナーになります。合わせて、あなたのプリズナー十人が、近藤朱音の支配下におかれます」

「アナウンス：近藤朱音と小鳥遊夕人の間の〈交換〉で、あなたは小鳥遊夕人のプリズナーになりました」

25　エピローグ

あれから朱音や菜弓と話し合い、戦後処理を終え、ひとまず解散となった。

僕は、一人屋敷の部屋に入り、今回の戦いを振り返る。

正直いって、想定外の連続、綱渡りの連続だった。

ドラゴニュートとセージを投入するにあたって僕たちが仕込んだものは3つあった。

まず、ドラゴニュートに〈魔方陣：サモン〉をつけて、相手の意表を突くタイミング、安全なタイミングで、セージを投入できるようにした。セージには〈騎乗〉スキルを朱音にエンチャントしてもらうことも忘れない。

次に、ドラゴニュートとセージの懐にラット入りの袋をくくりつけて装備とした。そしてドラゴニュートからセージを召喚して運用する際、隙を見て〈交換〉機能でセージを朱音に渡し、朱音の高いVRMMOプレイスキルをもってヴァンパイアに対抗していた。

最後に、朱音に陸が遺《のこ》してくれた〈魔物追いのブレスレット〉と〈炎と光の剣〉を使ってもらい、朱音を切り札として運用できるようにした。

このどれが欠けていても、勝利することはなかったと断言できるほどには、熾烈《しれつ》で、苛酷な戦いだった。

いずれにせよ、今回のMVPが陸であることは論をまたないだろう。

僕には、陸がとった行動についてはいまだに冷静に見られないほど強い衝撃が残っている。

それが、僕の根幹にあるいまだ正体を知らない欠陥を、鋭く刺し貫いているかのように感じられてしまうのだ。

僕は、今回の出来事から、何かを学ばなければいけない気がする。

だが、朝火のために手段を選ばないと決めたことと、それはどうしても相反してしまうようにも感じていた。

しかしながら、結果的に朝火を救うために一番助けとなったのは、陸の行動であり、陸の意思なのだ。

僕は自分が未熟なのではないかと感じていた。

まだこの難題を消化できるほどには、自分が成長していないという感覚。

それが僕の今回の出来事に関する一番強い印象だった。

「さて……」

悩むのもいいが、立ち止まっていていい時間は長くない。

今回は主に僕と朱音が主体となって戦ったこともあり、陸は朱音が、アリサは僕が引き取ることとなった。

アリサがキルされてから、そろそろ1時間が経つ頃だ。

僕はプリズナーとなったアリサを引き取ったからには、アリサと新たな関係を構築して、うまく手駒として操らなければいけないだろう。

ある意味、アリサとの戦い以上に難しそうだ。

僕はため息をつきたくなる。

とはいえ嘆いていても始まらない。

僕は、最低限の話し合いの計画を立ててから、アリサを呼びだすことを決めた。

「〈テレポート〉──南城アリサ」

僕は、今いる屋敷の一室に、アリサを〈テレポート〉させる。

現れたアリサは、大体状況を把握しているようで、一瞬あたりを見渡してから、僕を見つけると、気怠げに手を振った。

「……うぃーっす」

「……やあ」

言葉少なに挨拶しながら、僕たちはお互いをどこかどんよりとしたまなざしで見つめ合う。

はじめて味わう種類の、なんとも表現しがたい気まずさのようなものがそこにあった。

アリサは白に近いブロンドのアシンメトリーな髪を指先で梳《す》くようにしてから、ようやっと、といった様子で話を切りだした。

「……呼び方は、夕人お兄さんでいいっすか？　てか年いくつです？」

「……十七歳だ」

「へぇ、思ったより若いっすね。ちなみにわたし、十六歳っす。夕人お兄さん確定ってことで」

「……好きにしてくれ」

そこまで話して、いったん会話が止まる。

僕はアリサを見つめる。

蒼色《あおいろ》の、魔法で造られたかのような瞳は、思わず永遠に見つめていたくなるほど美しく、可憐だった。おそらく菜弓と同格の〈魅了〉を持っているだろう容姿に、いつのまにか見とれてぼんやりとしていたことに気づき、悟られないようにそっと意識を冷静に保つ。

そうやって改めて観察したアリサの表情は純粋な可憐さからはほど遠いもので、どこか皮肉気に歪《ゆが》んだ笑みで、僕を静かに観察していた。

「まあわたし、可愛いっすよね。わかるっすよ。お兄さんも男ですもんね」

図星を指され、少し苦しげな表情を見せてしまう。

「いいんすよ。好きなだけ激痛を与えて、好きなだけわたしの身体を弄んでも。ここでは誰も咎《とが》めないんすから」

アリサは胸をわしづかみにするようにしながら自らの身体を抱き、前屈《まえかが》みになって上目遣いに僕を見つめるようにする。

切なそうな表情、巨匠の彫刻のような美しさの中に、妖艶さと可憐さがこれ以上ないくらい完璧なバランスで同居していると感じた。

自分がどう見えるのか、それを見て男がどんな反応をするのかを、計算しつくしたようなポーズ。

徐々にその表情は蠱惑《こわく》的に誘うような笑みへと移り変わり、僕の心を包み込むように捕らえようとして——。

「やめろ。僕はそんなことをするためにこのゲームに来たわけじゃない……」

「ま、そうっすよね。妹の病気を治すために来て、そんなことしていたら、ちょっと幻滅っす」

その言葉に菜弓とのことを思い出し、僕はかつてないほどダメージを受けていたが、なんとかポーカーフェイスを保とうとする。

「……しかし、お兄さんは何だかんだで裏切ってわたしについてくれるんじゃないかなって、なんとなく思ってたんすけどね」

幸い、話はそれていったので、一安心する。

「僕は今いるメンバーとの関係を、過小評価はしていない。アリサ、お前一人がいくら優秀でも、朱音や菜弓、陸を三人合わせた力は、そんなに安くはないんだ」

「でもぶっちゃけ、陸さんがわたしのプリズナーになったときは一瞬裏切りを考えましたよねぇ？」

「それは……」

……そのとおりだった。心の奥底に、そういう発想がなかったとは否定できない。

「……だが陸の行動が、陸の意思が、陸の熱さが、僕の残酷な計算を、遥かに凌駕《りょうが》した。僕はこのすごさを正直まだ理解しきっていないんじゃないかと思っているくらい、すごいことだと思う」

「そうなんすよねぇ。あのレッドピアノ、本名は朱音ちゃんでしたっけ？　にもずいぶん得意げにいわれちゃいましたよ。バカは剣より強し、なんていってましたけど、あれ確実に陸さんのこと気に入ってますよ、恋愛的に。わたしの観察眼がそういってます」

「……まあ、それはノーコメントで」

どこまでが冗談なのかいまいち摑《つか》めないが、あまりそういったことで盛り上がりたい気分ではなかった。

「しっかし。あーあ……なんで負けちゃったかなぁ……」

アリサの悲しそうに嘆く声は、この少女にしては珍しく、完全に本心からの、計算抜きの言葉だと感じられた。

「……前にもちょっと話しましたけど、わたし、絶対に殺したい女がいるんすよ。わたしの母さんなんですけどね」

「……それは僕が、僕なんかが聞いていい話なのか？」

突然アリサが切りだした話は、そのあっけらかんとした口調がかえって、話の深刻さを表しているかのようだった。

「……お兄さん、人を道具とか物みたいに思っているタイプでしょう？　わたし、わかるんすよ。だって、わたしもおんなじだから」

「……！　そんな、そんなことはな……」

「そうやって外面のいい嘘つくずるいところもわたしそっくりっす。で、そんなお兄さんだからこそ、ちょっと聞いてみてほしいんすよ。アリサちゃんの半生って奴を……」

アリサの声色は、明るく、それゆえにどこか壮絶さを感じるものだった。

「ひょっとしたら、お兄さんなら、わたしのことを……なんて、そんなロマンチックなことをいう気はないっすけどね。まあ仲良くなるための儀式みたいなもんだと思ってくださいよ」

僕は、アリサが僕と似ているというのが本当なのかはわからないが、確かに、今のは嘘だなと、不思議とわかってしまった。

アリサは無意識のうちに、きっと助けを求めている。

共感を求めている。

誰にも話せずにいた過去話を吐きだして、自分を癒やそうとしている。

そんな理解がどこかから降りてきて、すっと腑に落ちた。

だから僕は、アリサの話を黙って聞くことにした。

「わたしが生まれたのは、アメリカ人と日本人のハーフな父親と、日本に住んでいたスイス人の母親の間でした。わたしが最初に覚えている記憶は、幼稚園で寂しく人形遊びをしている、そんな光景で——」

これはきっと、何かとても重要な儀式なんだと、そんなことを感じ取りながら——。

＊

「……そんな感じで、母さんには一日10回はぶたれていましたね。今思い出してもむかつくのが、その理由が本当に理不尽で……」

ただ聞く。

「……自分はひとじゃない。自分はにんぎょう。自分はどうぐ。そう自己暗示をかけることを、幼いアリサちゃんは覚えちゃったんすよ。それがまたよく効いてですね……」

ただ受け止める。

「……小学校では、相変わらずぼっちだったのはまだいいんすけど、わたしがちょっと可愛すぎたのか、校務員のおじさんに襲われちゃったことがあるんすよね。全身まさぐられて、裸を見せられて……しばらく、気持ち悪くてたまらなかったっすね……校務員室を通るたびに吐いちゃう感じっす……」

僕はひたすら、アリサに降り積もった澱《おり》を、受け止め続けた。

「で、わたしは父さんになんとか救われて、父さんは母さんと離婚して……わたしは父さんとカウンセリングを受けるようになって……ＶＲＭＭＯと出会って……」

アリサには、幸せだった時代もわずかにあるらしい。

「……でもそれも、母さん、あの女がすべてぶち壊した。あの父さんが仕事で不正なんてするわけないのに、マスコミが連日訪れた。父さんは日に日にやつれて、廃人みたいになっていって、わたしのことすら構ってくれなくなって……」

だが、あまりに苦しんでいる時代が長すぎる。

「……父さんが自殺した後、あの女から逃げるように、わたしは男の家に転がり込んで、ゲームで知り合った男を誘惑しました。それがびっくりするぐらい、ちょろかったんすよ。彼女とか一応いたはずなのに、もうメロメロ。笑えますよね」

ただ聞き続ける。

「……で、賞金制ＶＲＭＭＯと出会って……動画を撮ったりすることを覚えて……勝てると信じると、不思議と勝てるって形で、わたしの自己暗示の力のことを再確認して……」

アリサの物語を、聞き続ける。

「……ってな感じで、可哀想な天才ぼっち少女アリサちゃんは、賞金制ＶＲＭＭＯ中毒になり、ここに至ったわけっすよ」

「……」

ようやく聞き終わったアリサの半生。

僕は、その凄惨さに、ただただ愕然としていた。

「どうして……？」

思わずそんな声が漏れてしまう。

「はい……？」

「どうしてそんな過去を秘めて、そんなに明るそうに振る舞えるんだ……？」

その言葉に、アリサは目を見開いて驚きながらも、自分の中の答えを口にする。

「え、そんなの、みんなみんな、父さん以外は人形で道具だからで……」

アリサがそう思っていることはわかる。

だがその真の答えがそうではないことは、僕にはもうわかっていた。

わかってしまっていた。

「アリサ、お前は……お前は、父親が何よりも大切だから……そんなに……そんなに強がっているんだな……」

僕にも、同じ感情があるから。肉親を大切に思い、他のすべてを捨ててでも大切にしようとする、そんな感情。

「……へ？」

アリサから、素っ頓狂な声が漏れる。

それはやはり、アリサが想定していた答えとは違ったものだったらしい。

「アリサ……お前、本当はいまだに男が怖くて、気持ち悪くてたまらないんじゃないか……？」

「…………!!」

アリサが目をまん丸にまで見開き、後ずさる。

「そ、そんな……そんなわけ、ないっすよ……！　わたしにとって、男なんて人形や道具みたいなもので……」

「だけど、父親が大切で、母親を殺したいから、必死にそう思い込んで、自己暗示の力に頼って、どんなに辛くても辛いと思わないように、努力し続けているんだよな？」

「……ッ!!!」

「……辛かったな」

「……ッッ！！！！！」

気づくと、僕の両目からは、涙が漏れ出ていた。アリサの境遇に共感して、同情して、涙が止まらなくなっていた。

アリサも同じだった。

アリサは大粒の涙をぽたぽたと落としながら、くしゃくしゃになった顔で、必死に自分を取り繕おうとしていた。

「違う！　わたしは!!　そんなみじめな奴じゃない！　そんな、みじめな奴なんかじゃ……！」

「いいんだ……いいんだ、アリサ……今までよく頑張ったな……」

「……ッッ！！！！！　うぇぇ……うぇ……うぇえええええええええ！！！！」

ついに、アリサが長年溜《た》め込んで、溜め込んで、溜め込み続けてきた何かが、決壊して、あふれだす。

「うえええ……！　うえええん……！　ひっく……うえええええええええん……！　うええええええええええええええええええん……！！！」

アリサは、泣いた。

ただ泣いた。

その可憐な全身に溜まって、溜まって、溜まりきった邪悪な毒を排出するように、ただただ泣き続けた。

「うええん……！！！！！」

それはひょっとすると、アリサにとって、耐えがたい屈辱だったかもしれない。

アリサが望むものではなかったかもしれない。

だが、僕の消えかけていると思っていた良心が、確かに今、この少女を絶対に見捨ててはいけないと、そう告げていた。

「ひっく……ひっく……うぇえ……ひっく……」

長い、長い慟哭《どうこく》の末に、次第にアリサは泣きやんでくる。

「ひっく……うぇ……ひっく……」

僕はただ黙って、アリサが泣きやむのを待った。それが僕にできる唯一のことだと、そう思いながら——。

「……ひっく……お兄さん……お兄さんは、わたしをこんなに泣かせるなんて……悪い男っすね……ひっく……」

アリサは、そういって、泣き笑いのような表情になる。

「ふふっ……ふふふっ……不思議っす……わたし、こんなにすっきりした気持ちでいるの、どれだけぶりだろう……」

僕の言葉は、確かに少女の胸に届き、何かを変えることができたらしい。

それを純粋によかったと思える自分がいて。

よかったと思えることに安心する自分もいて――。

「お兄さん……たいへん遺憾なんですけど……わたし、お兄さんのことだけは、気持ち悪くも、怖くも、なくなっちゃったみたいっす」

「……へ？」

今度は僕が想定外の言葉を聞く番だった。

「ちょっとだけ、抱きしめさせてください。怖くない人に抱きつくの、お父さん以来なんすよ」

「……え、ちょっ……！」

アリサはその僕より遥かに高い身体能力で、あっという間に僕に抱きつき、そのままベッドに押し倒して、僕の胸に顔を埋めた。

「へへ……へへへへ……なんだかとってもいい気分……っす……このまま寝たい……気分……ふわぁ……」

驚くべきことに――。

――アリサはそのまま寝てしまった。

「すぅ……」

安心しきった表情。

まるで僕が、アリサの大切な大切なお父さんであるかのような。

僕はそれを見て、一安心する。

僕はアリサを味方につけねばならず、それが成ったという冷徹な計算も、確かにあった。

だがそれ以上に、純粋にアリサの心を救ってやりたいという思いが、アリサの長い話を聞いて芽生えていた。

それが少しでも叶ったことを、純粋に僕は、よかったと思っていた。

「すぅ……すぅ……」

天使のような寝顔。そんな陳腐な言葉が、脳裏をよぎる。

だがこの寝顔こそ、アリサがどれだけ願っても得られなかった、本物の宝物であるかのように思えて——。

僕の中には、陸の行動、アリサの話をきっかけに、何か、甘さのようなものが芽生えているのかもしれない。

だが今だけは、そのことは決して悪いことばかりではないと、そう思えた。

「……これも悪くない、よな？　朝火……？」

僕の幻影の中の朝火は、じっと後ろを向いていて、どんな表情をしているのかは、よくわからなかった。

七切聖虎（ななきり・きよとら）

東京都出身。大学生の頃に、子供時代からずっと好きだった物語を自分でも書いてみようと思い立ち、小説家を目指すようになる。社会人になった後も諦めずに小説を書き続け、「小説家になろう」に発表していた本作でデビュー。

レジェンドノベルス
LEGEND NOVELS

Abyss《アビス》 1
賞金《しょうきん》2700億円《おくえん》の
VRMMO《ブイアールエムエムオー》

2019年5月7日　第1刷発行

［著者］ 七《なな》切《きり》聖《きよ》虎《とら》
［装画］ 海《み》凪《なぎ》コウ
［装幀］ 草野剛デザイン事務所

［発行者］ 渡瀬昌彦
［発行所］ 株式会社 講談社
〒112-8001 東京都文京区音羽2-12-21
電話 ［出版］03-5395-3433
［販売］03-5395-5817
［業務］03-5395-3615

［本文データ制作］ 講談社デジタル製作
［印刷所］ 豊国印刷 株式会社
［製本所］ 株式会社 若林製本工場

N.D.C.913 319p 20cm ISBN 978-4-06-514895-2